W. SIUDMAK

LA BARRIÈRE SANTAROGA

DU MÊME AUTEUR
CHEZ POCKET

LA BARRIÈRE SANTAROGA

LE BUREAU DES SABOTAGES

1. L'ÉTOILE ET LE FOUET
2. DOSADI

CHAMP MENTAL

LE CYCLE DE DUNE

1. DUNE, tome 1
2. DUNE, tome 2
3. LE MESSIE DE DUNE
4. LES ENFANTS DE DUNE
5. L'EMPEREUR-DIEU DE DUNE
6. LES HÉRÉTIQUES DE DUNE
7. LA MAISON DES MÈRES

LE DRAGON SOUS LA MER
ET L'HOMME CRÉA UN DIEU
LES FABRICANTS D'ÉDEN
LE PRENEUR D'ÂMES
LES PRÊTRES DU PSI

LE PROGRAMME CONSCIENCE

1. DESTINATION VIDE
2. L'INCIDENT JÉSUS

LE PROPHÈTE DES SABLES (Le grand temple de la S.-F.)
LES YEUX D'HEISENBERG

SCIENCE-FICTION

Collection dirigée par Jacques Goimard

FRANK HERBERT

LA BARRIÈRE SANTAROGA

Traduit de l'américain
par JEAN BONNEFOY

J.-C. LATTÈS

Titre original :

THE SANTAROGA BARRIER

ISBN 2-266-09605-2

Chapitre I

Le soleil déclinait lorsque la vieille camionnette Ford équipée en camping-car franchit le col pour amorcer la longue descente vers la Vallée de Santaroga. Une voie de dégagement en forme de croissant longeait la première courbe de l'autoroute. Gilbert Dasein engagea son camion sur le terre-plein gravillonné, l'arrêta devant une barrière blanche et considéra la vallée dont il devait dévoiler les secrets.

Dasein se souvint que deux hommes déjà avaient disparu à cause de ce projet. Des accidents. Des accidents *naturels*. Que se cachait-il donc là-bas dans cette cuvette d'ombre ponctuée de points de lumière? Un accident l'attendait-il?

Dasein avait mal dans le dos après cette longue route depuis Berkeley. Il stoppa le moteur, s'étira. Une odeur d'huile brûlée imprégnait la cabine. Les joints entre le châssis-cabine et la cellule du camping-car émettaient des craquements.

La vallée qui s'étendait sous ses yeux était quelque peu différente du spectacle auquel il s'était attendu. Le ciel l'encerclait d'un anneau de bleu lumineux dans l'éclat du couchant par-delà la couronne des arbres et des rochers.

L'endroit respirait le calme, semblait une île abritée des tempêtes.

Qu'est-ce que je m'étais imaginé? s'interrogea Dasein.

Il décida que toutes les cartes qu'il avait étudiées, tous les rapports sur Santaroga qu'il avait pu lire lui avaient fait croire qu'il connaissait la vallée. Mais les cartes ne sont pas le territoire. Et les rapports ne sont pas les gens.

Dasein consulta sa montre : bientôt sept heures. Il n'avait guère envie de continuer.

Loin sur la gauche, de l'autre côté de la vallée, des bandes vertes lumineuses luisaient parmi les arbres. D'après la carte, c'était une zone de serres. En bas à droite, sur un affleurement, il identifia une bâtisse crênelée d'un blanc laiteux : la Coopérative Fromagère de Jaspé. Les fenêtres allumées et le va-et-vient des lumières témoignaient de son activité fébrile.

Dasein remarqua les bruits d'insectes dans l'obscurité, le bruissement des ailes de rapaces nocturnes, et, à l'arrière-plan, les aboiements lugubres d'une meute de chiens. Ils semblaient provenir de derrière la coopérative.

Il avala sa salive. Les fenêtres jaunes lui semblaient soudain pareilles à des yeux malveillants reluquant les sombres profondeurs de la vallée.

Dasein hocha la tête, sourit. Ce n'était pas une façon de penser : ce n'était pas professionnel. Il fallait écarter toutes les superstitions sinistres qu'on murmurait sur Santaroga. Une investigation scientifique ne pouvait s'opérer dans une telle atmosphère. Il alluma le plafonnier, saisit le porte-documents posé sur le siège du passager. Sur le cuir brun s'inscrivait en lettres d'or : « Gilbert Dasein — Département de Psychologie — Université de Californie — Berkeley. »

Il en sortit une vieille chemise et se mit à écrire : « Arrivée : Vallée de Santaroga à 18 h 45 environ. A première vue : communauté agricole prospère... »

Puis il écarta serviette et chemise.

Une *communauté agricole prospère*, songea-t-il. Comment pouvait-il savoir qu'elle était prospère? Non — la prospérité, il ne l'avait pas vue; il l'avait apprise par les rapports.

La vallée réelle qui s'étendait maintenant sous ses yeux lui donnait une impression d'attente, de quiétude ponctuée épisodiquement par le tintement de cloches de vaches. Il s'imagina les hommes et les femmes de retour après leur journée de travail : De quoi discutaient-ils en ce moment dans l'obscurité patiente?

De quoi pouvait discuter Jenny Sorge avec son mari — à supposer qu'elle eût un mari? Il paraissait impossible qu'elle fût encore célibataire, l'adorable et nubile Jenny. Voici plus d'un an qu'ils ne s'étaient vus, à l'Université.

Dasein soupira. Ne pas se laisser distraire par Jenny — pas ici à Santaroga. Jenny contenait une partie du mystère de Santaroga. Elle était un élément de la Barrière Santaroga, un sujet privilégié pour sa présente enquête.

Dasein soupira derechef. Il n'était pas dupe. Il savait fort bien pourquoi il avait accepté ce projet. Pas à cause des sommes munificentes payées à l'université par ces chaînes de magasins pour financer l'étude. Pas à cause du généreux salaire dont on le gratifiait.

Il était venu parce que c'était ici que vivait Jenny.

Dasein se dit qu'il sourirait et se comporterait de manière normale, *parfaitement normale*, lorsqu'il la rencontrerait. Il était ici pour affaires, en tant que psychologue détaché de son poste usuel d'enseignant pour effectuer une étude de marché dans la Vallée Santaroga.

Oui mais, quel était le comportement parfaitement normal, vis-à-vis de Jenny? Quel était le critère de normalité lorsqu'on était confronté au paranormal?

Jenny était une Santarogane — et la normalité de cette vallée défiait les explications normales.

Son esprit revint aux rapports, aux « faits établis ». Tous les classeurs emplis de données, toutes les recommandations officielles, tous ces secrets de seconde main qui sont le fondement de la bureaucratie, tout ceci pouvait se résumer en un « fait établi » unique sur Santaroga : Quelque chose d'extraordinaire était à l'œuvre ici, une chose considérablement plus troublante que tout ce qu'avaient pu jusqu'alors traiter ces prétendues études de marché.

Meyer Davidson, ce petit homme doux au teint rose qui s'était présenté comme le mandataire de la société d'investissement, le holding qui derrière la chaîne de magasins finançait le projet, avait résumé la situation en quelques termes irrités lors de la première réunion préparatoire : « Toute l'affaire Santaroga se ramène à ceci : pourquoi avons-nous été contraints de fermer nos succursales? Pourquoi *pas un seul* Santarogan ne veut-il commercer avec un étranger? Voilà ce que nous voulons savoir. Quelle est cette Barrière Santaroga qui nous empêche d'aller y faire des affaires? »

Davidson n'était pas aussi doux qu'il en avait l'air.

Dasein démarra, alluma les phares, reprit la descente.

Toutes les données se ramenaient à une donnée unique.

Les étrangers ne trouvaient aucune maison à vendre, ou à louer dans cette vallée.

L'administration locale déclarait n'avoir aucun cas de délinquance juvénile à déclarer pour les statistiques de l'état.

Les conscrits natifs de Santaroga revenaient toujours, une fois libérés. En fait on ne connaissait pas de Santarogan qui eut jamais déménagé hors de la vallée.

Pourquoi? La barrière fonctionnait-elle dans les deux sens?

Et ces curieuses anomalies : Les rapports incluaient un article dans une revue médicale, rédigé par l'oncle de Jenny, le Dr Lawrence Piaget, considéré comme le meilleur médecin de la Vallée. Son titre : « Syndrôme du chêne toxique de Santaroga ». Sa teneur : les autochtones étaient remarquablement sensibles aux allergènes dès qu'ils devaient vivre à l'extérieur de la vallée pour des périodes assez longues. C'était la principale cause de réforme chez les jeunes appelés natifs de Santaroga.

Toutes les données : une donnée unique.

Santaroga ne déclarait aucun cas de maladie ou de déficience mentale aux services médico-psychiatriques du Ministère de la Santé (le psychiatre à la tête du département de Dasein à l'université, le Dr Chami Selador, considérait ce fait comme « alarmant »).

Les ventes de cigarettes à Santaroga correspondaient uniquement à la clientèle de passage.

Les Santarogans manifestaient une résistance inébranlable aux campagnes de publicité nationale (un symptôme typiquement non Américain, d'après Meyer Davidson).

Aucun Santarogan n'achetait jamais de fromage, de vin ou de bière fabriqués à l'extérieur de la vallée.

Toutes les affaires de la vallée — y compris la banque — étaient financées sur place : ils rejetaient purement et simplement toute offre d'investissement extérieur.

Santaroga avait résisté avec succès à tous les projets juteux qu'avaient pu leur présenter les politiciens du gouvernement. Leur Sénateur était de Porterville, une bourgade à quinze kilomètres derrière Dasein, complètement en dehors de la vallée. Parmi toutes les personnalités que Dasein avait interviewées pour établir les bases de son étude, le Sénateur était l'une des rares à ne pas considérer les Santarogans comme « une bande de cinglés mystiques plus ou moins toqués ».

« Ecoutez, Dr Dasein, lui avait-il dit, toutes ces conneries mystérieuses à propos de Santaroga se ramènent à ça : des conneries. »

Le Sénateur était un homme maigre, vif, à l'épaisse chevelure grise et aux yeux injectés de sang. Il s'appelait Barstow ; une vieille famille californienne.

L'opinion de Barstow : « Santaroga est l'ultime bastion de l'individualisme américain. Ce sont des Yankees, des Hommes de l'Est installés en Californie. Rien de bien mystérieux là-dedans. Ils ne quémandent pas de faveurs spéciales et ne me rebattent pas les oreilles de questions stupides. J'aimerais bien que tous mes administrés soient aussi francs et honnêtes. »

L'opinion d'un seul homme, songea Dasein.

Une opinion isolée.

Dasein était maintenant dans la vallée proprement dite. La route à deux voies s'étirait sur le plat, entre des arbres gigantesques : c'était l'Avenue des Géants, tracée parmi des rangées de *Sequoia Gigantea*.

On discernait des maisons derrière les arbres. D'après les rapports, certaines dataient de la Ruée vers l'Or. Avec leur avant-toit chantourné de volutes gothiques. Certaines avaient deux étages et la lumière découpait en jaune leurs fenêtres.

Dasein prit conscience d'une absence, d'un fait négatif en observant les maisons : aucun clignotement de téléviseur, aucun salon cathodique, pas un mur baigné dans le gris-bleu laiteux de l'omniprésent tube.

La route formait un embranchement devant lui. Une flèche indiquait sur la gauche « centre ville », deux autres indiquaient, vers la droite « La Maison de Santaroga » et « Coopérative Fromagère de Jaspé ».

Dasein prit à droite.

La route passait sous une arche : « Santaroga, la Cité du Fromage. » Un taillis de chênes s'était substitué aux séquoias. La Coopérative surgit, blanc-grisâtre, pleine de lumière et de mouvement, derrière une clôture grillagée sur la droite. De l'autre côté de la route, à gauche, se dressait le premier objectif de Dasein, le long bâtiment à deux étages de l'auberge, construite dans le style tourmenté 1900, avec un porche sur toute sa largeur. Des alignements de fenêtres à petits carreaux (la plupart étaient obscures) donnaient sur une aire de stationnement. A l'entrée, un panonceau annonçait : « Maison de Santaroga — Musée de la Ruée vers l'Or — Ouvert de 9 h à 17 h. »

La plupart des véhicules garés en bataille contre la bordure de pierre parallèle au porche étaient des modèles anciens en excellent état. Quelques voitures flambant neuves s'alignaient sur une seconde rangée, comme mises à l'écart.

Dasein se gara près d'une Chevrolet 1939 dont la carrosserie avait le brillant lustré de la laque. Par les vitres, on pouvait voir les sièges garnis de cuir véritable brun-rouge.

Un joujou d'homme riche, songea Dasein.

Sa mallette à la main, il se dirigea vers l'auberge. L'air embaumait de l'odeur du gazon fraîchement coupé; on entendait le bruit de l'eau : Gilbert revit son enfance, le jardin de sa tante traversé d'un ruisseau. Un immense sentiment de nostalgie l'envahit.

Puis ce fut la brusque intrusion d'une note discordante : des étages supérieurs parvinrent les voix rauques d'un couple en train de se disputer : celle de l'homme était brusque, celle de la femme stridente et sifflante.

« Je ne resterai pas dans ce trou paumé une nuit de plus » hurlait la femme. « Ils ne veulent pas de notre argent! Ils ne veulent pas de nous! Fais ce que tu voudras; moi, je pars. »

« — Belle, arrête tout de suite! Tu as... »

Une fenêtre claqua. La querelle devint un marmonnement assourdi.

Dasein poussa un gros soupir. Cette dispute lui remit les idées en place : encore deux personnes à se casser le nez contre la Barrière Santaroga.

Dasein parcourut l'allée, escalada les quatre marches du porche et franchit les portes battantes aux vitres gravées de volutes. Il se trouvait dans un hall haut de plafond, éclairé par des lustres de cristal. La salle était enserrée entre des boiseries sombres dont le grain épais évoquait ces anciennes cartes marines. La courbe d'un comptoir s'étirait dans le coin de droite; derrière, une porte ouverte laissait entendre le bruit d'un standard téléphonique. Sur la droite du comptoir une large ouverture lui révéla une salle à manger — nappes blanches, cristaux, argenterie. Une diligence de western était installée sur sa gauche, entre des potelets de cuivre supportant une grosse corde de velours brun, avec un panneau « Ne pas toucher ».

Dasein s'arrêta pour examiner la diligence. Elle sentait la poussière et le moisi. Sur la malle, une plaque encadrée racontait son histoire : « En service sur la ligne San Francisco-Santaroga de 1868 à 1871. » En dessous, un sous-verre, légèrement plus grand, protégeait une feuille de papier jauni. La légende de cuivre sur le cadre expliquait : « Note de Black Bart, Bandit du Grand chemin n° 8. » Dasein lut le manuscrit jauni à l'écriture informe :

« Je suis resté transi les deux mains dans les poches
Sous la pluie le vent et l'orage
Et j'ai risqué ma vie pour ce satané coche
Qui valait mêm' pas le voyage. »

Dasein étouffa un rire, passa la malette sous son bras gauche, se dirigea vers le comptoir et pressa la sonnette.

Un bonhomme sec, chauve et ridé, vêtu d'un costume noir apparut sur le seuil, scruta Dasein comme un faucon prêt à fondre sur sa proie.

— Oui?

— Je voudrais une chambre, dit Dasein.

— Qu'est-ce que vous faites dans la vie?

Dasein se raidit devant ce brusque défi :

— Je suis fatigué, répondit-il, j'ai envie d'une bonne nuit de sommeil.

— Vous êtes de passage, j'espère, grommela l'homme. Il se traîna jusqu'au comptoir, et poussa un registre noir vers Dasein.

Dasein prit le stylo attaché au registre et signa.

L'employé produisit une clé de laiton munie d'une plaque du même métal et dit :

— Vous avez la deux cent cinquante et un, à côté de ce foutu couple de Los Angeles. Et ce sera pas de ma faute si leurs engueulades vous empêchent de dormir. Il jeta la clé sur la banque. « Ça fera dix dollars... payables d'avance. »

— J'ai faim, dit Dasein en sortant son portefeuille pour payer. « La salle à manger est-elle encore ouverte? » Il prit le reçu.

— Ferme à neuf heures.

— Y a-t-il un chasseur?

— Vous aurez bien la force de porter vous-même votre sac. Du doigt, il indiqua, derrière Dasein : « Les chambres, c'est là-haut, par l'escalier. Au second. »

Dasein se retourna. Il y avait un espace libre derrière la diligence. Il était occupé par des fauteuils en cuir, au dossier haut et aux larges accoudoirs. Quelques hommes âgés y étaient assis, à lire. L'éclairage provenait de lourds lampadaires de laiton munis d'abat-jour à franges. Derrière les sièges, un escalier recouvert de moquette conduisait à l'étage.

C'était une scène à laquelle plus tard Dasein devait repenser bien souvent, y voyant son premier indice de la nature véritable de Santaroga. Elle donnait l'effet d'un temps suspendu, protégeant une époque révolue.

Vaguement troublé, Dasein dit :

— J'irai voir ma chambre plus tard. Puis-je laisser ici mon bagage pendant que je dîne?

— Laissez-le sur la banque. Personne ne s'en occupera.

Dasein déposa son sac, puis remarqua le regard scrutateur de l'employé.

— Un problème? s'enquit-il.

— Rien du tout.

L'employé voulut prendre la serviette de Dasein, toujours sous son bras, mais Dasein recula, hors de portée des doigts inquisiteurs, croisa son regard courroucé.

— Hmmmph! grogna l'employé. Sa frustration était évidente. Il aurait bien jeté un œil dans le porte-documents.

Sans raison, Dasein expliqua :

— Je... euh, je voudrais consulter quelques papiers

tout en mangeant. Et il pensa : *Quel besoin ai-je de me justifier?*

En colère contre lui-même, il se tourna, et franchit le passage menant au restaurant. Il se retrouva dans une vaste salle carrée, éclairée par un unique lustre massif et des lanternes de coche en cuivre posées en applique sur les boiseries sombres des murs. Autour des tables rondes, étaient disposés de lourds fauteuils aux larges accoudoirs. Un long bar en bois de teck s'étirait sur sa gauche, dominé par un miroir encadré. La lumière du lustre central et les reflets des verres alignés le long du miroir jouaient en éclats hypnotiques.

La pièce étouffait les sons. Daniel eut l'impression que le silence s'était fait à son entrée, que l'on se tournait pour l'observer. En fait son arrivée était à peu près passée inaperçue.

Un barman en veste blanche, resté de service pour quelques clients épars, lui jeta un coup d'œil puis reprit sa conversation avec un homme basané penché sur une chope de bière.

Une douzaine de tables étaient occupées par des familles. Près du bar, on jouait aux cartes. Deux tables étaient occupées par des femmes seules, absorbées dans le maniement de leur couvert.

Dasein put sentir un clivage entre les occupants de la salle. C'était une question de tension nerveuse contrastant avec un calme aussi massif que la pièce elle-même. Il s'aperçut qu'il pouvait discerner les clients de passage — ils avaient l'air fatigués, courbatus; leurs enfants étaient au bord de la rébellion.

En s'avançant dans la salle, Dasein surprit son reflet dans le miroir du bar — les rides de fatigue sur son visage mince, la chevelure brune et bouclée gonflée par le vent, les yeux bruns brillant d'attention, comme s'il était encore au volant. La poussière de la route avait laissé une marque noire près de la fossette de son menton. Dasein la frotta et pensa : *Et voici un nouveau client de passage.*

— Voulez-vous une table, Monsieur?

Un serveur noir avait surgi à ses côtés — veste blanche, nez aquilin, les traits secs, mauresques, les tempes légèrement grisonnantes. Il avait un aspect dominateur qui contrastait avec la servilité de sa mise. Dasein songea immédiatement à Othello. Les yeux étaient bruns, vifs.

— Oui, je vous prie : un couvert, dit Dasein.

— Par ici, Monsieur.

Il mena Dasein à une table adossée contre le mur proche. Baignée dans la chaude lueur dorée de l'une des lanternes. Alors qu'il se laissait envelopper par le vaste fauteuil, Dasein porta son attention sur la table proche du bar — la partie de carte... quatre hommes. Il reconnut l'un d'entre eux, à partir d'une photo que possédait Jenny : Piaget, l'oncle médecin, l'auteur de cet article sur les allergènes dans une revue médicale. Piaget était un homme massif, aux cheveux gris, le visage rond et débonnaire, son air vaguement oriental encore renforcé par l'éventail des cartes qu'il tenait près de sa poitrine.

— Voulez-vous un menu, Monsieur?

— Oui. Attendez... les hommes qui jouent aux cartes avec le Dr Piaget, là-bas.

— Monsieur?

— Qui sont-ils?

— Vous connaissez le Dr Larry, Monsieur?

— Je connais sa nièce, Jenny Sorge. Elle avait une photo du Dr Piaget.

Le garçon jeta un œil à la mallette que Dasein avait posée au milieu de la table.

— Dasein, dit-il. Un large sourire jeta un éclair blanc sur son visage sombre. « Vous êtes l'ami de Jenny, de l'université. »

Les paroles du garçon sous-tendaient de telles implications que Dasein ne put que le dévisager, bouche bée.

— Jenny nous a parlé de vous, Monsieur.

— Oh.

— Les partenaires du Dr Larry — vous voulez savoir qui ils sont. Il se tourna vers les joueurs. « Eh bien, Monsieur, il y a le Capitaine Al Marden, de la Police de la Route, en face du Dr Larry. A droite, là, c'est George Nis. Il dirige la Coopérative du Fromage de Jaspé. Celui qui est à gauche, c'est M. Sam Scheler. M. Sam est le patron de notre station-service indépendante. Je vous apporte le menu, Monsieur. »

Le serveur se dirigea vers le bar.

Dasein continua d'observer les joueurs de carte en se demandant pourquoi ils attiraient ainsi son attention. Marden, qu'il voyait de trois-quarts dos, était en civil; costume bleu nuit. Ses cheveux, une étonnante touffe rousse. Il tourna la tête vers la droite et Dasein aperçut un visage étroit, une bouche aux lèvres serrées, tirées vers le bas en un rictus cynique.

Scheler, de la station-service indépendante (et Dasein se demanda soudain ce que pouvait recouvrir ce terme) avait le teint basané : un visage anguleux d'Indien, au nez plat, aux lèvres épaisses. Nis, en face de lui, était blond, légèrement dégarni; des yeux bleus sous d'épais sourcils, une bouche large, le menton creusé d'une fossette profonde.

— Votre menu, Monsieur.

Le serveur avait déposé une large chemise rouge devant Dasein.

— Le Dr Piaget et ses amis ont l'air d'apprécier leur partie, dit Dasein.

— Cette partie de carte est une institution, Monsieur. Toutes les semaines, à peu près à cette heure-ci, réguliers comme l'horloge : le dîner, et la partie.

— A quoi jouent-ils?

— Cela dépend, Monsieur. Parfois le bridge, parfois le pinocle (1). A l'occasion le whist et même le poker.

— Que voulez-vous dire en parlant de station-service

(1) Variante américaine de la belote. N.d.T.

indépendante? interrogea Daniel. Il leva les yeux vers le sombre visage de Maure.

— Voyez-vous, Monsieur, nous, ici dans la vallée nous ne traitons pas avec ces compagnies qui fixent elles-mêmes leurs prix. M. Sam, il achète au plus offrant, quel qu'il soit. On paie le litre un *cent* moins cher, ici.

Dasein se promit mentalement de fouiller plus avant cet aspect de la Barrière Santaroga. Cela collait avec le tableau, de ne pas s'approvisionner auprès des grosses compagnies. Mais d'où provenaient leurs produits pétroliers?

— Le roastbeef est excellent, Monsieur, indiqua le garçon.

— Vous me le recommandez, hein?

— Effectivement, Monsieur. Engraissé au maïs, ici même dans la vallée. Nous avons également des épis de maïs frais, des pommes de terre au Jaspé — c'est avec une sauce au fromage, très bonne, et pour dessert, des fraises de serre.

— Et comme salade?

— Nos laitues ne sont pas excellentes cette semaine, Monsieur. Je vous apporte le potage. C'est au bortch à la crème aigre. Et je vous recommande la bière, pour l'accompagner. Je vais voir si je peux vous en trouver de notre production locale.

— Avec vous, pas besoin de menu, remarqua Dasein. Il restitua la chemise rouge. « Apportez-moi tout ça avant que je ne me mette à dévorer la nappe. »

— Oui, Monsieur!

Dasein observa le noir tandis qu'il se retirait — veste blanche, large, confiant. Tout à fait Othello.

Il revint avec un soupière fumante au milieu de laquelle flottait une île de crème aigre, et une chope emplie d'une bière sombre, ambrée.

— J'ai remarqué que vous étiez le seul serveur noir, ici, dit Daniel. « N'est-ce pas un rôle trop prenant? »

— Vous me demandez si c'est moi qui *joue* le Nègre,

Monsieur? la voix du garçon semblait brusquement défiante.

— Je me demandais si Santaroga avait des problèmes d'intégration.

— Doit y avoir trente ou quarante familles de couleur dans la vallée, Monsieur. Nous ne faisons guère attention à la couleur de la peau, ici. La voix était dure, tranchante.

— Je ne voulais pas vous offenser.

— Vous ne m'avez pas offensé. Un sourire effleura le coin de ses lèvres, disparut. « Je dois admettre qu'un serveur noir fait un peu partie du décor. Dans un endroit comme celui-ci — et son regard balaya la salle aux lourdes boiseries — » ... il devait y avoir des tas de serveurs noirs à l'époque. Il y a un côté couleur locale, dans mon boulot : « A nouveau, ce sourire fugace. C'est un bon boulot, et mes gosses se débrouillent encore mieux. Il y en a deux qui bossent à la Coopérative; l'autre fait des études de droit. »

— Vous avez trois enfants?

— Deux garçons et une fille. Si vous voulez m'excuser, Monsieur, mais j'ai d'autres tables.

— Oui, bien sûr.

Dasein leva sa chope de bière lorsque partit le garçon. Il huma la bière un moment. Elle avait une vague odeur piquante, évocatrice de caves, de champignons. Dasein se rappela soudain que Jenny avait vanté la bière locale. Il la goûta — douce sous la langue, fraîche au palais, avec un bon arrière-goût de houblon. Exactement ce qu'avait dit Jenny.

Jenny, songea-t-il. *Jenny... Jenny...*

Pourquoi ne l'avait-elle jamais invité à Santaroga lorsqu'elle y retournait régulièrement en week-end? Elle n'en manquait jamais un, se souvint-il. Leurs rendez-vous avaient toujours été en milieu de semaine. Il se rappela ce qu'elle lui avait dit sur elle : orpheline, élevée par l'oncle Piaget, et par une tante célibataire... Sarah.

Dasein reprit une gorgée de bière, goûta la soupe.

Elles allaient bien ensemble. La crème aigre avait un relent analogue à la bière, une amertume étrange.

Il n'y avait jamais eu de méprise sur le caractère de l'affection que lui portait Jenny, songea Dasein. C'était un *quelque chose* de chimique, d'excitant. Mais sans invitation *directe* à rencontrer sa famille, voir la vallée. Si, un coup de sonde hésitant : que dirait-il d'installer un cabinet à Santaroga? Eventuellement, il faudrait qu'il discute avec son oncle de quelques cas intéressants.

Quel cas? Daniel était songeur en y repensant. Les dossiers d'information fournis par le Dr Selador sur Santaroga étaient formels : « aucun cas relevé de maladie mentale ».

Jenny... Jenny...

Dasein se remémora la nuit où il avait fait à son tour une proposition. Plus de coup de sonde hésitant de la part de Jenny, cette fois-là : Pouvait-il vivre à Santaroga?

Il se rappelait encore sa question incrédule : « Pourquoi devrions-nous vivre à Santaroga?

— Parce que je suis incapable de vivre ailleurs. » Telle avait été sa réponse. « Parce que je suis incapable de vivre ailleurs. »

Aime-moi, aime ma vallée.

Impossible d'obtenir d'elle la moindre explication. C'était clair et net. A la fin, il avait réagi avec la colère du mâle offensé : croyait-elle qu'il ne pourrait l'entretenir ailleurs qu'à Santaroga?

« Viens voir Santaroga » l'avait-elle prié.

« Pas tant que tu n'auras pas envisagé de vivre ailleurs. »

L'impasse.

Le souvenir de cette querelle lui fit monter le feu aux joues. Ç'avait été la semaine de la rupture. Elle avait refusé de répondre à ses coups de fil deux jours durant... Et lui, avait refusé de l'appeler ensuite. Il s'était replié dans sa coquille, blessé.

Et Jenny était retournée à sa précieuse vallée.

Lorsqu'il avait écrit, ravalant son orgueil, offrant de venir la voir : pas de réponse. Sa vallée l'avait avalée.

Cette vallée.

Dasein soupira, jeta un œil sur la salle de restaurant; il se rappelait la passion avec laquelle Jenny lui parlait de Santaroga. Cette pièce avec ses boiseries, les Santarogans qu'il pouvait voir : rien ne collait avec l'image mentale qu'il en avait.

Pourquoi n'a-t-elle pas répondu à mes lettres? se demanda-t-il. *Probable qu'elle s'est mariée. Ce doit être ça.*

Dasein vit son serveur sortir de derrière le bar avec un plateau. Le barman lui fit un signe, appela :

— Win. Le serveur s'arrêta, posa le plateau sur le comptoir. Leurs deux têtes se rapprochèrent, par-dessus le bar. Dasein avait l'impression qu'ils avaient une dispute. Finalement, le serveur dit quelque chose, qu'il accompagna d'un vigoureux mouvement de tête, s'empara du plateau et l'apporta à Dasein.

— Sacrée mouche du coche, dit-il, tout en posant le plateau; il se mit à servir. « L'essayait de me dire que je ne pouvais pas vous donner de Jaspé! Un bon copain de Jenny, et je pourrais pas lui donner de Jaspé! »

Sa colère retomba; il hocha la tête, sourit, et posa une assiette débordante de nourriture devant Dasein.

— Sacrément trop de mouches du coche en ce bas monde, si vous voulez mon avis.

— Le barman, demanda Daniel, je l'ai entendu vous appeler ' Win '...

— Winston Burdeaux, Monsieur, pour vous servir. Il fit le tour de la table pour se rapprocher de Dasein. « N'a pas voulu me donner de la bière Jaspé pour vous cette fois-ci, Monsieur. » Il prit une bouteille glacée sur le plateau, la déposa près de la chope qu'il avait servie plus tôt. « Celle-ci n'est pas aussi bonne que celle que je vous ai portée tout à l'heure. Mais la nourriture, c'est du vrai Jaspé en tout cas. Cette sacrée mouche du coche ne pouvait rien y faire. »

— Du Jaspé? demanda Dasein. Je croyais qu'il s'agissait uniquement du fromage.

Burdeaux pinça les lèvres, l'air pensif.

— Oh non, Monsieur. Le Jaspé, il y en a dans tous les produits de la Coopérative. Jenny ne vous en a jamais parlé? Il fronça les sourcils. « Vous n'êtes jamais venu ici dans la vallée avec elle, Monsieur? »

— Non. Dasein fit un grand signe de dénégation.

— Vous *êtes bien* le Dr Dasein?... Gilbert Dasein?

— Oui.

— Vous êtes le gars dont Jenny est entichée, alors. Il sourit de toutes ses dents, et ajouta : « Régalez-vous, Monsieur. C'est de la *bonne* nourriture. »

Avant que Dasein n'ait pu se ressaisir, Burdeaux s'était détourné, et s'éloignait rapidement.

« *Vous êtes le gars dont Jenny est entichée* » repensa Daniel. Au présent... pas au passé. Il sentit son cœur marteler, se traita d'idiot. C'était juste façon de parler, pour Burdeaux. Ce ne pouvait être que ça.

Perplexe, il se pencha vers sa nourriture.

Dès la première bouchée, le roastbeef s'avérait à la hauteur des prédictions de Burdeaux : tendre, juteux. La sauce au fromage qui accompagnait les pommes de terre avait le même arrière-goût acidulé que la bière et la crème.

Le gars dont Jenny est entichée.

Les paroles de Burdeaux s'accrochaient à son esprit tandis qu'il mangeait, le troublaient peu à peu.

Dasein leva les yeux, chercha Burdeaux. Il restait invisible. Le *Jaspé*. C'était ce puissant arôme, cette saveur nouvelle. Il porta son attention sur la bouteille de bière, la bière non jaspée. *Pas aussi bonne?* Il la goûta directement au goulot, lui trouva un arrière-goût métallique, amer. Une gorgée de la première bière, dans la chope : douce, moelleuse. Dasein trouva qu'elle lui éclaircissait l'esprit, tout comme elle avait effacé sur sa langue le goût précédent.

Il reposa la chope, observa la salle, surprit le regard

du barman qui le dévisageait, l'air renfrogné. L'homme détourna les yeux.

C'étaient des détails — deux bières, une dispute entre un serveur et un barman, un barman trop attentif — rien que des battements d'horloge dans l'espace d'une vie, mais Dasein y perçut un danger. Il lui souvint que deux enquêteurs avaient déjà eu un accident fatal dans la Vallée de Santaroga — *des décès dus à une cause accidentelle*... une voiture qui prend un virage trop vite, tombe dans un ravin... une chute depuis la berge escarpée d'une rivière : la noyade. Des accidents *naturels*, comme l'avait établi l'enquête officielle.

Pensif, Dasein se remit à manger.

Burdeaux était revenu avec les fraises; il attendit que Dasein les goûte.

— Sont-elles bonnes, Monsieur?

— Excellentes. Meilleures que la bière en bouteille.

— C'est de ma faute, Monsieur. Peut-être qu'une autre fois... Il toussa discrètement. Jenny sait-elle que vous êtes ici?

Dasein reposa sa cuillère, plongea les yeux dans sa coupe de fraises, comme pour tenter d'y découvrir son reflet. Brusquement se dessina dans son esprit l'image de Jenny, en robe rouge, vive, rieuse, pétillante d'énergie. « Non... pas encore, répondit-il. »

— Vous savez que Jenny vit toujours seule, Monsieur?

Dasein regarda la partie de carte. Comme la peau des joueurs semblait brune, tannée. *Jenny, pas encore mariée?* le Dr Piaget leva les yeux de ses cartes, dit quelque chose à son voisin de gauche. Ils rirent.

— A-t-elle... est-elle dans l'annuaire, M. Burdeaux? demanda Dasein.

— Elle habite chez le Dr Piaget, Monsieur. Et pourquoi ne pas m'appeler Win?

Dasein leva les yeux, examina le visage aux traits anguleux, mauresques, de Burdeaux. L'homme l'intriguait soudainement. Il y avait un soupçon d'accent du

Sud dans sa voix. Ces tentatives amicales, ces renseignements sur Jenny si volontiers donnés — cela rappelait un peu le sud, l'intimité, l'amabilité... mais il y avait autre chose en dessous : une lucidité aux aguets, sèche, et directe. Le psychologue en Dasein était désormais sur ses gardes.

— Cela fait longtemps que vous vivez ici, dans la vallée, Win? interrogea Dasein.

— Pas loin de douze ans, Monsieur.

— Qu'est-ce qui vous a amené ici?

Burdeaux hocha la tête. L'ombre d'un sourire lugubre effleura ses lèvres.

— Oh, je ne crois pas que ça vous intéresserait, Monsieur.

— Mais ça m'intéresse. Dasein regarda Burdeaux dans les yeux, attendit. Il y avait quelque part une brèche qui lui ouvrirait les mystères de cette vallée. *Jenny pas encore mariée?* Burdeaux peut-être était cette brèche. Ses manières avaient cette timidité évidente, perçut Dasein, qui appelait la confidence. C'est sur cela qu'il comptait maintenant.

— Eh bien, si vous voulez vraiment savoir, M'sieur, dit Burdeaux. J'étais en taule à la Nouvelle-Orléans, pour une rixe. (Dasein nota que l'accent du sud était revenu en force.) On f'sait not' numéro, à dire des grossièretés à vous fair' dresser les ch'veux sur la tête. Brusquement, j' me suis entendu faire pareil, M'sieur. Ça m'a fait réfléchir et j'ai vu que c'était des enfantillages. De la puérilité. » Burdeaux savoura le terme, il en était fier. « De la puérilité, Monsieur. Bon, alors quand j' suis sorti de taule, le sheriff y m'a dit de jamais rev'nir et j' suis rentré et j'ai dit à ma femme, Annie, j' lui ai dit qu'on s' barrait. C'est comme ça qu'on est parti pour v'nir ici, M'sieur.

— Vous êtes partis, comme ça?

— On s'est tapé la route à pied, M'sieur. C'était pas facile et y avait des coins où on nous a fait comprendre qu'on était indésirables. Mais quand on est arrivé ici, pourtant, on a compris que ça valait le coup.

— Vous avez erré jusqu'au moment où vous êtes venus ici?

— C'était comm' si Dieu nous conduisait, M'sieur. Cet endroit, bon, c'est pas facile à expliquer. Mais... eh ben, ils ont insisté pour que j'aille à l'école pour faire des progrès. C'est déjà une chose. Je peux parler un anglais fort correct, quand je veux... quand je fais attention. (L'accent commençait à s'évanouir.)

Dasein lui fit un sourire encourageant.

— Les gens de cette vallée doivent être vraiment sympathiques.

— Je vais vous dire une chose, Monsieur, reprit Burdeaux. Peut-être que vous pourrez comprendre si je vous raconte ce qui m'est arrivé ici, une fois. C'est une chose qui m'aurait sacrément blessé, dans le temps, mais là... C'était durant une soirée. Juste après que Willa, ma fille, eut annoncé ses fiançailles avec Cal Nis. Et George, le papa de Cal, s'est approché de moi et m'a passé le bras sur les épaules. Et il m'a dit : Eh bien, Win, sacré vieux négro, on ferait mieux de boire un coup et de causer un brin puisque nos gosses vont nous rendre parents. C'était ça, M. Dasein : Ça ne voulait rien dire qu'il me traite de négro. C'était exactement comme... comme lorsqu'on surnomme un type aux cheveux blonds, Blondie. Comme de dire que j'ai la peau noire pour qu'on me reconnaisse, de la même manière qu'en entrant dans une pièce, si vous me demandiez où est Al Marden, je vous répondrais : ' c'est le rouquin là-bas qui joue aux cartes '. Lorsqu'il m'a dit ça, j'ai compris que ça ne signifiait rien de plus. Tout de suite. On m'acceptait tel que j'étais. C'était la meilleure preuve d'amitié que pouvait me donner George, et c'est pourquoi il l'avait fait. »

Dasein fronça les sourcils, essayant de suivre le raisonnement de Burdeaux. Une preuve d'amitié de le traiter de nègre?

« Je ne pense pas que vous puissiez comprendre, dit Burdeaux. Peut-être que vous devriez être noir pour comprendre. Mais... eh bien, peut-être que ceci va vous y aider. Quelques minutes plus tard, George m'a dit : ' Hé, Win, je me demande quel genre de petits-enfants nous allons avoir : clairs, sombres, ou entre les deux? ' Pour lui, c'était juste une espèce d'émerveillement, qu'il puisse avoir des petits-enfants noirs. Il ne s'en souciait pas, vraiment. Il était curieux. Il trouvait ça intéressant. Vous savez, quand j'ai raconté ça à Annie, après, je me suis mis à pleurer. J'étais si heureux que j'en ai pleuré. »

C'était un long entretien. Dasein s'aperçut que Burdeaux en avait pris conscience. L'homme hocha la tête, marmonna : « Je parle trop. Je crois que je ferais mieux de... »

Il fut interrompu par des éclats de voix soudains en provenance du bar, près des joueurs de cartes. Un gros homme au visage congestionné s'était écarté du comptoir qu'il flagellait à grands coups de porte-documents tout en criant après le barman.

— Bande de fils de pute! hurlait-il. Vous vous croyez trop supérieurs pour m'acheter mes produits. Ils ne sont pas assez bons pour vous! Vous savez mieux faire...

Le barman saisit la serviette.

— Pas touche, fils de pute! glapit le gros homme. « Vous croyez tous que vous êtes foutument supérieurs, comme si vous étiez un pays étranger! Et moi, je ne serais pas *chez moi*? Laissez-moi vous dire, bande de métèques! Ici, on est en Amérique! Et c'est un pays de libre... »

Al Marden, le policier rouquin s'était levé au premier signe suspect. Il posa sa large patte sur l'épaule de l'importun, et le secoua.

Les hurlements cessèrent. Furieux, l'homme virevolta, leva sa serviette pour en frapper Marden. Au bout d'une longue seconde, il sembla remarquer le regard courroucé de Marden, son visage autoritaire; il hésita.

— Je suis le Capitaine Marden, de la Police de la Route, annonça Marden. Et je vous préviens que ça suffit comme ça. Il avait une voix calme, posée... et, pensa Dasein, un rien amusée.

L'homme en colère rabaissa son porte-documents, déglutit.

— Vous pouvez sortir, prendre votre voiture et quitter Santaroga. Tout de suite. Et ne revenez pas. On vous tient à l'œil. Vous êtes bon si jamais vous vous avisez de remettre les pieds dans la vallée.

La colère abandonna le gros homme. Ses épaules s'affaissèrent. Il avala sa salive, parcourut des yeux la pièce emplie de regards scrutateurs.

— Je suis ravi de partir, marmonna-t-il. On ne peut plus ravi. Il gèlera en enfer le jour où je me repointerai dans votre sale petite vallée. Vous êtes puants. Vous êtes tous puants. Avec un haussement d'épaule il se dégagea de l'étreinte de Marden et se fraya un passage vers l'entrée.

Marden retourna vers sa partie de cartes en hochant la tête.

Lentement, la salle reprit son murmure habituel de bavardage et de bruits de mastication. Dasein remarqua toutefois une différence. L'éclat du représentant avait clivé Santarogans et gens de passage. Une muraille invisible les séparait. A leur table, les clients de passage faisaient presser leurs enfants, anxieux de partir.

Dasein avait la même sensation. La salle évoquait une atmosphère de clan : les chasseurs, et le gibier. Il sentit l'odeur de sa propre transpiration. Ses paumes étaient moites. Il remarqua que Burdeaux était parti.

C'est stupide! songea-t-il. *Jenny, pas mariée?*

Il se rappela qu'il était psychologue, qu'il était un observateur. Mais l'observateur doit s'observer lui-même.

Pourquoi est-ce que je réagis ainsi? s'étonna-t-il. *Jenny, pas mariée?*

Deux familles de touristes partaient déjà, rassemblant le troupeau de leur progéniture, parlant d'une voix acide de se rendre « à la ville suivante ».

Pourquoi ne peuvent-ils pas rester? se demandait-il. *Les prix sont raisonnables.*

Il voyait la carte de la région : Porterville était à plus de quarante kilomètres, quinze kilomètres avant la vallée, par la route qu'il avait prise. Dans l'autre direction, il y avait plus de soixante kilomètres de route de montagne en lacets avant de rejoindre la Nationale 395. Les bourgades les plus proches s'échelonnaient sur cette route, vers le sud. Au bas mot, une centaine de kilomètres. C'était une région de Parcs Nationaux, de lacs, de routes forestières, de paysages lunaires de crêtes volcaniques. Pratiquement déserte en dehors de la Vallée de Santaroga. Pour quelle raison les gens voudraient-ils traverser un tel coin en pleine nuit plutôt que de rester dans cette auberge?

Dasein termina son repas, laissa le reste de sa bière. Il fallait qu'il discute de l'endroit avec son chef de département, le Dr Chami Selador, avant d'entreprendre un nouveau mouvement. Burdeaux avait laissé la note sur une coupe brune discrète. Trois dollars quatre-vingt-dix-huit. Dasein déposa un billet de cinq dollars, jeta un dernier coup d'œil sur la salle de restaurant. En surface, tout semblait si fichtrement normal! Les joueurs de cartes étaient absorbés dans leur partie. Le barman était accoudé, bavardant avec deux clients. Une gamine à une table tout à droite faisait des caprices pour boire son lait.

Et pourtant, ce n'était pas normal; ses sens lui clamaient cette évidence. La fragile surface de la pièce était prête à se fendiller encore une fois et Dasein sentait qu'il n'aimerait guère ce qu'elle lui révélerait. Il s'essuya les lèvres avec sa serviette, prit son porte-documents et se dirigea vers le hall.

Sa valise était debout sur le comptoir, près du registre. On entendait le bourdonnement assourdi du standard dans la pièce derrière. Il prit la valise, tâta la clé de laiton dans sa poche — deux cent cinquante et un. Si la chambre n'avait pas de téléphone, il décida qu'il redescendrait appeler Chami d'une cabine.

Avec un vague sentiment de ridicule et d'abattement après sa réaction lors de la scène du restaurant, Dasein se dirigea vers l'escalier. Dans les fauteuils du hall, quelques yeux l'observaient par-dessus les journaux dépliés. Des yeux aux aguets, inquisiteurs.

L'escalier conduisait à un entresol empli d'ombre — quelques bureaux, des taches de papier blanc. Face à lui, une porte de secours avec cette mention : « Accès au premier étage. Tenir cette porte fermée. »

La volée de marches suivante tournait sur la gauche, maigre lumière d'un plafonnier, boiseries sombres. Elle menait, par une seconde porte coupe-feu, à un palier. Une flèche, éteinte, indiquait une sortie de secours sur la gauche. En face de la porte, un panneau éclairé lui apprit que la chambre deux cent cinquante et un se trouvait au fond du couloir à droite. Les plafonniers largement espacés, l'épaisse moquette brune, les larges portes épaisses avec leur poignée de cuivre et leur trou de serrure pour des passe démodés donnaient à l'endroit un côté Dix-Neuvième Siècle. Dasein s'attendait presque à croiser une femme de chambre en toque bouffante, tablier avec nœud dans le dos, jupe longue, bas noirs et mocassins — ou bien un banquier ventripotent en gilet serré et faux-col, une lourde chaîne d'or à la taille. Il se sentait déplacé, anachronique.

La clé de laiton se glissa en douceur dans la serrure du deux cent cinquante et un; il découvrit une chambre au plafond haut dont l'unique fenêtre donnait sur le parc de stationnement. Dasein alluma. L'interrupteur commandait le lampadaire à l'abat-jour à glands placé près d'une commode ventrue en teck. Dans la lueur ambrée il remarqua une porte entrouverte qui menait à une salle de bains carrelée (on entendait goutter l'eau), une table aux pieds épais contre laquelle était poussée une chaise unique. Le lit était étroit, haut, avec une tête en bois sculpté.

Dasein tâta le lit. Il semblait moelleux. Il posa dessus sa valise, et remarqua qu'un pan de tissu blanc en dépassait. Il l'ouvrit, examina son contenu. Dasein se savait pointilleux, méticuleux pour ses bagages. La valise révélait maintenant un subtil désordre. Quelqu'un l'avait ouverte, et fouillée. Bon, il ne l'avait pas verrouillée. Il en vérifia le contenu. Rien ne manquait.

Pourquoi cette curiosité à mon sujet? s'étonna-t-il.

Il chercha un téléphone, le trouva, un combiné à fourche classique, posé sur une étagère près de la table. En avançant, il surprit son reflet dans le miroir au-dessus de la commode — les yeux espacés, le trait mince de la bouche, sévère. Il hocha la tête, sourit. Le sourire avait l'air déplacé.

Dasein s'assit sur la chaise, porta le combiné à son oreille. La chambre sentait le savon désinfectant — autre chose aussi, comme de l'ail. Il manipula la fourche.

Une voix de femme finit par se faire entendre : « La réception.

— Je voudrais téléphoner à Berkeley », dit Dasein. Il donna le numéro. Il y eut un instant de silence, puis : « le numéro de votre chambre, Monsieur?

— Deux cent cinquante et un.

— Un instant s'il vous plaît. »

Il entendit le cliquetis d'un cadran, une sonnerie. Une nouvelle standardiste vint en ligne. Dasein écoutait distraitement tandis qu'on établissait la communication. L'odeur d'ail était maintenant manifeste. Il regarda le vieux lit haut sur pattes, sa valise ouverte. Le lit semblait l'inviter, lui rappeler combien il pouvait être fatigué. Sa poitrine lui faisait mal. Il prit une profonde inspiration.

— Dr Selador à l'appareil.

L'accent indien mâtiné d'Oxford de Selador lui sembla proche et familier. Dasein se pencha vers le téléphone, s'annonça, l'esprit soudain conscient de ce sentiment d'intime proximité qu'accentuait la distance, les fils bourdonnants qui les reliaient à travers presque la moitié de l'état.

— Gilbert, mon vieux, vous y êtes arrivé, à ce que je vois. La voix de Selador était enjouée.

— Je suis à la Maison de Santaroga, Docteur.

— J'ai entendu dire qu'elle est très confortable.

— Ça m'en a l'air. A travers sa fatigue bourdonnante, Dasein se sentait envahi par un sentiment de ridicule. Pourquoi l'avait-il appelé? L'esprit aiguisé de Selador serait à l'affût de sous-entendus, de justifications.

— Je suppose que vous n'avez pas appelé rien que pour me dire que vous étiez bien arrivé, dit Selador.

— Non... Je... Dasein réalisa qu'il était incapable de formuler cette vague sensation de malaise; que ce sentiment d'aliénation, de clivage entre Santarogans et étrangers, ces signes annonciateurs de la peur auraient l'air absurde. « J'aimerais que vous jetiez un œil sur les compagnies pétrolières qui couvrent la région », dit Dasein. « Voir si vous pouvez trouver comment elles négocient avec la vallée. Apparemment, il semble qu'il y ait ici une station-service indépendante. Je voudrais savoir qui lui fournit l'essence, l'huile, les pièces détachées — ce genre de choses. »

— Très bon point, Gilbert. Je mets l'un de nos... Il y eut un craquement soudain sur la ligne. Puis le silence.

— Dr Selador?

Silence complet.

Merde! pensa Dasein. Il tapota le crochet.

— Mademoiselle! Mademoiselle!

Une voix masculine se fit entendre. Dasein reconnut le ton nasillard du réceptionniste.

— Qui fait tout ce raffut? demandait l'employé.

— Ma communication avec Berkeley a été coupée, dit Dasein. Pourriez-vous...

— La ligne est en dérangement, répondit-il sèchement.

— Pourrais-je descendre à la réception pour appeler depuis un taxiphone? demanda Dasein. Et en même temps, l'idée de parcourir le long trajet jusqu'au rez-de-chaussée lui répugnait. Le sentiment de fatigue lui pesait sur la poitrine.

— Il n'y a plus de ligne avec l'extérieur de la vallée, dit l'employé. Impossible d'appeler.

Dasein se passa la main sur le front. Il avait des sueurs froides et il se demanda s'il n'avait pas attrapé quelque chose. La pièce autour de lui semblait se dilater et se contracter. Sa bouche était sèche et il dut déglutir par deux fois avant de pouvoir demander :

— Quand pensez-vous que la ligne sera rétablie?

— Comment diable voulez-vous que je le sache? rétorqua le réceptionniste.

Dasein éloigna le combiné de son oreille, le regarda. C'était un réceptionniste vraiment curieux... et une chambre vraiment curieuse, à onduler et glisser ainsi, sans parler de cette odeur d'ail et de...

Il prit conscience d'un faible sifflement.

C'est avec un étonnement croissant que son regard se fixa sur l'antique bec de gaz qui saillait du mur près de la porte d'entrée.

L'odeur d'ail? Le gaz!

Une voix braillarde aboyait dans le téléphone.

Dasein baissa les yeux sur le combiné dans sa main. Comme il paraissait loin. Par la fenêtre, derrière le téléphone, il apercevait l'enseigne de l'auberge : *Musée de la Ruée vers l'Or*. Une fenêtre ça voulait dire de l'air. Dasein trouva la force de se pencher par-dessus le bureau; il tomba, lançant le téléphone à travers la vitre.

Les glapissements s'atténuèrent.

Dasein prit conscience de son corps allongé en travers du bureau. Sa tête était proche de la fenêtre brisée. Il apercevait le cordon du téléphone qui pendait à l'extérieur. L'air frais soufflait sur son front, très loin, un frisson douloureux parcourait ses poumons.

Ils ont essayé de me tuer, pensa-t-il. C'était une pensée ahurissante, pleine d'étonnement. Il concentra son esprit sur les deux enquêteurs déjà morts sur ce projet — des accidents. Des accidents tout bêtes, aisément explicables... comme celui-ci!

L'air — comme il semblait froid sur sa peau nue. Ses poumons lui brûlaient. Une pulsation lui martelait la tempe, là où elle pressait contre la surface du bureau. Une pulsation incessante...

S'y joignit un martèlement contre la porte. Un instant, les battements alternèrent en une syncope démente.

— Eh là-dedans! Ouvrez! Une voix tellement autoritaire. *Ouvrez* se dit Dasein. Ce qui signifiait se lever, traverser la pièce, tourner la poignée...

Je suis sans défense, songea-t-il. *Ils pourraient encore me tuer.*

Il entendit le grincement du métal contre le métal. Le courant d'air se fit plus vif contre son visage. Quelqu'un cria : « Le gaz! »

Des mains lui saisirent les épaules. Il fut tiré en arrière, mi-porté, mi-traîné hors de la chambre. Le visage de Marden, le policier rouquin passa dans son champ de vision. Il aperçut le réceptionniste : visage pâle, ahuri, le front dégarni qui luisait sous l'éclairage. Dasein vit devant lui un plafond marron. Dans son dos, il sentait un tapis, dur et rêche.

Une voix nasillarde dit : « Et qui va payer pour la fenêtre? » Quelqu'un d'autre annonça : « Je vais chercher le Dr Piaget. »

L'attention de Dasein se porta sur la bouche de Marden, un objet flou brouillé par des strates de distorsion. Un pli de colère semblait marquer les coins de cette bouche. Elle se dirigea vers le visage pâle de l'employé de la réception et dit :

— Foutez-nous la paix avec votre fenêtre, Johnson!

Je vous ai dit bien assez de fois de faire enlever ces becs de gaz. Combien de chambres en ont-elles encore?

— Ne me parlez pas sur ce ton, Al Marden. Je vous connais depuis...

— Je ne veux pas savoir depuis combien de temps vous me connaissez, Johnson. Combien reste-t-il de chambres avec ces becs de gaz? »

La voix de l'employé avait un accent de colère blessée :

— Plus que celle-ci et quatre au-dessus. Les autres chambres sont vides.

— Vous me les enlevez d'ici demain soir, dit Marden.

Un bruit de pas pressés coupa court à la discussion. Le visage rond du Dr Piaget s'interposa dans le champ de vision de Dasein. Il avait l'air soucieux. Des doigts s'approchèrent, abaissèrent ses paupières.

— Portons-le sur un lit.

— Va-t-il se remettre? interrogea l'employé.

— Il serait temps de vous en inquiéter, remarqua Marden.

— Nous l'avons trouvé à temps, dit Piaget. La chambre en face est-elle inoccupée?

— Il peut prendre la 260, dit le réceptionniste. Je vais l'ouvrir.

— Vous vous rendez compte que c'est le camarade de fac de Jenny que vous avez failli tuer? interrogea Marden; sa voix diminua tandis qu'il s'éloignait avec le réceptionniste.

— Le camarade de Jenny? On entendit un bruit de clé dans une serrure. « Mais je pensais... »

— Je me fiche de ce que vous pensez!

Le visage de Piaget s'approcha de Dasein.

— Pouvez-vous m'entendre, jeune homme? demanda-t-il.

Dasein prit une inspiration douloureuse et croassa :

— Oui.

— Vous aurez une bonne migraine, mais vous vous en sortirez.

Le visage de Piaget disparut. Des mains saisirent Dasein. Le plafond bougea. Il se retrouva dans une autre chambre : pareille à la première — le haut plafond, et même le bruit de robinet qui goutte. Il sentit le contact d'un lit dans son dos, des mains commencèrent à le dévêtir. Une nausée soudaine l'envahit. Il repoussa les mains.

Quelqu'un le soutint jusqu'à la salle de bains; il vomit.

Il se sentit mieux après — faible, mais les idées plus claires, un meilleur contrôle sur ses muscles. Il remarqua que c'était Piaget qui l'avait accompagné.

— Envie de retourner au lit maintenant? demanda le médecin.

— Oui.

— Je vais vous donner une bonne dose de fer pour contrebalancer les effets du gaz sur votre sang, expliqua-t-il. Ça va aller.

— Comment a-t-on ouvert le gaz? demanda Dasein. Sa voix était un murmure rauque.

— Johnson s'est embrouillé avec les robinets dans la cuisine, expliqua Piaget. Il n'y aurait pas eu de mal si quelqu'un n'avait pas ouvert le bec dans votre chambre.

— J'aurais juré les avoir tous fermés. C'était la voix du réceptionniste qui provenait de derrière la porte de la salle d'eau.

— Vaudrait mieux qu'ils soient obturés avant demain soir, avertit Marden.

Ils semblaient tous si raisonnables, pensa Dasein. La colère de Marden paraissait sincère. Le regard de Piaget ne trahissait rien autre que l'inquiétude.

Pouvait-il s'être agi d'un accident véritable? se demanda Dasein.

Il se rappela de nouveau que deux hommes étaient morts par accident dans cette vallée alors qu'ils menaient l'enquête.

— Parfait, dit Piaget, Al, Pim, vous et les autres, vous pouvez sortir maintenant. Je vais le mettre au lit.

— Okay, Larry. Dégagez, tout le monde. C'était Marden.

— Je vais chercher ses bagages dans l'autre chambre. Une voix que ne put identifier Dasein.

Avec l'aide de Piaget, Dasein se retrouva en pyjama dans le lit. Il se sentait lucide, pleinement éveillé, et seul, même avec la présence de Piaget à ses côtés.

Au milieu d'étrangers, songea-t-il.

— Tenez, prenez ça dit Piaget. Il lui fourra deux pilules dans la bouche, le força à avaler un verre d'eau. Dasein avala, sentit les pilules lui racler la gorge.

— Qu'est-ce que c'était? demanda-t-il en rendant le verre.

— Du fer, avec un sédatif.

— Je n'ai pas envie de dormir. Le gaz...

— Vous n'avez pas respiré assez de gaz pour que ça fasse une telle différence. Maintenant détendez-vous. Piaget lui tapota l'épaule. « Un bon lit et de l'air pur, c'est pour vous le meilleur traitement. Quelqu'un viendra jeter un œil sur vous de temps à autre cette nuit. Je repasserai vous examiner demain matin. »

— Quelqu'un, demanda Dasein. « Une infirmière? »

— Oui, dit Piaget d'une voix brusque. Une infirmière. Vous serez tout autant en sécurité ici que dans un hôpital.

Dasein regarda le ciel nocturne derrière la fenêtre de la chambre. *Alors, pourquoi cette sensation de danger?* se demanda-t-il. *Est-ce la réaction?* Il sentait le sédatif lui brouiller les sens, l'apaiser. Mais le sentiment de danger persistait.

— Jenny sera heureuse de vous savoir ici, dit Piaget. Il quitta la chambre, éteignit et referma la porte doucement.

Dasein eut l'impression de suffoquer dans l'obscurité. Il lutta contre la panique, regagna un semblant de calme.

Jenny... Jenny...

L'étrange conversation de Marden avec le réceptionniste lui revint : « *... le camarade de fac de Jenny...* »

Qu'avait pensé Johnson? Qu'allait-il dire lorsque Marden l'avait interrompu?

Dasein luttait contre le sédatif. Le goutte-à-goutte de la fuite dans la salle de bains envahit ses sens. La chambre était une cellule hostile.

N'était-ce qu'un accident?

Lui revint par fragments épars le souvenir de l'instant où il avait remarqué la fuite de gaz. Maintenant que le danger était passé, la terreur l'envahissait.

Ça n'avait pas pu être un accident!

Mais pourquoi Johnson aurait-il voulu le tuer?

La coupure de son appel téléphonique l'intriguait. La ligne était-elle vraiment en dérangement? Que ferait Selador? Il était au courant des dangers de l'endroit.

Dasein sentit le sédatif l'attirer vers le sommeil. Il tenta de se concentrer sur son enquête. C'était un projet tellement fascinant. Il entendait encore Selador décrire les facettes qui faisaient du Projet Santaroga une telle gemme scintillante.

Considéré isolément, aucun élément de cette collection de faits ne peut être jugé alarmant ou digne d'une attention particulière. On pourrait trouver intéressant qu'aucun citoyen de Cloverdale, Californie ne soit interné en hôpital psychiatrique. On pourrait trouver un intérêt passager dans le fait que les habitants de Hope, Missouri, consomment très peu de tabac. Qui s'inquiéterait de découvrir que toutes les entreprises de Enumclaw, Etat de Washington, appartiennent à des capitaux locaux? Personne, certainement. Mais lorsque vous rassemblez tous ces faits, et d'autres encore, et que vous les appliquez à une communauté unique, quelque chose de troublant apparaît. Une différence *est en train de se produire.*

Le bruit de l'eau dans la salle de bains devenait entêtant. *Une différence dangereuse*, songea Dasein. *Qui va venir me surveiller?* se demanda-t-il.

Il en vint à se demander qui avait bien pu donner

l'alarme. Le bris de la vitre avait alerté quelqu'un. La personne la plus probable était Johnson, l'employé de la réception. Pourquoi aurait-il porté assistance à celui qu'il essayait de supprimer? La paranoïa de ses réflexions commençait à avoir de l'effet sur lui.

C'était un accident, se dit-il. *Un accident dans un endroit dangereusement différent.*

Il s'éveilla avec une sensation de faim. Et avec des crampes douloureuses. Les événements de la nuit lui revinrent en mémoire. Son crâne lui donnait l'impression d'avoir été martelé de l'intérieur.

Avec précaution, il se redressa. Il y avait une fenêtre droit devant lui, traversée par la branche d'un chêne. Comme si ses muscles étaient sous l'emprise d'une force cachée, il se retrouva en train d'examiner la porte pour y découvrir un bec de gaz. Son regard inquisiteur ne rencontra qu'une marque sur le papier peint, là où avait dû déboucher la conduite.

En gardant la tête aussi droite que possible, Dasein s'extirpa du lit et se rendit dans la salle d'eau. Une douche froide lui rendit en partie son sens de la réalité.

Il ne cessait de se répéter : *C'était un accident.*

Un geai était en train de piailler sur la branche lorsqu'il émergea de la salle de bains. Le bruit lui traversait le crâne en petites salves douloureuses. Il se vêtit en hâte, poussé par la faim. Le geai fut rejoint par un compagnon. Ils se mirent à criailler de concert en se poursuivant parmi les ramures du chêne, se crêpant leur aigrette. Dasein grinça des dents, fit face au miroir pour nouer sa cravate. Il terminait le nœud lorsqu'il vit dans la glace le lent mouvement d'ouverture de la porte d'entrée. Le coin d'une table roulante apparut. Des couverts tintaient. La porte s'ouvrit complètement.

Jenny s'encadra sur le seuil, poussant la table. Dasein la considéra dans le miroir, ahuri, les mains figées sur sa cravate. Elle portait une robe rouge, ses longs cheveux bruns retenus par un bandeau assorti. Son teint hâlé respirait la santé. Des yeux bleus le dévisageaient dans la glace. Sur son visage ovale on pouvait lire une attente vigilante. Ses lèvres étaient aussi pleines que dans son souvenir, hésitant au bord d'un sourire. Une fossette tressaillait sur sa joue gauche.

— Termine de nouer ta cravate, lui dit-elle. « Je t'ai apporté un petit déjeuner. » Elle avait cette voix de gorge, apaisante, dont il se souvenait si bien.

Dasein se tourna, se dirigea vers elle, comme tiré par des ficelles. Jenny laissa le chariot, le rencontra à mi-chemin. Elle vint dans ses bras, leva les lèvres pour un baiser. La chaleur de ce baiser, la pression familière de son corps contre le sien donnaient à Dasein l'impression d'ête revenu chez lui.

Jenny s'écarta, cxamina son visage.

— Oh, Gil, dit-elle, tu m'as tellement manqué. Pourquoi ne m'as-tu même pas écrit?

Il la regarda, éberlué, incapable de parler, puis finit par dire :

— Mais je t'ai écrit. Tu n'as jamais répondu.

Elle le repoussa, ses traits déformés par un froncement de sourcils :

— Ohhh!

— Eh bien, je vois que tu l'as trouvé. C'était la voix du Dr Piaget, en provenance du couloir. Il fit rentrer le chariot complètement dans la pièce, referma la porte.

Jenny pirouetta vers lui :

— Oncle Larry! C'est toi qui as gardé les lettres de Gil pour moi?

Piaget porta son regard de sa nièce à Dasein. « Des lettres? Quelles lettres?

— Gil a écrit et je n'ai jamais reçu les lettres!

— Oh! Piaget hocha la tête. « Eh bien, tu sais comment ils sont à la poste, parfois — une fille de la vallée, un gars de l'extérieur. »

— Je leur arracherais les yeux!

— Du calme, ma fille. Piaget sourit à Dasein.

Jenny se précipita de nouveau dans les bras de Dasein, le surprit par un autre baiser. Il se dégagea, légèrement essoufflé.

« Celui-là, dit-elle, c'est pour être venu. Ces vieilles pies de la poste ne risquent pas de le jeter à la poubelle.

— Quelles vieilles pies? demanda Dasein. Il sentit qu'il avait manqué une partie de la conversation. La chaleur des baisers de Jenny, son évidente supposition que rien n'avait changé entre eux, tout cela l'avait laissé sans défense, circonspect. Un an avait passé, après tout. Il s'était débrouillé pour rester loin d'elle une année durant — s'appuyant sur son moi de mâle blessé, c'est vrai, de peur de retrouver Jenny mariée... perdue à jamais. Mais elle, sur quoi s'était-elle appuyée? Elle aurait pu venir à Berkeley, ne fût-ce que pour une visite.

Et moi, j'aurais pu venir ici.

Jenny sourit.

— Pourquoi souris-tu? demanda-t-il. Et tu ne m'as pas expliqué cette histoire avec la poste et le...

— Je souris parce que je suis si heureuse. Je souris parce que je vois les rouages qui tournent dans ta tête. Pourquoi l'un de nous n'est-il pas allé voir l'autre avant aujourd'hui? Eh bien, toi, tu es venu, comme je le savais. Je l'avais toujours su. Elle l'étreignit. « Et quant à la poste »...

— Je crois que le petit déjeuner de Gilbert est en train de refroidir, remarqua Piaget. Vous permettez que je vous appelle Gilbert?

— Il permet, répondit Jenny. Sa voix restait badine mais son corps s'était soudain raidi. Elle s'écarta de Dasein.

Piaget souleva le couvercle de l'un des plats et dit :

— De l'omelette au Jaspé, je vois. Au *vrai* Jaspé.

Jenny se justifia, avec un curieux manque de vigueur :

— Je l'ai faite moi-même, dans la cuisine de Johnson.

— Je vois, dit Piaget. Oui... Bon. Peut-être que c'est le mieux. Il montra le plat : Régalez-vous, Gilbert.

Dasein avait des crampes d'estomac rien qu'à l'idée

de manger enfin : Il voulait s'asseoir et engloutir l'omelette... mais quelque chose le faisait hésiter. Il ne pouvait se défaire de cette impression de danger.

— Quelle est cette histoire de Jaspé? demanda-t-il.

— Oh, ça, répondit Jenny en rapprochant le chariot de la table. « C'est juste pour désigner une préparation faite à base d'un produit de la coopérative. C'est notre cheddar pour l'omelette. Assieds-toi et mange. »

— Vous aimerez ça, dit Piaget. Il traversa la chambre, posa la main sur l'épaule de Dasein et le fit asseoir. « Laissez-moi jeter juste un coup d'œil sur vous. » Il lui pinça le lobe de l'oreille gauche, l'examina, le regarda dans les yeux. « Vous m'avez l'air en forme. Comment va la tête? »

— Ça va mieux maintenant. J'avais une sacrée migraine au réveil.

— Parfait. Prenez votre petit déjeuner. Pas d'effort pendant un jour ou deux. Prévenez-moi si vous vous sentez à nouveau nauséeux ou si vous éprouvez quelques symptômes de léthargie. Je vous suggère de manger du foie au dîner et je vous ferai porter par Jenny encore quelques pilules de fer. Vous n'y êtes pas resté suffisamment longtemps pour subir des dommages irréversibles.

— Quand je repense à l'imprudence de M. Johnson, j'ai envie de lui balancer un de ses couperets, lança Jenny.

— Nous sommes plutôt sanglants ces temps-ci, non? remarqua Piaget.

Dasein saisit sa fourchette, goûta l'omelette, Jenny l'observa, attentive. L'omelette était délicieuse — baveuse, avec un léger piquant dû au fromage. Il avala, sourit à Jenny.

Elle lui rendit son sourire.

— Tu sais, fit-elle, que c'est la première fois que je te fais la cuisine.

— Laisse-le un peu souffler, fillette, dit Piaget. Il lui ébouriffa les cheveux : « Bon, je vous laisse tous les deux. Pourquoi ne nous l'amènes-tu pas à dîner? Je demanderai à Sarah de lui préparer ce dont il a besoin. Il se tourna vers Dasein. Pas d'objection? »

Dasein avala une autre bouchée d'omelette. Le fromage avait un arrière-goût aigrelet qui lui rappelait la bière non pasteurisée servie par Burdeaux :

— J'en serais honoré, Monsieur, répondit-il.

— Honoré, donc. Nous vous attendons vers sept heures. » Il consulta sa montre. « Il est bientôt huit heures et demie, Jenny. Tu ne travailles donc pas aujourd'hui? »

— J'ai prévenu George que je serais en retard.

— Il n'a rien dit?

— Il est au courant... que j'ai un ami... en visite. Elle rougit.

— Comme ça, hein? Bon, ne va pas t'attirer des ennuis. Piaget se détourna, quitta la pièce à grandes enjambées, tête baissée.

Jenny adressa à Dasein un sourire timide, interrogateur.

— Ne fais pas attention à Oncle Larry. Il est toujours comme ça : à sauter d'un sujet à l'autre. C'est un homme formidable, très entier.

— Où est-ce que tu travailles? demanda Dasein.

— A la Coopé.

— La fabrique de fromage?

— Oui. Je... je suis au service de contrôle.

Dasein déglutit, se remémora qu'il était ici pour faire une étude de marché. Il était un espion. Et que dirait Jenny lorsqu'elle le découvrirait? Mais Jenny lui posait une nouvelle énigme. Elle était particulièrement douée en psychologie clinique — même aux yeux du Dr Selador dont les critères étaient pourtant élevés. Malgré tout... elle travaillait à la fabrique de fromage.

N'y a-t-il pas de travail... dans ta branche, ici?

— C'est un bon boulot, répondit-elle. Elle s'assit sur le rebord de la table, balança les jambes. « Finis ton petit déjeuner. Ce n'est pas moi qui ai fait le café. Il vient du distributeur de l'hôtel. Ne le bois pas s'il est trop fort. Il y a du jus d'orange dans le broc métallique. Je me suis rappelée que tu prenais ton café noir et je ne t'ai pas apporté de... »

— Ouah!

— Je parle de trop, je le sais. Elle haussa les épaules. Oh, Gil, je suis tellement contente que tu sois là. Termine de manger, comme ça tu pourras m'accompagner à la Coopé. Peut-être que je pourrai te faire faire une visite guidée. C'est un endroit fascinant. Il y a des tas de recoins sombres dans les caves de stockage.

Dasein avala son café, hocha la tête.

— Jenny, tu es incorrigible.

— Gil, tu vas te plaire ici. J'en suis certaine.

Dasein s'essuya les lèvres. Elle était toujours amoureuse de lui. Tout en elle le lui disait. Et... il éprouvait pour elle le même sentiment. C'était pourtant toujours : *aime-moi aime ma vallée.* Ses paroles la trahissaient. Dasein soupira. Il voyait déjà le mur aveugle d'une indissoluble différence se profiler devant eux. Si son amour pour lui pouvait surmonter la découverte de son rôle véritable, pourrait-il résister à la séparation d'avec la vallée? Voudrait-elle le suivre?

— Gil, tu vas bien? demanda-t-elle.

Il recula sa chaise, se leva.

— Oui, je...

Le téléphone sonna.

Jenny tendit le bras derrière elle, porta le combiné à son oreille.

— La chambre du Dr Dasein.

Elle lui fit un large sourire. Qui tourna en rictus : « Oh c'est vous, M. Pem Johnson, c'est ça? Eh bien, laissez-moi vous dire une ou deux choses, M. Johnson! Je pense que vous êtes un criminel à voir la façon dont vous avez failli tuer le Dr Dasein. Si vous aviez... Non! N'essayez pas de faire des excuses! Ouvrir le gaz dans les chambres! Je crois que le Dr Dasein devrait vous poursuivre jusqu'à votre dernier sou! »

De l'écouteur ne sourdait qu'un pépiement haletant. Dasein ne distinguait que des mots épars. Jenny souriait à nouveau. « C'est Jenny Sorge, voilà qui c'est. Et ne... eh bien, je vous le dirai si vous vous calmez une minute! Je suis ici pour apporter au Dr Dasein ce que le docteur lui a prescrit — un bon déjeuner. Il n'a nulle envie de manger ce que vous pourriez lui avoir préparé. Il y aurait probablement du poison dedans! »

Dasein se dirigea vers le porte-bagage sur lequel on avait posé sa valise; il l'ouvrit. Par-dessus l'épaule, il lui demanda :

— Jenny, qu'est-ce qu'il veut, pour l'amour du ciel?

Elle lui fit signe de se taire.

Dasein fourragea dans la valise à la recherche de son porte-documents. Il essaya de se souvenir de ce qu'il en avait fait. dans la confusion de la nuit précédente, scruta la pièce : rien. Quelqu'un était allé chercher ses affaires dans l'autre chambre. Peut-être qu'il y avait oublié son porte-documents. Dasein pensa au contenu de la serviette, se passa la langue sur les lèvres. Chaque étape de son programme pour découvrir le mystère de la Barrière de Santaroga s'y trouvait inscrite. Mise entre de mauvaises mains, cette information pouvait lui attirer des ennuis, soulever de nouvelles barrières.

— Je le lui dirai, annonçait Jenny.

— Attends une minute, lança Dasein. « Je veux lui parler. » Il lui prit le téléphone. « Johnson? »

— Qu'est-ce que vous voulez? La voix était belliqueuse, acariâtre mais Dasein ne pouvait lui en vouloir après le traitement que lui avait infligé Jenny.

— Mon porte-documents, dit Dasein. « Il était dans l'autre chambre. Pourriez-vous faire monter quelqu'un avec une clé pour... »

— Votre fichu porte-documents n'est pas dans cette chambre, Monsieur! J'ai fait le ménage. Je l'aurais vu.

— Alors où est-il?

— Si c'est la serviette à laquelle vous teniez tant hier

au soir, j'ai vu le Capitaine Marden quitter l'hôtel avec un objet qui lui ressemblait fort, juste après la pagaille que vous avez déclenchée.

— Que j'ai déclenchée? Dasein était outré. « Dites donc, Johnson! Si vous arrêtiez de déformer les faits! »

Il y eut une pause imperceptible, puis Johnson dit :

— Vous croyez? Ah bon, désolé.

Cette brusque candeur de Johnson désarma le psychologue qu'était Dasein. D'une certaine manière, ça le faisait penser à Jenny. Il s'aperçut que les Santarogans présentaient une image pervertie de la réalité qui était à la fois attrayante et trompeuse. Après avoir repris ses esprits Dasein ne put que répondre : « Que pourrait bien faire Marden avec ma serviette?

— C'est à lui de vous le dire et à vous de le découvrir, répondit Johnson, reprenant son agressivité coutumière. Il raccrocha brusquement.

Dasein hocha la tête, reposa le combiné.

— Al Marden veut que tu déjeunes avec lui à la Brebis Bleue, dit Jenny.

— Hmmm? Il la regarda, éberlué, sans comprendre. « Marden... pour déjeuner? »

— A midi. La Brebis Bleue est sur l'Avenue des Géants, à l'entrée de la ville... à droite, juste après le premier carrefour.

— Marden? Le Capitaine de la Police Routière?

— Oui, Johnson venait de me transmettre le message. Elle glissa de la table, genoux entrevus en un éclair, tourbillon de jupe rouge. « Allez, viens. Accompagne-moi. »

Dasein saisit son manteau et se laissa mener hors de la chambre.

Cette fichue serviette, avec tous ses formulaires, ses notes et ses lettres, songea-t-il. *Tout le bazar!* Mais l'idée de voir tout ceci révélé au grand jour lui procurait un sentiment pervers de satisfaction. *Je n'ai jamais eu l'étoffe d'un agent secret.*

Pourtant il ne fallait pas se cacher que la révélation des causes exactes de sa présence ici ne ferait qu'accentuer la conspiration du silence.

Et comment réagirait Jenny?

Chapitre II

La première impression que fit sur Dasein la Coopérative de Fromage de Jaspé, avec sa foule d'employés et d'ouvriers fut celle d'une ruche. Elle avait surgi, blafarde, derrière la clôture tandis que Jenny le conduisait depuis l'auberge. Elle lui faisait d'ailleurs un étrange pendant, songea Dasein ; juste en face de l'hôtel, nichée contre une colline escarpée, lançant des carrés et des rectangles bizarres à l'assaut de ses pentes. Au spectacle désolé de la nuit précédente s'était substituée cette impression de bruissante efficacité ponctuée par le bourdonnement des chariots électriques qui sillonnaient la cour, portant sur leur fourche des colis oblongs. Des gens se pressaient, affairés.

Une ruche, songea Dasein. La reine doit se trouver à l'intérieur et ce sont là ses ouvrières qui la gardent, et recueillent la nourriture.

Un garde en uniforme, tenant en laisse un chien policier, prit l'identité de Dasein lorsque Jenny le fit entrer. Le garde ouvrit une porte dans la clôture grillagée. Le chien gémit en montrant les dents à Dasein.

Il se souvint des aboiements qu'il avait entendus en débouchant dans la vallée. Il y avait moins de quatorze heures, réalisa-t-il. Le temps semblait s'étirer en longueur. Il se demanda pourquoi des chiens gardaient la Coopérative. La question le préoccupait.

Ils traversèrent une cour au revêtement de béton immaculé. Maintenant qu'il en était proche, Dasein constata que l'usine formait un complexe de bâtiments reliés entre eux par des rajouts bizarres et des passages couverts.

Le comportement de Jenny se modifia radicalement une fois qu'ils furent dans les lieux. Dasein la vit devenir plus décidée, plus sûre d'elle. Elle lui présenta quatre personnes en traversant la cour — parmi celles-ci Willa Burdeaux. Willa s'avérait une jeune femme de petite taille, à la voix perchée, au visage presque laid tant il était sec, acéré, minuscule. De carrure svelte, elle avait le teint d'ébène de son père.

— J'ai fait, hier soir, la connaissance de votre père, dit Dasein.

— Papa me l'a dit. Avec pour Jenny un regard entendu, elle ajouta : « Si je peux faire quelque chose, dis-le-moi, ma chérie. »

— Plus tard, éventuellement, répondit Jenny. Il faut qu'on se dépêche.

— Vous allez vous plaire ici, Gilbert Dasein, conclut Willa. Puis, avec un signe de la main, elle s'éloigna d'un pas pressé.

Troublé par les sous-entendus de cette conversation, Dasein se laissa conduire dans un hall latéral qui s'ouvrait par une large porte sur une aile de l'usine encombrée de piles de caisses de fromage de Jaspé. Quelque part derrière on entendait des bruits multiples : sifflements, martèlements, gargouillis d'eau, et un clank-clank permanent.

L'aile se terminait par une courte volée de marches larges qui montait à un quai de chargement au bord duquel s'alignaient des diables. Jenny lui fit franchir une porte marquée « Bureaux ».

La pièce était absolument banale — des bons de commande épinglés au mur, deux bureaux occupés par des dactylos, une longue banque avec un portillon latéral, des fenêtres donnant sur la cour et l'auberge en face, et derrière les femmes, une porte avec la mention : « Direction ».

La porte s'ouvrit au moment où Dasein et Jenny s'arrêtaient à la banque. En sortit l'un des joueurs de carte du restaurant de l'auberge — cheveux blonds, calvitie précoce, fossette profonde et bouche large : George Nis. Les yeux bleus aux épais sourcils allèrent de Dasein à Jenny.

— Des problèmes dans l'atelier numéro neuf, Jenny, dit Nis. Vous devriez y aller voir tout de suite.

— Oh, flûte! s'exclama Jenny.

— Je m'occuperai de votre ami. On verra si on ne peut pas vous libérer plus tôt pour votre dîner de ce soir.

Jenny étreignit la main de Dasein, et dit :

— Chéri, pardonne-moi. Mais mes obligations... Elle lui adressa un sourire furtif, fit demi-tour ; elle était déjà sortie, dans un tourbillon de sa jupe rouge.

Les femmes derrière leurs machines levèrent les yeux, semblèrent évaluer Dasein en un regard, et se replongèrent dans leur tâche. Nis s'avança vers le portillon, l'ouvrit.

— Entrez donc, Dr Dasein. Il tendit la main.

Sa poignée de main était ferme, désinvolte.

Dasein suivit l'homme dans un bureau lambrissé de chêne, sans cesser de s'interroger sur le fait que Nis était au courant de son dîner avec Jenny. Comment pouvait-il le savoir? Piaget ne lui avait proposé l'invitation que quelques minutes plus tôt.

Ils s'assirent de part et d'autre d'un bureau vierge de tout papier. Les chaises étaient capitonnées, confortables, avec leurs accoudoirs inclinés. Derrière Nis, dans de larges cadres, une photo aérienne de la coopérative et ce qui semblait un plan des installations. Dasein reconnut le tracé de la cour et celui du bâtiment de façade. Derrière, se dessinaient d'épaisses lignes sombres dont le dédale s'enfonçait dans la colline, analogue aux affluents d'un fleuve. Elles étaient cotées de la lettre J suivie d'un nombre : J 5... J 14...

Nis remarqua la direction du regard de Dasein et dit :

— Ce sont les caves de stockage : hygrométrie et température constantes. Il cacha derrière la main une toux discrète puis reprit : « Vous nous trouvez à un moment embarrassant, Dr Dasein : je n'ai personne de libre pour vous faire visiter l'usine. Jenny pourrait-elle vous faire revenir un autre jour? »

— A votre gré, répondit Dasein. Il étudiait Nis. Il se sentait curieusement méfiant, sur ses gardes.

— Et s'il vous plaît, ne vous mettez ni eau de cologne, ni lotion ou produit similaire lorsque vous reviendrez, dit Nis. Vous aurez remarqué que nos employées n'ont aucun maquillage; et nous interdisons l'accès aux caves ou aux aires de stockage aux visiteurs extérieurs de sexe féminin : il est très facile de contaminer les cultures et donner un goût bizarre à des lots entiers.

Dasein prit brusquement conscience de l'odeur manifeste de son après-rasage.

— Je serai pur et net, promit-il. Il regarda par la fenêtre sur sa droite, attiré par un mouvement soudain sur la route qui séparait la Coopérative de l'auberge.

Un étrange véhicule haut sur pattes avançait en cahotant. Dasein compta huit paires de roues. Elles avaient au moins cinq mètres de diamètre : de gros beignets gonflés qui vrombissaient sur le macadam. Ces roues étaient montées sur des bras robustes analogues à des pattes d'insecte.

Dans la cabine ouverte, tout en haut à l'avant, quatre dogues en laisse assis derrière lui, se trouvait le chauffeur : Al Marden. Il conduisait, semblait-il, en manœuvrant deux poignées verticales.

— Que diable est-ce donc là? demanda Dasein. Il s'était dressé, s'approchant de la fenêtre pour mieux voir la machine qui descendait la route. « N'est-ce pas le Capitaine Marden, aux commandes? »

— C'est le tout-terrain de notre garde-chasse, expliqua Nis. Al le remplace parfois lorsqu'il est malade ou pris par d'autres activités. Il doit revenir d'une patrouille dans les collines du sud. J'ai entendu dire que quelques chasseurs de cerfs de l'extérieur s'étaient montrés dans le coin ce matin.

— Vous interdisez la chasse aux gens extérieurs à la vallée, c'est ça?

— *Personne* ne chasse dans la vallée, corrigea Nis. Trop de risque de blesser quelqu'un avec une balle perdue. La plupart des gens du coin connaissent la loi mais nous pinçons de temps à autre quelque égaré venu de loin dans le sud. Mais il n'y a guère d'endroit inaccessible au tout-terrain : on a tôt fait de les débusquer.

Dasein imagina le monstre aux roues géantes, cahotant dans les taillis, fondant sur l'infortuné chasseur aventuré dans la vallée. Il plaignait le chasseur.

— C'est la première fois que je vois un tel véhicule, dit Dasein. C'est nouveau?

— C'est Sam, Sam Scheler qui l'a construit, il y a dix, douze ans. A l'époque, nous avions des braconniers qui venaient de Porterville. Ils ne viennent plus nous embêter, désormais.

— Je veux bien le croire.

— J'espère que vous m'excuserez, dit Nis. « Mais j'ai vraiment beaucoup de travail et nous sommes à court de personnel aujourd'hui. Demandez à Jenny de vous ramener un peu plus tard dans la semaine... après... eh bien, plus tard, c'est ça. »

Après quoi? se demanda Dasein. Il se sentait étrangement éveillé. Il n'avait jamais ressenti une telle lucidité auparavant. Il se demanda si ce pouvait être un contrecoup inattendu de son asphyxie au gaz.

— Je, euh, je vais vous laisser, dit-il en se levant.

— Le garde en faction vous attendra, répondit Nis. Il demeura assis, dévisageant Dasein avec une étrange insistance, jusqu'à ce que la porte les sépare.

Les secrétaires dans le bureau extérieur levèrent les yeux tandis que Dasein franchissait le portillon de la banque, puis reprirent leur travail. Une équipe était en train de charger des chariots sur la rampe lorsque Dasein émergea. Il sentit leur regard peser sur lui pendant qu'il descendait le quai devant eux. Une porte coulissante s'ouvrit brusquement sur la gauche. Dasein entrevit une longue table équipée d'un tapis roulant en son milieu, une rangée d'hommes et de femmes tout du long, occupés à trier des colis.

Quelque chose en eux attira son attention. Ils avaient les yeux étrangement vides, leurs gestes étaient trop lents. Dasein vit leurs jambes sous la table. Ils semblaient entravés.

La porte se referma.

Dasein déboucha au soleil, troublé par ce qu'il avait vu. Ces ouvriers avaient eu l'air... d'attardés mentaux. Il traversa la cour, perplexe. Des problèmes dans l'Atelier numéro neuf? Jenny était une psychologue compétente. Plus que compétente. Que faisait-elle ici? Que faisait-elle *réellement?*

Le garde lui fit un signe de tête et dit : « A bientôt, Dr Dasein. » Il pénétra dans sa guérite, prit un téléphone, parla brièvement.

' *Le garde en faction vous attendra* ' pensa Dasein.

Il traversa la rue, se dirigea vers l'auberge, escalada rapidement les marches du perron et pénétra dans le hall. Une femme aux cheveux gris était assise au bureau, derrière une machine à calculer. Elle leva les yeux sur Dasein.

— Pourrais-je avoir une communication avec Berkeley? demanda-t-il.

— Toutes les lignes sont coupées, répondit-elle. A cause d'un feu de broussailles.

— Merci.

Dasein ressortit, s'arrêta sous le porche, examina le ciel. Un feu de broussailles? Il n'y avait pas trace d'odeur, ni de fumée.

Tout ce qui touchait à Santaroga semblait en apparence naturel, songea-t-il, mais il y avait ici une ambiance sous-jacente d'étrangeté, de secret, qui lui donnait des frissons dans le dos.

Dasein prit une profonde inspiration, pénétra dans son camion, le mit en marche.

Cette fois-ci, il prit la direction « centre-ville ». L'Avenue des Géants s'élargit à quatre voies bordées de part et d'autre de logements et de bureaux, sans ordre apparent. Un parc s'ouvrait sur sa gauche — avec ses allées pavées, son kiosque à musique au milieu, ses parterres de fleurs. Derrière, une église de pierre dressait vers le ciel son clocher imposant. Un panonceau sur la pelouse indiquait : « Eglise Œcuménique... Sermon : l'Intensité de la réponse Divine en tant que fonction de l'anxiété. »

L'intensité de la réponse Divine? Dasein était perplexe. C'était bien là le plus étrange titre de sermon qu'il eût jamais vu. Il se promit d'essayer d'y assister le dimanche suivant.

Les passants dans les rues commencèrent à attirer son attention. Leur vivacité, leur allure décidée contrastaient avec l'apathie des ouvriers de la chaîne qu'il avait vue à la Coopé. Qui étaient ces créatures apathiques? Ou plutôt, qui étaient ces gens pressés qu'il voyait dans les rues?

Ils débordaient de vitalité, d'une bienheureuse liberté. Il se demanda si cet état d'esprit pouvait être contagieux. Il ne s'était lui-même jamais senti dans une telle forme.

Dasein remarqua sur sa droite un panneau, juste après le parc : Un mouton gambadant avec la mention « La Brebis Bleue » inscrite en lettres cursives. C'était une façade aveugle de pierres bleues, impersonnelle, dont l'uniformité n'était rompue que par une large porte à deux battants munis chacun d'un hublot circulaire.

Ainsi donc c'était ici que Marden désirait manger avec lui. Pourquoi? Il semblait évident que le Capitaine de la Police était en possession de son porte-documents. Allait-il lui refaire le coup du « disparaissez-et-n'y-remettez-plus-jamais-les-pieds » qu'il avait déjà servi la veille à l'infortuné représentant dans la salle de restaurant de l'auberge? Ou prendrait-il des manières plus subtiles envers le « camarade de fac de Jenny »?

A la sortie de la ville, la rue s'élargissait à nouveau et débouchait sur la vaste esplanade d'une station service. Dasein ralentit pour admirer la structure dodécagonale de l'édifice. C'était la plus grande station service qu'il eut jamais vu. Un auvent débordait de chaque face, surmontant trois rangées de pompes. Chaque rangée pouvait accueillir quatre véhicules. Un peu plus loin, derrière la roue géante de la station s'élevait un bâtiment abritant les ponts de graissage. Derrière encore, un parc de stationnement de la taille d'un terrain de football, avec à son extrémité un vaste garage couvert.

Dasein pénétra dans la station et s'arrêta près d'une rangée de pompes extérieure. Il sortit pour étudier les lieux. Il compta vingt postes de graissage, dont six étaient occupés par des véhicules. Des voitures allaient et venaient autour de lui. C'était encore une ruche. Il se demanda pour quelle raison aucun des rapports à sa disposition ne mentionnait un tel complexe. L'endroit fourmillait de jeunes employés revêtus d'uniformes gris-bleu.

L'un de ceux-ci s'approcha de Dasein et dit :

— Quel indice, Monsieur?

— Indice?

— Quel indice d'octane désirez-vous?

— Qu'est-ce que vous avez?

— Quatre-vingts, quatre-vingt-dix et le super à cent.

— Faites-moi le plein de quatre-vingt-dix et vérifiez l'huile.

Dasein laissa le pompiste et s'éloigna vers la rue pour avoir une meilleure vue d'ensemble de la station. Il estima sa superficie à plus de deux hectares. Il revint vers son camion au moment où le pompiste émergeait de sous le capot, la jauge à la main.

— Il vous en reste à peine plus d'un litre, annonça le jeune homme.

— Complétez avec de la grade vingt détergente.

— Excusez-moi, mais j'ai entendu le bruit de votre tacot : nous avons une huile de grade quarante, qualité aviation. Je vous la conseillerais : vous consommeriez moins.

— A quel prix?

— Pareil que les autres : trente-cinq cents le litre.

— D'accord. « Dasein hocha la tête. De l'huile qualité aviation à ce prix? Où donc *M. Sam* l'achetait-il?

— Comment trouvez-vous Santaroga? demanda le pompiste, d'une voix qui était une invite au compliment.

— Très chouette, répondit Dasein. Une jolie petite ville. Vous savez, c'est la première fois que je vois une station-service de cette taille. C'est incroyable qu'aucun journal, aucun magazine n'en ait jamais parlé.

— Le vieux Sam n'est pas porté sur la publicité.

— Pourquoi diable est-elle si grande?

— Faut bien. C'est la seule dans toute la vallée. Le jeune homme fit le tour du moteur, vérifia l'eau du radiateur, le niveau de la batterie. Il fit un large sourire à Dasein. « Ça surprend plutôt les étrangers. Mais c'est pratique pour nous : certains fermiers ont leur propre pompe, sans parler de celle de l'aérodrome, mais tous s'approvisionnent par l'intermédiaire de Sam. » Il referma le capot.

— Et le vieux Sam, où s'approvisionne-t-il, *lui?*

L'employé lui adressa un regard méfiant :

— Je veux espérer que vous ne faites pas des extras pour une des grosses compagnies pétrolières, Monsieur, avertit-il. Si vous pensez vendre à Sam, vous feriez mieux de l'oublier.

— Simple curiosité, répondit Dasein. Les termes employés par le pompiste le rendaient perplexe : *Faire des extras?* Il décida d'ignorer provisoirement ceci au profit du problème important.

— Sam passe commande une fois l'an par soumission publique, expliqua l'employé. Il remit le bouchon du réservoir, raccrocha le tuyau de la pompe. « Cette année, c'est une petite compagnie de l'Oklahoma. Ils nous livrent par camions-citernes. »

— Pas possible?

— Je ne le dirais pas si ce n'était pas vrai.

— Je ne mettais pas votre parole en doute, dit Dasein. J'exprimais ma surprise.

— J' vois pas ce qu'il y a de surprenant. Les gens devraient acheter là où ils en ont pour leur argent. Ce sera trois dollars et trois cents.

Dasein compta sa monnaie puis dit :

— Y a-t-il un taxiphone dans le coin?

— Si c'est pour un appel local, vous pouvez utiliser le poste de la station, Dr Dasein, dit l'employé. Les cabines sont là-bas, derrière le poste de graissage, mais ne perdez pas votre temps si vous voulez appeler l'extérieur. Les lignes sont coupées. Il y a eu un incendie sur la crête.

Dasein, la puce à l'oreille, dévisagea l'employé :

— Comment connaissez-vous mon nom? demanda-t-il.

— Bof, Monsieur, toute la ville est au courant. Vous êtes le copain à Jenny de Berkeley. C'est à cause de vous qu'elle envoie se rhabiller tous les gars du coin.

Le sourire épanoui qui accompagnait cette déclaration se voulait complètement désarmant mais il ne fit qu'accroître la méfiance de Dasein.

— Vous allez vous plaire ici, reprit l'employé. « Tout le monde s'y plaît. » Le sourire s'atténua. « Si vous voulez bien m'excuser, monsieur, mais j'ai d'autres clients à servir. »

Dasein vit l'employé s'éloigner. *Il me soupçonne de représenter une compagnie pétrolière,* songea Dasein. *Mais il connaît mon nom... Et il est au courant pour*

Jenny. C'était une contradiction curieuse et Dasein sentait qu'elle devait être instructive. Ce pouvait n'être que la simple vérité, toutefois.

Une longue Chrysler Imperial verte s'arrêta dans le couloir libre de l'autre côté des pompes. Le conducteur, un gros homme avec un fume-cigarette, se pencha et demanda :

— Eh! c'est bien la route menant à la 395?

— Tout droit, répondit Dasein.

— Y'a des postes à essence sur le trajet?

— Pas dans cette vallée. Plus loin, peut-être. Il haussa les épaules. Je ne connais pas la route de ce côté.

— Foutus indigènes, grommela le chauffeur. L'Impérial fit une embardée, tourna sur les chapeaux de roue et disparut dans l'avenue.

— Toi-même, murmura Dasein. Pourquoi diable m'avoir traité d'indigène?

Il remonta dans son camion, et repartit par où il était venu. A l'embranchement, il prit la côte en direction de Porteville. La route montait, montait en zigzaguant parmi les séquoias puis entra dans un bois de chênes. Il déboucha enfin sur le virage d'où il avait eu sa première vue de la vallée. Il quitta la route et se gara.

Une brume légère voilait les détails mais la Coopérative était bien visible, de même que l'installation de brûlage de déchets d'une scierie sur la gauche. La ville elle-même ressortait comme une tache de couleur au milieu des arbres — avec ses toitures de tuiles — et, juste en face de lui, il distinguait les méandres d'une rivière qui descendait des collines. Dasein consulta sa montre : dix heures moins dix. Il envisagea de se rendre à Porteville pour appeler Selador de là-bas. Mais il risquait d'être en retard à son rendez-vous avec Marden. Il décida de poster une lettre à Selador en lui demandant de vérifier de son côté cette histoire de « lignes téléphoniques coupées par le feu ».

Privé de son porte-documents et de ses notes, Dasein se sentait désavantagé. Il fourragea dans la boîte à gants, y dénicha un petit calepin, un bout de crayon et entreprit d'y coucher ses observations en vue de les reporter ultérieurement dans son dossier.

« La ville proprement dite est de petite taille, écrivit-il, mais elle semble un pôle commercial important. Population nombreuse dans la journée. A noter : douze pompes doubles à la station-service. Pour le trafic de passage?

Etrange vigilance des autochtones. Lucidité de leur attitude, vis-à-vis d'eux-mêmes, et des *étrangers*.

Problème de l'utilisation locale des produits Jaspés. Pourquoi le fromage ne supporte-t-il pas le voyage? Quelle est la raison de la préférence donnée au marché local? Le goût est différent de celui du fromage acheté à l'extérieur. Et cet arrière-goût? Subjectif? Quel rapport avec la bière?

Enquêter sur le Jaspé employé en tant que marque. Adjectif? »

Un objet de grande taille s'avançait parmi les arbres sur la colline derrière la Coopé. Le mouvement attira l'attention de Dasein. Il l'étudia un moment. Il y avait trop d'arbres pour lui permettre de voir nettement.

Dasein se rendit à l'arrière pour y chercher ses jumelles. Il les pointa sur le mouvement dans la forêt. Le tout-terrain aux roues-ballons surgit dans l'oculaire. Marden le conduisait. Il se frayait un chemin parmi les arbres et les fourrés. La machine semblait surveiller quelque chose... ou quelqu'un. Dasein chercha vers l'avant une clairière, en trouva une, attendit. Trois chasseurs apparurent, les mains sur la tête. Deux chiens les flanquaient, aux aguets. Les hommes semblaient furieux, terrorisés.

Le groupe redescendit vers un bosquet de séquoias, disparut hors de vue. Dasein remonta dans la cabine et nota ce qu'il avait vu.

Un schéma s'ordonnait lui semblait-il. C'étaient là des choses qui pouvaient s'expliquer de manière logique, naturelle. Un agent du maintien de l'ordre venait de pincer trois chasseurs en infraction. C'était ce qu'étaient censés faire les agents du maintien de l'ordre. Mais l'incident avait une tournure que Dasein commençait à reconnaître, typique de Santaroga. Quelque chose de déphasé par rapport à la façon dont se comportait le reste du monde.

Il redescendit vers la vallée, bien décidé à questionner Marden sur les chasseurs qu'il avait capturés.

CHAPITRE III

L'intérieur de la Brebis Bleue était une grotte sombre, ses murs peints de différentes tonalités de bleu pastel. Des alcôves garnies de banquettes cerclaient une zone centrale occupée par des tables et des chaises. Un long bar, avec un miroir décoré de moutons folâtres garnissait le mur du fond.

Marden l'attendait dans l'un des renfoncements. Devant lui, un grand verre empli d'une boisson glacée. Le policier semblait détendu; ses cheveux roux impeccablement peignés. Sur le col de sa chemise d'uniforme, deux galons de couleur indiquaient son grade de capitaine. Il ne portait pas de veste. Il porta sur Dasein un regard attentif tandis qu'il s'approchait.

— Vous buvez quelque chose? demanda-t-il à Dasein qui s'asseyait.

— Qu'est-ce que vous avez pris? Dasein indiqua la boisson glacée.

— Une sorte de bière à l'orange avec du Jaspé.

— Je vais goûter.

Marden leva la main et cria au barman :

— Un autre *Ade*, Jim. Il reporta son attention sur Dasein. « Comment va la tête, aujourd'hui? »

— Ça va, répondit Dasein. Il se sentait à cran, inquiet de savoir comment s'y prendrait Marden pour aborder le sujet de son porte-documents. On lui porta son apéritif. Dasein apprécia l'intermède et sirota le breuvage. Sur son palais, l'acidité de l'orange se mêlait à l'astringente amertume du Jaspé.

— Oh, à propos de votre porte-documents, dit Marden.

Dasein reposa son verre avec un calme délibéré, croisa le regard tranquille et calculateur de Marden.

— Oui?

— J'espère ne pas vous avoir gêné, en le prenant.

— Pas trop.

— J'étais surtout curieux de détails techniques, expliqua Marden. Je connaissais déjà les raisons de votre présence ici, bien entendu.

— Oh? Dasein dévisagea Marden, en quête d'un indice sur son état d'esprit. Comment pouvait-il être au courant du projet?

Marden prit une longue lampée de bière à l'orange, s'essuya les lèvres.

— Pas mauvaise, hein?

— Très parfumée, approuva Dasein.

— Vous avez entrepris une approche des plus classiques, à vrai dire. Il scruta Dasein. « Vous savez, j'ai la drôle d'impression que vous ne réalisez pas à quel point on vous a manipulé. »

L'amusement se lisait sur son visage. Dasein dut lutter contre la réaction de colère qui montait en lui.

— Et qu'est-ce que c'est censé signifier? demanda-t-il.

— Peut-être serez-vous intéressé d'apprendre que votre cas a fourni matière à discussion à notre Conseil Municipal.

— Moi?

— Vous. Plusieurs fois. Nous savions qu'ils feraient appel à vous tôt ou tard. Cela leur a pris plus longtemps que prévu. Marden hocha la tête. Nous avons fait circuler un portrait de vous pour prévenir les gens : les garçons, les serveuses, les barmen, les employés...

— les pompistes, ajouta Dasein. Le schéma devenait

clair. Il ne fit rien pour cacher sa colère. Comment osaient-ils?

Marden était l'image du calme raisonnable :

— Ils devaient fatalement avoir vent des sentiments d'une de nos filles envers vous, expliqua-t-il. C'était un biais pratique, comprenez-vous. Et l'on prend les biais que l'on peut trouver.

— Qui est ce *ils* auquel vous faites référence? demanda Dasein.

— Hmmmm.

Dasein prit trois profondes inspirations pour se calmer. Il n'avait jamais eu l'intention de cacher indéfiniment ses objectifs, mais il avait espéré ne pas se dévoiler immédiatement. De quoi diable parlait ce dingue de policier?

— Vous posez un sacré problème, reprit Marden.

— Eh bien, ne vous avisez pas de me jeter hors de la vallée comme vous l'avez fait avec ce stupide représentant hier soir ou avec les chasseurs que vous avez pris ce matin, avisa Dasein. J'obéis à la loi.

— Vous jeter? Loin de moi cette idée. Dites, si on mangeait? Nous sommes venus pour déjeuner, après tout.

Dasein se trouva pris à contre-pied : le brusque changement de sujet le divertit de sa colère; un sentiment de culpabilité l'entravait.

— Je n'ai pas faim, grommela-t-il.

— Vous aurez faim d'ici qu'on nous serve. J'ai commandé pour nous deux. Marden appela le garçon : « Deux salades Jaspé, à la carte. »

— Je n'ai pas faim, insista Dasein.

— Mais si, Marden sourit. ... « Me suis laissé dire qu'un gros type hargneux en Chrysler Imperial vous avait traité d'indigène aujourd'hui. Ça vous a fait tiquer? »

— On peut dire que les nouvelles vont vite, dans le coin, remarqua Dasein.

— Ça c'est sûr, Doc. Evidemment, l'*erreur* de ce type

me révèle que vous êtes un vrai Santarogan, voilà tout. Jenny ne s'était pas trompée sur votre compte.

— Jenny n'a rien à voir là-dedans.

— Elle a tout à y voir. Comprenons-nous, Doc. Larry a besoin d'un nouveau psychologue et Jenny estime que vous êtes l'un des meilleurs. Il y a une bonne place dans la vallée pour un gars comme vous.

— Quel genre de place? Dasein avait à l'esprit les deux enquêteurs qui avaient trouvé la mort. « A six pieds sous terre? »

— Pourquoi ne cessez-vous pas de vous fuir vous-même, Dasein?

— J'ai appris depuis longtemps qu'il valait mieux courir que tenir une place intenable.

— Hein? Marden fronçait les sourcils, perplexe.

— Je ne me fuis pas moi-même, voilà ce que je veux dire. Mais je ne vais pas rester sur place tandis que vous commandez mon existence de la même façon que vous avez commandé ces salades.

— Si vous n'aimez pas ça, vous n'êtes pas forcé d'en manger, rétorqua Marden. Dois-je comprendre que vous refusez l'offre de Larry?

Dasein baissa les yeux; il pesait les implications soulevées par cette proposition. Le mieux serait de jouer le jeu, il le savait. C'était pour lui l'occasion de passer de l'autre côté de la Barrière de Santaroga, de découvrir ce qui se passait réellement dans cette vallée. Mais il ne pouvait effacer de ses pensées les réunions de ce Conseil Municipal : interrogeant Jenny sur lui, c'était certain, et discutant des *préparatifs* en vue de son invasion! Il ne décolérait pas.

— Vous avez tout monté, avec Jenny et les autres, hein? Pour appâter le pauvre gogo. L'acheter avec...

— Tout doux, Doc. La voix de Marden restait égale, et toujours avec cette pointe d'amusement. « C'est à votre intelligence que je fais appel, pas à votre cupidité. Jenny dit que vous êtes un gars très malin. C'est là-dessus que nous comptons. »

Dasein serra les poings sous la table, fit effort pour se contrôler. Ainsi le prenaient-ils pour un pauvre nullard innocent bon à se faire manœuvrer avec une jolie nana et un peu d'argent!

— Vous pensez que je suis manipulé?

— Nous *savons* que vous êtes manipulé.

— Vous n'avez pas dit par qui.

— Qui est derrière? Un groupe de financiers, Doc, qui n'aiment pas ce que représente Santaroga. Ils veulent entrer, et n'y parviennent pas.

— La Barrière Santaroga, dit Dasein.

— C'est le terme qu'ils emploient.

— Qui ça, *ils?*

— Vous voulez des noms? Peut-être que nous vous les donnerons, si le besoin s'en fait sentir.

— Vous voulez me manipuler à votre tour, n'est-ce pas?

— Ce n'est pas ainsi que fonctionne Santaroga, Dasein.

La salade arriva. Dasein vit devant lui un appétissant plateau de crudités, garni d'émincé de poulet et nappé d'une sauce jaune et crémeuse. Il sentit le brusque aiguillon de la faim. Goûtant un morceau de poulet avec la sauce, il reconnut l'amertume maintenant familière du fromage Jaspé. Le satané produit était partout, songea-t-il. Mais il devait admettre qu'il était délicieux. Peut-être avait-on raison de dire qu'il ne supportait pas le voyage.

— Plutôt bon, non? demanda Marden.

— Oui, c'est vrai. Il étudia le capitaine un moment. Comment fonctionne Santaroga, Capitaine?

— Le Conseil gouverne, avec droit de veto de l'assemblée municipale ; des élections annuelles. Tous les résidents âgés de plus de dix-huit ans ont le droit de vote.

— La démocratie directe, dit Dasein. « Parfait lorsque vous avez une communauté de cette taille, mais... »

— Nous avions trois mille votants et cinq mille huit cents procurations lors de la dernière Assemblée municipale, dit Marden. C'est réalisable lorsque les gens sont décidés à se gouverner eux-mêmes. Et nous sommes décidés, Dr Dasein. C'est ainsi que fonctionne Santaroga.

Dasein avala sa feuille de salade, reposa sa fourchette. Près de neuf mille personnes au-dessus de dix-huit ans dans la vallée! C'était deux fois plus que ses estimations. De quoi vivaient-ils? Un tel endroit ne pouvait subsister en totale autarcie.

— Vous voulez me voir épouser Jenny, m'installer ici... faire un nouvel électeur, dit Dasein. C'est ça?

— C'est semble-t-il le vœu de Jenny. Nous avons tenté de l'en dissuader, mais... Il haussa les épaules.

— L'en dissuader... en interceptant son courrier, par exemple?

— Quoi?

Dasein vit l'évidente perplexité de Marden et le mit au courant des lettres perdues.

— Ces sacrées postières, s'exclama Marden. « Je me demande si je ne devrais pas descendre leur faire les sommations d'usage. Mais ça ne changera rien aux choses, à vrai dire. »

— Non?

— Non. Vous aimez Jenny, n'est-ce pas?

— Bien sûr que je l'aime!

La réponse avait jailli avant qu'il n'ait pu y réfléchir. Il entendit le son de sa propre voix et se rendit compte de la profondeur de son émotion. Bien sûr qu'il aimait Jenny. Il s'était ennuyé d'elle à en mourir. C'était miracle qu'il ait pu tenir loin d'elle aussi longtemps — preuve de son orgueil de mâle, blessé de se voir rejeté.

Stupide orgueil!

— Eh bien, parfait, dit Marden. « Terminez de déjeuner, allez faire un tour dans la vallée, et ce soir vous réglerez tout ça avec Jenny. »

Il ne peut vraiment pas croire que ce soit aussi simple songea Dasein.

— Tenez, dit Marden. Il prit la serviette de Dasein sur la banquette et la posa entre eux, sur la table. « Faites votre étude de marché. Ils connaissent déjà tout ce que vous pourrez trouver. Ce n'est pas vraiment ainsi qu'ils comptent vous manipuler. »

— Comment, alors?

— A vous de trouver, Docteur. Il n'y a qu'ainsi que vous pourrez y croire.

Marden se remit à sa salade, mangeant avec entrain.

Dasein posa sa fourchette et demanda :

— Qu'avez-vous fait des chasseurs que vous avez arrêtés ce matin?

— On les a décapités et mis en conserve, répondit Marden. Qu'est-ce que vous croyez? On leur a donné une amende et on les a mis dehors. Vous voulez voir les procès-verbaux?

— A quoi bon?

— Vous savez, Doc, reprit Marden en pointant sa fourchette, « vous prenez ça comme l'a fait Win — Win Burdeaux ».

Prendre quoi? se demanda Dasein. Mais il posa la question :

— Et comment Win l'a-t-il pris?

— En luttant contre. Ce qui correspond au schéma, bien entendu. Il s'est intégré assez vite, toutefois, si mes souvenirs sont bons. Win était fatigué de courir avant même d'arriver à Santaroga.

— Bande de psychologues amateurs, railla Dasein.

— C'est exact, Doc. On pourrait avoir besoin d'un autre professionnel de qualité.

Dasein se sentait pris de court devant l'impavide bonne humeur de Marden.

— Mangez votre salade, poursuivit le policier. C'est bon pour ce que vous avez.

Dasein reprit une bouchée de poulet trempée dans la sauce au Jaspé. Il devait reconnaître que la nourriture lui faisait du bien. Il se sentait la tête claire, l'esprit éveillé. Il savait que la faim pouvait avoir une influence néfaste. La nourriture faisait retomber les tensions, permettait à l'esprit de fonctionner.

Marden finit son assiette, se carra sur son siège.

— Vous allez reprendre le dessus, dit-il. « A présent, vous êtes dans la confusion mais si vous êtes aussi intelligent que l'affirme Jenny, vous découvrirez la vérité par vous-même. Je crois que vous vous plairez ici. »

Marden se glissa hors du compartiment, se redressa.

— Je suis censé vous croire simplement sur parole lorsque vous affirmez que je suis manipulé? reprit Dasein.

— Je ne vous chasse pas de la vallée, non? demanda Marden.

— Les lignes téléphoniques sont-elles toujours coupées par le feu? rétorqua Dasein.

— Je n'en sais fichtre rien. Marden consulta sa montre. « Ecoutez, j'ai du travail à faire. Rappelez-moi après votre conversation avec Jenny. »

Sur ces mots, il partit.

Le garçon arriva et se mit à débarrasser.

Dasein leva les yeux sur le visage rond de l'homme, remarqua ses cheveux gris, ses épaules voûtées. « Pourquoi vivez-vous ici? » lui demanda-t-il.

— Hein? Il avait une voix de baryton rocailleuse.

— Pourquoi vivez-vous à Santaroga? répéta Dasein.

— Vous êtes pas bien? C'est mon pays.

— Mais pourquoi ici, plutôt que, je ne sais pas, San Francisco, ou Los Angeles?

— Vous êtes vraiment pas bien! Qu'est-ce que j'aurais là-bas que je n'ai pas ici? Il repartit avec les assiettes.

Dasein resta à lorgner son porte-documents sur la table. Une étude de marché. Sur le siège d'en face, il aperçut le coin d'un journal. Il se pencha par-dessus la table et s'en empara. Il portait en titre : « Santaroga Press ».

La colonne de gauche était consacrée à un résumé des nouvelles internationales dont la concision et le style le frappèrent : une suite de paragraphes brefs, un paragraphe par sujet.

Alinéa : « Ces idiots persistent à s'entretuer en Asie du Sud-Est. »

Dasein réalisa peu à peu qu'il s'agissait des nouvelles du Viêt-nam.

Alinéa : « Le dollar continue de s'effondrer sur les places financières internationales bien que le fait soit minimisé, voire ignoré par la presse nationale. Le krach risque par comparaison de faire passer le Vendredi Noir pour une partie de pique-nique. »

Alinéa : « Les discussions de Genève sur le désarmement ne désarment personne hormis les arrogants et les auto-satisfaits. Nous rappelons que les délégués étaient encore en discussion la dernière fois que les bombes se sont mises à tomber. »

Alinéa : « Le Gouvernement des Etats-Unis continue d'agrandir sa grande cachette sous les montagnes vers Denver. A votre avis, combien, parmi les gros bonnets de l'armée, les officiels du gouvernement et leur famille ont eu de billets d'entrée pour le jour de la grande explosion ? »

Alinéa : « La France a encore fait un pied de nez aux Etats-Unis cette semaine en leur disant de débarrasser les bases aériennes françaises des avions américains. Seraient-ils plus malins que nous? »

Alinéa : « L'automatisation a encore grignoté de 0,4 pour cent le marché du travail le mois dernier. Les portions se font de plus en plus grosses. Quelqu'un a-t-il une idée pour employer cet excédent de population? »

Dasein abaissa le journal, le regarda sans le voir. Mais ce foutu truc était subversif! Etait-il l'œuvre d'un noyau de communistes? Etait-ce donc là le secret de Santaroga?

Il leva les yeux pour apercevoir le garçon. debout près de lui.

— C'est votre journal? demanda ce dernier.

— Oui.

— Oh. Je suppose que c'est Al qui vous l'a donné. Il s'apprêtait à repartir.

— Où ce restaurant s'approvisionne-t-il? s'enquit Dasein.

— Dans toute la vallée, Dr Dasein. La viande de bœuf provient du ranch de Ray Allison, en haut de la vallée. La volaille de chez Mme Larson, à l'ouest d'ici. Les légumes et le reste viennent des serres.

— Oh. Merci. Dasein se replongea dans le journal.

— Vous désirez quelque chose d'autre, Dr Dasein? Al a dit de vous donner ce que vous vouliez. C'est lui qui paie.

— Non, merci bien.

Le garçon laissa Dasein à sa lecture.

Dasein se mit à feuilleter le journal. Il avait huit pages, quelques publicités au début seulement, et la moitié de la dernière page consacrée aux petites annonces. Les réclames étaient des annonces purement informatives : « Brenner & Fils vienent de recevoir de nouvelles chambres à coucher à des prix raisonnables. Premiers venus, premiers servis. Mobilier de première qualité, fabrication locale.

« Quatre nouveaux modèles d'armoires frigorifiques (1,5 m^3) disponibles aux Magasins Lewis. Tarifs sur demande. » En illustration, un gros homme souriant tenait ouverte la porte d'une armoire frigorifique.

Les annonces classées étaient en majeure partie des propositions d'échange :

« Ai trente mètres de laine tissée main (largeur 135) — recherche bonne tronçonneuse. Demander Ed Jankey, Scierie Numéro Un.

« Cette fourgonnette Ford 56, une tonne, achetée il y a deux ans, roule encore. Sam Scheler l'estime à 50 dollars environ, ou une bonne génisse. William McCoy, River Junction. »

Dasein se mit à consulter les pages intérieures. Il y avait une rubrique de jardinage : « Il est temps de lâcher les crapauds dans votre jardin si vous voulez vous préserver des limaces. »

L'une des pages intérieures consacrait une colonne entière aux annonces de réunions. En la lisant Dasein fut frappé par ce leitmotiv : « On servira du Jaspé ».

On servira du Jaspé. Du Jaspé... du Jaspé... il y en avait partout. En faisaient-ils donc une telle consommation? Il sentait que le mot avait un sens caché. C'était un signe de ralliement, un aspect spécifique de Santaroga.

Dasein poursuivit son examen. L'une des petites annonces attira son regard : « Partagerais pendant deux ans la moitié de mon coffre à Jaspé (2 mètres cubes au niveau 5 de l'ancienne Section) contre six mois de travail de charpente. Leo Merriot, 1018 Route de la Rivière. »

A quoi diable pouvait ressembler un coffre à Jaspé? En tout cas, on pouvait en échanger dix mètres cubes pour deux ans contre l'équivalent de six mois de travail de charpente. Ce n'était pas rien, quelque chose comme quatre mille dollars...

Un éclat de lumière lui fit lever la tête au moment où pénétrait dans le restaurant un jeune couple. La fille était brune, des yeux bruns et profonds, des sourcils merveilleusement longs; son compagnon était blond, les yeux bleus, des traits de Normand finement ciselés. Ils s'assirent dans l'alcôve derrière Dasein. Il les observa dans le miroir incliné du bar. Le jeune homme regarda par-dessus son épaule en direction de Dasein, murmura quelques mots à sa compagne. Elle sourit.

Le serveur leur apporta deux boissons froides.

La fille disait :

— Après le Jaspé, nous nous sommes assis pour écouter le soleil couchant, une corde et un oiseau.

— Des fois, tu devrais sentir la fourrure sur la peau de l'eau, lui dit son compagnon. C'est le rouge du vent qui remonte.

Dasein était brusquement en alerte : La teneur obsédante, évasive de ces paroles presque sans suite — voilà qui était typique de la schizophrénie, ou de l'effet d'un psychédélique. Il tendit l'oreille, mais ils étaient tête contre tête et murmuraient, en riant.

Brusquement, Dasein se revit trois ans plus tôt lorsque son département faisait des expérimentations sur le LSD et qu'il avait découvert que Jenny Sorge, la jeune étudiante de Santaroga, présentait une apparente immunité à la drogue. Les expériences, abandonnées à la suite de la publicité sensationnelle faite autour du LSD, n'avaient pu confirmer cette découverte et Jenny s'était quant à elle refusée à en discuter. Le souvenir de ces faits revenait hanter Dasein maintenant.

Pourquoi devrais-je me rappeler ceci? se demanda-t-il.

Le jeune couple finit ses consommations, se leva et sortit.

Dasein plia le journal. Il allait le ranger dans sa serviette lorsqu'une main se posa sur son bras. Il leva les yeux et découvrit Marden qui le regardait.

« Je crois que c'est mon journal », dit le policier. Il l'ôta des mains de Dasein. « J'étais à mi-chemin lorsque je m'en suis souvenu. A plus tard. » Il sortit d'un pas pressé, le journal calé sous son bras.

Cette brusquerie désinvolte, cette manière soudaine de le déposséder d'une si intéressante lecture mirent Dasein en colère. Il s'empara de sa serviette, fonça vers la porte : il eut juste le temps de voir Marden tourner le coin dans une voiture de police.

Qu'il aille au diable! se dit-il. *J'en trouverai bien un autre.*

Le drugstore du coin ne vendait pas de journaux; d'ailleurs l'employé lui indiqua froidement que le quotidien local n'était servi « que sur abonnement exclusivement ». Il affirma qu'il ignorait où il était imprimé. Le quincaillier du bas de la rue lui fournit la même réponse, tout comme le caissier de l'épicerie en face de laquelle il avait garé son camion.

Dasein grimpa dans la cabine, ouvrit sa serviette et prit des notes sur le maximum d'articles dont il pouvait se souvenir. Lorsque sa mémoire lui fit défaut, il démarra et entreprit de sillonner les rues de la ville en quête d'une enseigne de journal ou d'un atelier d'imprimerie. Rien ne put lui indiquer que le *Santaroga Press* était bien imprimé sur place, en revanche les panonceaux d'un marchand de voitures d'occasion le firent s'arrêter brusquement. Il les consulta, étonné :

Une Buick vieille de quatre ans portait sur son pare-brise :

« Celle-ci est un gouffre à huile mais une bonne affaire pour 100 dollars. »

Sur une Rover de l'année précédente : « Moteur cassé, mais on peut se permettre de lui en remettre un neuf pour le prix : 500 dollars. »

Sur une Chevrolet de dix ans : « Cette voiture a appartenu à Jersey Hofstedder. Sa veuve n'en réclame que 650 dollars. »

Curieux, Dasein descendit et s'approcha de la Chevrolet de Jersey Hofstedder. Il regarda le tableau de bord. Le compteur accusait soixante et un mille miles (1). La sellerie était en cuir, d'une finition parfaite. Dasein ne put voir une seule éraflure; les pneus semblaient presque neufs.

— Vous voulez l'essayer, Dr Dasein?

C'était une voix de femme. Dasein se retourna et se retrouva en face d'une élégante matrone aux cheveux gris vêtue d'un chemisier à fleurs et de blue jeans. Elle avait un visage replet, ouvert, un teint légèrement hâlé.

— Je suis Clara Scheler, la mère de Sam, lui dit-elle. Je suppose que vous avez déjà entendu parler de Sam, maintenant.

(1) Un peu plus de 98 000 kilomètres. N.d.T.

— Et bien sûr, vous me connaissez, rétorqua Dasein, cachant à peine sa colère. « Je suis le copain à Jenny, venu de Berkeley. »

— Je vous ai vu ce matin avec elle. C'est une chic fille, Dr Dasein. Bon, si la voiture de Jersey vous intéresse, je peux vous en parler.

— Je vous en prie.

— Les gens du coin savent comment était Jersey : un maniaque de la perfection, pour tout dire. Il avait passé au banc toutes les pièces mobiles de son véhicule. Il les a équilibrées, ajustées, rodées pour en faire le meilleur engin qu'on ait jamais vu. Il a aussi posé des freins à disques. Et vous pouvez voir ce qu'il a fait comme sellerie.

— Qui était Jersey Hofstedder?

— Qui... oh, c'est juste, vous êtes nouveau ici. Jersey était le chef mécano de Sam, jusqu'à sa mort, le mois dernier. Sa veuve a conservé la Cord dont Jersey était si fier, mais elle dit qu'on ne peut guère conduire qu'une seule voiture à la fois. Alors elle m'a demandé de vendre la Chevvy. Tenez, écoutez un peu.

Elle se glissa derrière le volant, fit démarrer le moteur.

Dasein se pencha tout contre le capot : le bruit du moteur était presque imperceptible.

— Double allumage, précisa Clara Scheler. « Jersey se vantait de faire du huit litres et demi au cent et ça ne m'étonnerait pas le moins du monde. »

— Moi non plus.

— Vous voulez payer comptant ou à crédit? demanda Clara Scheler.

— Je... je n'ai pas décidé de l'acheter.

— Jenny et vous ne pourriez choisir mieux pour démarrer que la voiture de Jersey. Il va bien falloir vous débarrasser du tacot avec lequel vous êtes arrivé. Je l'ai entendu. Il ne va pas faire long feu si vous ne faites pas revoir ses bielles.

— Si... si je me décide à l'acheter, je reviendrai avec

Jenny, dit Dasein. Merci de me l'avoir montrée. Il fit demi-tour et battit en retraite vers son camion. Il avait été à deux doigts d'acheter le véhicule de Jersey Hofstedder. Il en était étonné : cette femme devait être une commerçante de premier ordre.

Il retourna vers l'Auberge, l'esprit bouillonnant face à l'étrange personnalité que révélait Santaroga. La naïveté bizarre des affiches pour ces voitures d'occasion, les annonces du *Santaroga Press* — tout cela relevait du même style : *Une honnêteté désinvolte, mais qui pouvait s'avérer brutale, à l'occasion.*

Il monta dans sa chambre, s'allongea sur le lit pour tâcher d'ordonner ses pensées, les événements de la journée. Après coup, la conversation avec Marden au restaurant semblait encore plus étrange : Un boulot à la clinique de Piaget? L'obsédante obscurité du dialogue du jeune couple le hantait. Des drogués? Et ce journal qui n'existait pas — sauf par abonnement. La voiture de Jersey Hofstedder — Dasein fut tenté de retourner l'acheter, pour la conduire hors de la vallée et la faire examiner par un mécanicien *de l'extérieur.*

Il prit peu à peu conscience d'un murmure de voix persistant. Il se leva, fit des yeux le tour de la chambre, mais ne put en localiser la source. Le pan de ciel visible par la fenêtre tournait au gris. Il alla regarder dehors. Des nuages arrivaient du nord-ouest.

Le murmure de voix continuait.

Dasein fit le tour de la pièce, s'arrêta sous un minuscule aérateur, dans le coin au-dessus de la commode. S'aidant de la chaise du bureau, il grimpa sur le meuble et colla son oreille contre la bouche d'aération. Faible mais distinct, il reconnut la ritournelle familière d'une publicité télévisée pour une marque de chewing-gum.

Avec un sourire, Dasein redescendit de la commode. Ce n'était que quelqu'un en train de regarder la télé. Il fronça les sourcils. C'était la première fois qu'il avait la preuve qu'ils possédaient même la télévision dans la vallée. Il se remémora la topographie des lieux : une cuvette. La réception de la télé aurait exigé une antenne sur l'une des collines, des amplificateurs, une longueur de câble considérable.

Il remonta sur la commode, recolla l'oreille à l'aérateur. Il s'aperçut qu'il pouvait distinguer le son du récepteur (un feuilleton de l'après-midi) et le fond sonore d'une conversation entre trois ou quatre femmes. L'une d'entre elles semblait donner à sa voisine un cours de tricot. A plusieurs reprises il entendit prononcer le mot « Jaspé » et une fois, fort distinctement : « Une vision, c'est tout; rien qu'une vision. »

Dasein redescendit de son perchoir, et se rendit dans le corridor. Entre sa porte et la fenêtre de l'extrémité avec son panneau « Sortie », il n'y avait aucune porte. De l'autre côté, si; mais pas du sien. Il réintégra sa chambre, étudia la bouche d'aération. Elle semblait s'enfoncer droit dans le mur, mais les apparences pouvaient être trompeuses. Elle pouvait venir d'un autre étage. Pourtant, qu'y avait-il dans toute la partie arrière de cet angle du bâtiment? Dasein se sentait curieux maintenant d'explorer les lieux.

Il descendit au rez-de-chaussée, traversa le hall désert sortit et fit le tour de l'hôtel. A l'arrière se dressait un chêne, un patriarche à l'écorce noueuse dont une branche s'inclinait au droit de l'une des fenêtres du premier. Ce devait être la sienne, jugea Dasein. Elle était située au bon endroit et la branche confirmait ce fait. Un auvent bas surmontait le desserte des cuisines qui saillait sous la fenêtre. Dasein regarda vers le pignon et compta trois autres fenêtres dans la zone qu'aucune porte ne desservait. Elles avaient toutes les rideaux tirés.

Pas de porte, mais trois fenêtres, réfléchit Dasein.

Il remonta dans sa chambre d'un pas plus lent. Le hall était toujours vide mais on entendait le bruit d'une conversation et le bruissement du standard derrière le bureau.

De retour dans sa chambre, Dasein se rendit à la

fenêtre pour examiner le toit de l'auvent. La pente en était faible, les ardoises sèches. Il ouvrit la crémone, enjamba l'appui. En s'appuyant contre le mur, il pouvait avancer de biais le long du toit.

A la première fenêtre, il s'agrippa au rebord et chercha une ouverture dans le rideau. Il n'y en avait pas mais le son du téléviseur était parfaitement audible lorsqu'il eut pressé son oreille contre la vitre. Il entendit un fragment d'annonce publicitaire puis l'une des femmes dire : « Ça suffit pour cette chaîne, passe sur la NBC. »

Dasein se recula, rampa vers la fenêtre suivante. Il y avait un espace d'un centimètre au bas du rideau. Il faillit perdre l'équilibre en se penchant pour lorgner par l'ouverture, se rattrapa, assura fermement sa prise et s'accroupit pour regarder.

Son regard rencontra la lueur grise et fluctuante d'un des tubes cathodiques dans une pièce plongée dans l'ombre. Il put juste distinguer une console équipée de huit téléviseurs adossée contre un mur à sa droite. Cinq femmes étaient assises dans des fauteuils confortables, à bonne distance des écrans. Il nota que l'une d'entre elles était effectivement en train de tricoter. Une seconde semblait prendre des notes sur un bloc-sténo. Une troisième manipulait une espèce de magnétophone.

Le groupe évoquait l'ambiance d'un bureau en pleine activité. Les femmes semblaient d'un âge plus que mûr pourtant lorsqu'elles se mouvaient, c'était avec la grâce des gens actifs. Une blonde, élégante, se tenait debout sur la droite; elle balaya de son calepin l'écran du récepteur supérieur droit, l'éteignit. Elle retourna s'effondrer dans son fauteuil, accentuant sa mimique de fatigue. et dit à haute voix :

— Mon Dieu! Imaginez qu'on laisse ce fatras se déverser sans censure dans votre cerveau jour après jour après jour après...

— Garde tes forces pour le rapport, Suzie! C'était la femme au magnétophone.

Le rapport? se demanda Dasein. *Quel rapport?*

Il balaya la pièce du regard. Une rangée de classeurs occupait le mur du fond. Il pouvait distinguer le coin d'un lit de camp adossé contre sa fenêtre. Un escalier escamotable, analogue à ceux qu'on emploie pour accéder à un grenier était visible dans le coin de gauche. Derrière les spectatrices, il y avait deux machines à écrire posées sur des dessertes à roulettes.

Dasein jugea que c'était bien là l'une des pièces les plus étranges qu'il lui eût été donné de voir. Il avait sous les yeux tous les attributs de la normalité, mais avec cette déformation caractéristique de Santaroga. Pourquoi ce secret? Pourquoi huit récepteurs de télévision? Qu'y avait-il dans les classeurs?

Quel rapport?

De temps à autre, les femmes prenaient des notes, déclenchaient le magnétophone, changeaient de chaîne. Et tout le temps, elles continuaient leur tranquille conversation dont seules des bribes parvenaient à Dasein. Des fragments sans grande signification — des paroles banales : « J'ai finalement décidé de ne pas faire de plis : c'est trop compliqué. » « Si Fred ne peut pas me prendre après le travail, il faudra qu'on me ramène. »

Sa position en pleine vue sur le toit commençait à l'inquiéter. Il se dit qu'il n'apprendrait rien de plus à guetter derrière la fenêtre. Et quelle explication fournirait-il s'il était découvert?

Avec prudence, il recula jusqu'à sa chambre, enjamba la fenêtre, la referma. A nouveau, il examina le couloir : Il n'y avait effectivement pas de porte d'accès à cet étage. Bizarre. Il alla jusqu'au panneau de sortie, ouvrit une porte étroite donnant sur un palier. En partait un escalier à balustrade en bois. Dasein se pencha pardessus, plongea son regard dans la cage, jusqu'au rez-de-chaussée. Puis il leva les yeux. La cage d'escalier était éclairée par une verrière au second.

A pas de loup, il monta à l'étage supérieur, ouvrit la

porte palière qui donnait sur un autre corridor. Il entra, examina le mur au-dessus de la chambre secrète. A deux pas de là une nouvelle porte s'ouvrait. Une plaque indiquait : « Lingerie ». Dasein fit jouer la poignée — verrouillée.

Frustré, il retourna vers le palier. Au moment où il quittait le hall son pied droit s'entrava dans le coin d'un tapis. En un instant de terreur, Dasein vit la balustrade et la cage vide se ruer vers lui. Son épaule droite heurta la rampe; il y eut un craquement. Mais cela ne fit que ralentir sa chute, sans l'arrêter. Il agrippa de la main gauche le tronçon de la rampe, la sentit se recourber vers l'extérieur, sut qu'il allait basculer dans le vide — une chute de trois étages. La rampe brisée émettait un grincement à mesure qu'elle fléchissait dans sa main. Tout ceci semblait se dérouler au cours d'un terrible ralenti. Il voyait les bords des marches qui descendaient : leur peinture avait dégoutté en formant des petites rigoles jaunes. Il aperçut une toile d'araignée sous l'une des contremarches, un morceau de peluche marron y était pris.

La rampe finit de se briser dans un ultime craquement et Dasein tomba. En ce mortel instant, alors qu'il voyait son corps s'écrabouiller sur le béton trois étages plus bas, des mains robustes empoignèrent ses chevilles. Sans bien réaliser ce qui lui était arrivé, Dasein oscilla la tête en bas, lâcha la lampe brisée et la vit tournoyer et tomber.

Il se sentit tiré vers le haut comme une poupée, hissé par-dessus les fragments brisés de la balustrade, retourné, le dos contre le sol du palier.

Dasein se retrouva face au visage sombre et renfrogné de Win Burdeaux.

— Il était moins une, Monsieur, dit Burdeaux.

Dasein était trop haletant pour répondre. Son épaule droite n'était qu'une monstrueuse boule de souffrance. Les doigts de sa main gauche étaient crispés en une crampe douloureuse à force d'avoir agrippé la rampe.

— J'ai entendu quelqu'un essayer d'ouvrir la porte de la lingerie, expliquait Burdeaux. « J'étais à l'intérieur, Monsieur, et je suis sorti. Et voilà que je vous vois traverser la balustrade. Comment cela s'est-il produit? »

— Le tapis, hoqueta Dasein. « Trébuché. »

Burdeaux se pencha pour examiner ce coin du palier. Il se raidit soudain :

— Je veux être pendu si ce tapis n'est pas déchiré, là, Monsieur. Voilà une situation fort dangereuse.

Dasein parvint à faire jouer ses doigts engourdis. Il prit une profonde inspiration, tenta de se redresser. Burdeaux lui prêta assistance. Dasein remarqua que sa chemise était déchirée. Il avait une longue éraflure rouge du ventre à la poitrine, là où il avait frotté contre la balustrade brisée.

— Vous feriez mieux de souffler quelques minutes, Monsieur, dit Burdeaux. Vous voulez que j'appelle le docteur?

— Non... non, merci.

— Ça ne prendrait qu'une minute, Monsieur.

— Ça... Ça ira.

Dasein regarda la déchirure du tapis, le bord effrangé de laine marron. Il se rappela le morceau de rampe qui était tombé dans la cage et s'étonna de ne pas l'avoir entendu heurter le sol. Il avait également à l'esprit une autre image, tout aussi troublante : les accidents mortels de ses deux prédécesseurs. Dasein se vit mort au pied de l'escalier, l'enquête — tout ceci est naturel, fort regrettable, mais naturel. Ce sont des choses qui arrivent.

Mais était-ce bien des accidents?

Son épaule commençait à l'élancer.

— Je ferais mieux de redescendre dans ma chambre... et de me changer. La douleur de son épaule, intense maintenant, lui prouvait qu'il avait besoin de soins. Il sentait en lui un instinct lutter contre cette idée, pourtant, tandis qu'il faisait effort pour se lever.

Burdeaux s'avança pour l'aider mais Dasein le

repoussa, tout en se rendant compte du caractère irrationnel de son acte.

— Monsieur, je ne vous veux aucun mal, dit Burdeaux. Sa voix était doucement grondeuse.

Ma terreur était-elle si évidente? se demanda Dasein.

Il se rappela soudain les mains robustes qui le saisissaient aux chevilles, lui sauvaient la vie au bord de cette cage d'escalier. Un sentiment de reconnaissance l'envahit.

— Je... je le sais bien. Vous m'avez sauvé la vie. Il n'y a pas de mots pour vous en remercier. Je... je pensais à cette balustrade brisée. Vous ne croyez pas que vous devriez la réparer?

Prenant appui sur le mur, Dasein se mit sur pieds. Il haletait. La douleur de son épaule était une agonie.

— Je vais verrouiller cette porte, Monsieur. La voix de Burdeaux était douce, mais ferme. « Je vais appeler le docteur. Vous vous tenez l'épaule. Je suis certain que vous avez très mal. Mais le docteur vous examinera, Monsieur. »

Dasein se détourna, s'étonnant de sa propre ambivalence : Il fallait qu'un médecin lui examine l'épaule — d'accord. Mais fallait-il que ce soit Piaget? En se tenant contre le mur, Dasein redescendit les marches. Piaget... Piaget... Piaget... Avait-on appelé Piaget lors des deux *accidents* fatals? Le mouvement provoquait dans son épaule des élancements douloureux. Piaget... Piaget... Comment cet incident de l'escalier pouvait-il être autre chose qu'un accident? Qui pouvait prévoir qu'il se trouverait à cet endroit précis en cet instant précis?

Puis il entendit le son d'une porte qu'on refermait et verrouillait au-dessus de lui. Le pas lourd de Burdeaux résonna sur les marches. Les vibrations accrurent encore la douleur de son épaule. Dasein la serra de sa main valide, s'arrêta sur le palier du premier.

— Monsieur?

Il se tourna, leva les yeux vers le visage sombre du Maure, y lut une expression soucieuse.

— Il vaudrait mieux, Monsieur, que vous ne retourniez pas sur le toit à l'avenir. Vous pourriez faire une chute. Une chute de cette hauteur pourrait être très dangereuse.

Chapitre IV

L'orage éclata dans la vallée juste avant la nuit. Dasein était installé dans un grand fauteuil, chez Piaget. Son épaule était maintenant fermement immobilisée par un bandage. Jenny était assise sur un coussin devant lui. Un regard accusateur se lisait sur ses traits.

C'était un Burdeaux aussi doux qu'inflexible qui l'avait conduit à la clinique jouxtant le domicile de Piaget, et ne l'avait laissé qu'une fois entré dans l'atmosphère antiseptique d'une salle d'urgence carrelée.

Dasein ne savait à quoi il s'était attendu — en tout cas pas au détachement professionnel qu'avait affiché Piaget pour lui soigner l'épaule.

« Déchirure des ligaments, avait-il diagnostiqué. Plus une légère luxation. Qu'est-ce que vous vouliez faire — vous suicider? »

Dasein avait gémi lorsqu'on avait serré le bandage. « Où est Jenny? »

— Elle prépare le dîner. On lui racontera vos bêtises une fois que vous serez réparé. Piaget avait fixé l'extrémité du bandage. « Vous ne m'avez pas expliqué ce que vous faisiez. »

— Je fouinais! avait grommelé Dasein.

— Voyez-vous ça! Il lui passait une bande autour du cou pour immobiliser son bras. « Là, ça devrait vous maintenir un moment. Ne bougez pas ce bras plus que nécessaire. Je suppose que je n'ai pas besoin de vous le dire. Vous pouvez laisser votre veste : il y a un passage couvert jusqu'à chez moi — par cette porte, en face. Allez-y, je vous envoie Jenny vous tenir compagnie jusqu'à l'heure du dîner. »

Le passage couvert avait des cloisons vitrées; des pots de géraniums le longeaient. L'orage éclata alors qu'il avançait entre les rangées de pots; il s'arrêta un instant pour contempler la pelouse fraîchement coupée, les alignements de rosiers, le ciel bas et plombé. Le vent balayait la pluie dans l'allée derrière les roses, inclinant les branches des bouleaux blancs. Les gens se hâtaient sur le trottoir. Les pans trempés de leurs manteaux leur battaient les jambes à chaque rafale.

Dasein se sentait légèrement étourdi, frissonnant malgré la protection de la véranda. *Que fais-je ici?* se demanda-t-il. La gorge sèche, il déglutit, puis pressa le pas vers la porte de la maison. Il pénétra dans une salle de séjour lambrissée, encombrée de meubles lourds. Il y régnait une vague odeur de poêle à charbon. Son épaule était le siège d'une douleur sourde. Il traversa la pièce, longea une desserte emplie de cristaux, s'installa avec précaution dans un fauteuil confortable et profond, recouvert d'un tissu à côtes vertes.

L'immobilité et la provisoire accalmie de sa douleur l'emplirent d'une sensation passagère de soulagement. Puis son épaule se remit à l'élancer.

Claquement de porte — bruits de pas pressés.

Jenny surgit devant lui, provenant d'une large arcade sur sa gauche. Son visage était congestionné. Une mèche de cheveux humides lui balayait la tempe. Elle portait une robe orange toute simple, dont la tache de couleur détonnait dans cette pièce aux teintes neutres. Dasein se rappelait lui avoir dit sur un ton bizarrement détaché que l'orange était sa couleur préférée. Ce souvenir l'emplissait d'un inexplicable sentiment de méfiance.

— Gil, pour l'amour du ciel! dit-elle alors, en s'arrêtant devant lui, les mains sur les hanches.

Dasein avala.

Jenny regarda sa chemise ouverte, les bords du pansement, le bandage. Brusquement, elle tomba à genou, posa la tête dans son giron, et l'enserra dans ses bras; il vit qu'elle pleurait — des larmes silencieuses qui luisaient, humides, sur ses joues.

— Hé! Jenny... Ces larmes, ce visage immobile — il se sentait gêné. Elle provoquait en lui un sentiment de culpabilité, comme si, en un certain sens, il l'avait trahie. Une sensation qui effaçait sa douleur et sa fatigue.

Jenny prit sa main gauche, y pressa la joue.

— Gil, murmura-t-elle, marions-nous — tout de suite.

Pourquoi pas? se demanda-t-il. Mais le sentiment de culpabilité subsistait... tout comme les questions sans réponses. Jenny était-elle l'appât du piège qu'on avait monté pour lui? Et si oui, le savait-elle? Le ver sait-il qu'il est empalé sur l'hameçon pour attirer la truite?

Une toux discrète se fit entendre du côté de l'arcade.

Jenny s'écarta, mais continua de lui tenir la main.

Dasein leva les yeux et découvrit Piaget. L'homme s'était changé pour une veste bleue qui lui donnait encore plus une allure de mandarin. Sa tête massive était légèrement inclinée sur la droite, avec un air d'amusement mais les yeux sombres le dévisageaient, calculateurs.

Derrière Piaget, Dasein remarqua qu'on avait allumé des appliques dans ce qui s'avérait la salle à manger : il vit une grande table ovale avec trois couverts dressés sur la nappe blanche, l'éclat des cristaux et de l'argenterie.

« Jenny? » dit Piaget.

Elle soupira, lâcha la main de Dasein pour aller s'asseoir dans un canapé vert, les jambes repliées sous elle.

Dasein nota peu à peu une odeur de viande grillée piquée d'ail. Il se rendit compte qu'il avait faim. Ses sens aiguisés remarquèrent un parfum entêtant : il reconnut l'odeur du *Jaspé*.

— Je crois que nous devrions discuter de votre prédisposition aux accidents, dit Piaget. Y voyez-vous un inconvénient?

— Pas du tout. Il observa le médecin avec attention. Sa voix trahissait sa prudence, une hésitation que n'expliquait pas seulement la réticence d'un hôte à aborder un sujet embarrassant.

— Avez-vous eu beaucoup d'accidents douloureux? commença Piaget. Il traversa la pièce en direction d'une chaise en cuir derrière Jenny. Lorsqu'il se fut assis, il regardait Dasein par-dessus l'épaule de Jenny et ce dernier le soupçonna immédiatement d'avoir choisi cette position avec un soin délibéré. Piaget et Jenny semblaient ainsi faire front contre lui.

— Eh bien? demanda Piaget.

— Pourquoi ne pas échanger les réponses? contra Dasein. Vous répondez à mes questions, et je réponds aux vôtres.

— Oh? Le visage de Piaget se détendit en un sourire entendu nuancé d'étonnement.

Jenny semblait troublée.

— Quelle est votre question? demanda Piaget.

— Un marché est un marché, dit Dasein. D'abord une réponse. Vous me demandez si j'ai subi beaucoup d'accidents. Non, je n'en ai pas eu. Du moins, pas avant d'arriver ici. Je ne puis juste que me rappeler un seul : une chute du haut d'un pommier lorsque j'avais huit ans.

— Bien. Alors, vous avez une question pour moi?

Jenny fronça les sourcils, détourna son regard.

Dasein se sentit brusquement la gorge sèche. Lorsqu'il parla, ce fut d'une voix râpeuse : — Dites-moi, Docteur... comment sont morts les deux enquêteurs... ceux qui m'ont précédé?

Jenny fit brusquement volte-face : — Gil! Elle semblait outrée.

— Du calme, Jenny, lança Piaget. Un tic nerveux crispait sa joue gauche. « Vous êtes sur la mauvaise piste, jeune homme, grommela-t-il. Nous ne sommes pas des sauvages. C'est inutile. Si nous désirons que quelqu'un parte, il part. »

— Et vous ne voulez pas que je parte?

— Jenny ne veut pas que vous partiez. Et cela vous fait deux questions. Vous me devez une réponse.

Dasein opina. Il fixa les yeux sur Piaget assis derrière Jenny, répugnant à croiser le regard de cette dernière.

— Aimez-vous Jenny?

Dasein déglutit, détourna les yeux et rencontra ceux implorants, de Jenny. Piaget connaissait la réponse à cette question! Pourquoi la lui posait-il maintenant?

— Vous le savez bien, répondit-il.

Jenny sourit mais deux larmes brillaient à ses paupières.

— Alors, pourquoi avoir attendu un an pour venir ici le lui dire? La voix de Piaget était coupante, accusatrice et Dasein se raidit.

Jenny se tourna et regarda son oncle avec étonnement. Ses épaules tremblaient.

— Parce que je ne suis qu'un idiot d'entêté : je n'ai pas envie que la femme que j'aime me dise où je dois vivre.

— Ainsi donc vous n'aimez pas notre vallée, dit Piaget. Peut-être que nous pourrons changer votre opinion en ce domaine. Voulez-vous nous laissez essayer?

Non! pensa Dasein. *Je ne veux pas!* Mais il savait que cette réponse, viscérale, instinctive, aurait l'air coléreuse, puérile.

— Faites votre possible, grommela-t-il.

Et Dasein se demanda : Que voulait lui faire comprendre son instinct? Qu'avait d'anormal cette vallée pour éveiller ses soupçons à la moindre occasion?

— Le dîner est prêt.

C'était une voix de femme en provenance de l'arcade.

Dasein se retourna et vit une femme, sombre et farouche, vêtue d'une robe grise. C'était l'incarnation de l'Américaine d'antan à la Grant Woods : le nez long, l'œil méfiant, le visage un masque désapprobateur.

— Merci, Sarah, dit Piaget. Je te présente le Dr Dasein, l'ami de Jenny.

Le jeune homme battit en retraite devant son regard évaluateur :

— Le dîner va refroidir, annonça-t-elle.

Piaget se souleva de sa chaise.

— Sarah est ma cousine. Elle est issue de la vieille branche Yankee de la famille et refuse obstinément de dîner avec nous lorsque nous mangeons à une heure raisonnable.

— Complètement insensés, vos horaires; grommela-t-elle. A cette heure-ci, mon père était déjà couché.

— Et debout à l'aube, compléta Piaget.

— N'essaie pas de te payer ma tête, Larry Piaget ; sur ce, elle fit demi-tour. « A table. J'apporte le rôti. »

Jenny s'approcha de Dasein et l'aida à se lever. Elle se serra contre lui, lui donna un baiser sur la joue et murmura :

— Elle t'aime vraiment bien. Elle me l'a dit dans la cuisine.

— Qu'est-ce que vous marmonnez tous les deux? demanda Piaget.

— J'apprenais à Gil ce que Sarah a dit de lui.

— Et qu'a-t-elle dit?

— Elle a dit : ‘ Larry ne risque pas d'intimider ce jeune homme. Il a les mêmes yeux que Papy Sather. ’

Piaget se tourna pour considérer Dasein.

— Par Saint-George, c'est vrai. Je n'avais pas remarqué. Il fit demi-tour avec brusquerie et pénétra dans la salle à manger. « Dépêchons, sinon Sarah va modifier la bonne opinion qu'elle a de vous. Autant nous l'éviter. »

Pour Dasein, ce fut l'un des plus étranges dîners de son existence.

Il y avait cette douleur de son épaule blessée, une pulsation lancinante qui accentuait sa perception et faisait ressortir chaque mot, chaque geste avec un relief accusé. Il y avait Jenny — elle n'avait jamais paru si chaleureusement féminine et désirable. Il y avait Piaget, qui avait décrété une trêve pour la durée du repas et assommait Dasein de questions sur ses cours à l'Université, ses professeurs, ses camarades d'étude, ses ambitions personnelles. Il y avait Sarah, officiant au service comme un spectre murmurant qui n'avait d'yeux que pour Jenny.

Avec Sarah, les désirs de Jenny sont des ordres, se dit Dasein.

Enfin, il y avait la nourriture : une côte de bœuf cuite à point avec une rare perfection, la sauce au Jaspé qui nappait les petits pois et les crêpes aux pommes de terre, la bière locale au parfum astringent, et pour dessert des pêches au miel.

La bière, pour accompagner le repas, parut tout d'abord étrange à Dasein; puis il fit l'expérience du jeu des saveurs, ce mélange subtil de principes aromatiques qui renforçaient sur sa langue chaque parfum tout en se combinant pour créer des sensations entièrement nouvelles. Il réalisa que ses divers sens interagissaient — il fit l'expérience du goût des odeurs, des couleurs qui renforçaient les arômes.

Piaget avait goûté le premier la bière. Il avait opiné et remarqué — Elle est fraîche.

— Elle a moins d'une heure, comme vous l'avez demandé, avait noté Sarah, coupante. Avec un regard de défi à l'adresse de Dasein.

Il était neuf heures et demie lorsque Dasein les quitta.

— J'avais fait venir votre camion, dit Piaget. Je crois que vous pourrez le conduire, ou voulez-vous que je demande à Jenny de vous raccompagner à l'hôtel?

— Ça ira très bien.

— Ne prenez pas les cachets de calmant que je vous ai donnés avant d'être en sûreté dans votre chambre, l'avertit Piaget. Je n'ai pas envie de vous voir quitter la route.

Ils étaient sous la large véranda devant la maison, les lampadaires de la rue dessinaient les ombres des bouleaux sur la pelouse. La pluie avait cessé mais l'air nocturne était encore humide et froid.

Jenny lui avait jeté sa veste sur les épaules. Elle était à ses côtés, le visage marqué de rides soucieuses.

— Es-tu *certain* que ça ira?

— Tu devrais savoir que je suis capable de conduire d'une seule main, remarqua-t-il dans un sourire.

— Tu es parfois terrible, remarqua-t-elle. Je me demande ce qui a bien pu m'attirer en toi.

— C'est la chimie.

Piaget s'éclaircit la gorge.

— Dites-moi, Gilbert. Que faisiez-vous donc sur le toit de l'hôtel?

Dasein sentit un brusque pincement au cœur, la sensation que cette question venait à un moment incongru.

A Dieu vat! se dit-il. *Voyons ce que donne une réponse directe.*

— J'essayais de découvrir pourquoi vous entourez d'un tel secret votre télévision.

— Un secret? Piaget hocha la tête. « Ce n'est qu'un projet qui m'est cher : ils analysent les infantilismes débiles de la télé en vue d'accumuler des données pour un livre que j'ai à l'esprit. »

— Alors, pourquoi ce secret? Dasein sentit Jenny lui agripper le bras; il ignora la peur que trahissait sa réaction.

C'est par considération pour les sensibilités individuelles. Il n'y a pas de secret là-dedans. La plupart des émissions rendent dingues nos concitoyens. Nous surveillons les informations, bien sûr, mais même celles-ci ne sont pour la plus grande part que de la bouillie, sucrée et prédigérée.

L'explication de Piaget avait un accent partiel de vérité mais Dasein se demanda ce qu'il y avait derrière. Que *cherchaient* d'autre les femmes dans cette pièce?

— Je vois, dit Dasein.

— Vous me devez une réponse, maintenant.

— Allez-y.

— Une autre fois. Je vous laisse tous les deux vous dire bonne nuit.

Il rentra, ferma la porte.

Dasein redescendait maintenant la rue au volant de son camion ; l'excitante sensation du baiser de Jenny lui brûlait encore les lèvres.

Il arriva à la fourche peu avant dix heures, hésita, puis obliqua sur la droite pour emprunter la route qui quittait la vallée vers Porterville. Une décision qu'il avait prise, semblait-il, dans un réflexe d'autodéfense, mais il se persuada qu'il désirait juste avoir l'occasion de conduire un moment... et de réfléchir.

Que m'arrive-t-il? Il s'interrogeait. Il se sentait l'esprit anormalement clair, mais un tel sentiment d'inquiétude l'habitait qu'il en avait l'estomac noué. Ses perceptions s'étaient étrangement élargies. Il voyait maintenant que de se concentrer sur la psychologie l'avait poussé à l'introversion ; son univers s'était rétréci. Quelque chose repoussait désormais les barrières qu'il s'était imposées, il pressentait *au-delà* des choses tapies dans l'ombre, des choses qu'il avait peur d'affronter.

Pourquoi suis-je ici? se demanda-t-il.

Il pouvait remonter la chaîne des causes et des effets jusqu'à l'université, jusqu'à Jenny... mais à nouveau surgit derrière cette chaîne l'interférence de ces choses qu'il craignait.

La nuit défilait et se refermait derrière son camion et il s'aperçut qu'il fuyait vers le sommet de la montagne, tentait d'échapper à la vallée.

Il revit Jenny telle qu'elle était apparue ce soir : une elfe en robe et souliers orange, adorable Jenny qui s'était faite belle pour lui, et dont le visage irradiait l'amour et la sincérité.

Des fragments épars de la conversation du dîner lui revinrent en mémoire. Le *Jaspé*. « C'est du vieux Jaspé

— profond. » C'était la remarque de Jenny en goûtant la sauce. « Il est bientôt temps de descendre une nouvelle section de Jaspé au numéro cinq. » C'était Sarah, au moment d'apporter le dessert. Et Piaget : « J'en parlerai aux gars demain matin. »

Maintenant qu'il y repensait, Dasein s'aperçut que même le miel avait ce discret arrière-goût amer et familier. Puis il s'étonna de la fréquence avec laquelle le *Jaspé* revenait dans leurs conversations. Ils ne s'en écartaient jamais bien loin et semblaient ne rien trouver d'inhabituel dans cette constance. Ils parlaient de *Jaspé*... même dans les moments les plus inattendus.

Il avait atteint le col à présent et tremblait avec une sensation équivoque de délivrance... et de perte.

Le feu avait ravagé les pentes à travers lesquelles il redescendait maintenant. Le vent qui s'engouffrait dans les bouches d'aération sentait les cendres humides et il se rappela ce qu'on lui avait dit au sujet de la panne de téléphone. Les nuages, en dehors de la vallée, commençaient à se dissiper. Des troncs carbonisés se dressaient sur les pentes brûlées tels des pictogrammes chinois peints sur des collines baignées par la lune.

Soudainement, son esprit se raccrocha à une raison logique pour sortir de la vallée : *Le téléphone ! Il faut que j'appelle Selador pour discuter avec lui. Les lignes de la vallée sont coupées, mais je peux l'appeler de Porterville... avant de revenir.*

Il conduisit alors sans hésiter, tout son être suspendu, rigide, étrangement dépourvu d'émotion — l'esprit vide. La douleur de son épaule avait même diminué.

Porterville surgit de la nuit; la nationale devint une large avenue, avec sur la gauche un panneau bleu et blanc annonçant « gare routière » au-dessus d'un café ouvert toute la nuit. Devant : deux gros semi-remorques, une petite décapotable et une voiture de police verte et blanche. De l'autre côté, une lueur orange : l'enseigne du « Saloon du Filon de Frenchy ». Les voitures garées donnaient une impression de décrépitude, toutes semblables dans leur antique délabrement.

Dasein passa devant, trouva une cabine téléphonique isolée près d'un lampadaire au coin d'une station Shell éteinte. Il vira, se gara près de la cabine. Le moteur chaud faisait de l'auto-allumage et continua de tourner en cliquetant après qu'il eut coupé le contact. Il le fit caler en jouant sur l'embrayage puis resta assis à regarder la cabine. Il sortit enfin. Son mouvement arracha au camion un craquement lugubre.

La voiture de police passa devant lui, ses phares projetant des ombres énormes sur la palissade blanche qui se dressait derrière la cabine téléphonique.

Dasein soupira, entra dans la cabine. Il sentait une étrange réticence l'envahir : il dut se forcer pour composer le numéro.

La voix précise de Selador jaillit de l'écouteur :

— Gilbert? Est-ce vous, Gilbert? Ont-ils réparé les lignes?

— J'appelle de Porterville, en dehors de la vallée.

— Quelque chose ne va pas, Gilbert?

Dasein déglutit. Même à distance, Selador restait perspicace. *Quelque chose ne va pas?* Il fit une brève énumération de ses accidents.

Après un silence prolongé, Selador répondit :

— C'est très curieux, Gilbert, mais je n'arrive pas à voir comment vous pouvez arriver à considérer ces incidents autrement que comme des accidents. Tenez, pour le gaz, par exemple, ils ont fait des efforts considérables pour vous sauver. Et quant à votre chute — comment aurait-on pu savoir que vous seriez celui qui passerait par là?

— Je voulais juste vous en informer. Piaget pense que je suis prédisposé aux accidents.

— Piaget? Oh, oui — le médecin local. Eh bien, Gilbert, on devrait toujours se garder de faire des affirmations en dehors de son domaine. Je doute que Piaget soit qualifié pour diagnostiquer une prédisposition aux accidents, même s'il existait un tel syndrome — ce que personnellement je ne crois pas. Selador s'éclaircit la voix. « Vous ne croyez pas sérieusement que ces gens aient envers vous des intentions malveillantes? »

La voix posée, sensée, de Selador avait un effet calmant sur Dasein. Bien sûr qu'il avait raison. Ici, hors du contexte de la vallée, les événements des dernières vingt-quatre heures prenaient une signification différente.

— Bien sûr que non, dit Dasein.

— A la bonne heure! vous m'avez toujours paru avoir la tête sur les épaules, Gilbert. Maintenant, laissez-moi vous mettre en garde : vous vous êtes peut-être immiscé dans une situation où les gens font, en toute bonne foi, preuve de négligence. Au vu des circonstances, l'Auberge pourrait s'avérer un endroit extrêmement dangereux et vous feriez mieux de la quitter.

— Pour aller où?

— Il doit bien y avoir d'autres solutions.

Des négligences à l'Auberge? Dasein était perplexe. Mais alors, pourquoi n'y avait-il pas d'autres victimes? Un endroit dangereux, certes — mais uniquement parce qu'il faisait partie intégrante de la vallée. Il se sentait fort peu enclin à partager l'opinion de Selador; comme si sa réticence provenait de faits inaccessibles à son correspondant.

Brusquement, Dasein vit comment l'incident du tapis pouvait avoir été dirigé contre lui. Il songea à un piège délibéré. L'appât? La salle de télévision bien sûr — un endroit bizarre, propice à éveiller sa curiosité. Autour de l'appât on avait disposé plusieurs pièges, tous les accès étaient gardés. Il se demanda à quelle chausse-trappe il avait échappé sur le toit. En y repensant, Dasein se rappela la façon dont la rampe s'était brisée.

— Gilbert, vous êtes là?

La voix de Selador était ténue, lointaine.

— Oui — je suis là.

Dasein hocha la tête. C'était d'une telle simplicité. Cela répondait au malaise vague qui ne cessait de le troubler à propos de ces accidents. C'était si simple — simple comme un dessin d'enfant sur la buée d'une fenêtre : pas un trait de trop, aucun indice superflu. L'appât, et les pièges.

Même envisagée ainsi, Dasein se rendit compte que Selador ne voudrait pas admettre cette solution. Elle respirait la paranoïa. Si la théorie était fausse, c'était de la paranoïa : elle impliquait une organisation, de nombreux exécutants, des complicités officielles.

— Désirez-vous autre chose, Gilbert? Nous dépensons de l'argent à des silences plutôt coûteux.

Dasein se ressaisit brusquement :

— Oui, Monsieur. Vous vous rappelez l'article de Piaget sur les Santarogans et les allergènes?

— Absolument. Selador se racla la gorge.

— Je voudrais que vous questionniez les responsables de la Santé publique et du Ministère de l'agriculture. Pour trouver s'ils ont opéré des analyses chimiques des productions agricoles de la vallée — y compris le fromage.

— Santé publique... agriculture... fromage, répétait Selador. Dasein pouvait presque le voir prendre des notes. « Quelque chose d'autre? »

— Peut-être. Pourriez-vous joindre les avoués de l'agence immobilière et de la chaîne de magasins? Je suis sûr qu'ils doivent avoir examiné les possibilités de recours légal pour les terrains loués qu'ils...

— Où voulez-vous en venir, Gilbert?

— La chaîne de magasins a loué les terrains et construit ses coûteuses installations avant de découvrir que les Santarogans ne voulaient pas commercer avec elle. Est-ce délibéré? Les agents immobiliers Santarogans piègent-ils les étrangers sans méfiance?

— Une conspiration à démonter... Je vois. Je serais plutôt enclin à croire, Gilbert, que cette veine a déjà été épuisée.

A l'entendre parler ainsi, Dasein jugea que son habituelle perspicacité s'était émoussée. La fatigue sans doute.

— C'est fort probable, reprit Dasein.

Mais je pourrais quand même, sans inconvénient pour personne, voir ce qu'en pensent les aigles du barreau. Je pourrais recueillir sur place de nouveaux indices.

— Très bien. Et, Gilbert, quand allez-vous me transmettre une copie de vos notes?

— Je vous envoie ce soir quelques carbones, depuis Porterville.

— Demain fera l'affaire. Il se fait tard et...

— Non, Monsieur. Je n'ai aucune confiance dans la poste de Santaroga.

— Pourquoi?

Dasein lui conta la colère de Jenny devant les demoiselles des postes. Selador gloussait.

— On dirait une vraie bande de harpies, remarqua-t-il. N'y a-t-il pas de lois contre le détournement du courrier? Mais bien entendu, avec des gens prêts à tout et ainsi de suite... J'espère que vous avez trouvé Miss Sorge en bonne forme.

— Plus belle que jamais. Dasein essaya de garder un ton léger. Il s'interrogea brusquement sur Selador : *Miss* Sorge. Pas d'hésitation, pas de question sur le fait qu'elle n'était pas mariée...

— Nous enquêtons sur la source de leur approvisionnement en carburant, reprit Selador. Rien encore là-dessus. Soyez prudent, Gilbert. Je ne voudrais pas qu'il vous arrive quoi que ce soit.

— Je partage entièrement votre opinion.

— Eh bien, dans ce cas, bonsoir. La voix de Selador semblait hésitante. Un claquement indiqua qu'on avait coupé.

Dasein raccrocha. Un bruit derrière lui le fit se retourner. Une voiture de police entrait dans la station service. Elle s'arrêta devant la cabine. Un projecteur l'éblouit. Il entendit une porte s'ouvrir, des pas s'approcher.

— Enlevez cette foutue lumière de devant mes yeux! lança Dasein.

La lampe fut détournée. Il put distinguer une forme massive en uniforme qui lui barrait la sortie, le reflet d'un macaron.

— Des ennuis? Une voix curieusement haut perchée pour venir d'une telle silhouette.

Dasein fit un pas hors de la cabine, encore furieux devant la façon dont on avait braqué le projecteur sur lui.

— Pourquoi, il faudrait?

— Sacrés Santarogans, marmonna le représentant de l'ordre, Ça doit être important pour que vous veniez ici donner un coup de téléphone.

Dasein s'apprêtait à protester qu'il n'était pas un Santarogan mais il demeura silencieux devant le flot de questions qui assaillaient son esprit : Pourquoi les étrangers le prenaient-ils pour un Santarogan? Le gros homme dans la Chrysler et maintenant ce policier. Dasein se remémora les paroles de Marden. Quel était leur signe distinctif?

— Si vous avez terminé, vous feriez mieux de rentrer chez vous, dit le flic. Pouvez pas garer ici toute la nuit.

Dasein se souvint brusquement de sa jauge à essence : elle fonctionnait mal et frôlait le zéro même lorsque le réservoir était plein. Pourrait-il leur faire croire qu'il devait attendre l'ouverture de la station au matin? Et s'ils réveillaient un pompiste et découvraient que le réservoir n'acceptait que quelques litres?

Pourquoi suis-je en train d'élaborer ces ruses mesquines? se demanda Dasein.

Il prit conscience de sa réticence à retourner à Santaroga. Pourquoi? A force de vivre dans la vallée, se transformait-il en Santarogan?

— Une véritable œuvre d'art, votre bandage, remarqua le policier. Un accident?

— Rien de grave. Une simple foulure.

— Eh bien, bonne nuit. Soyez prudent sur cette route. » Le policier regagna son véhicule, dit quelque chose à voix basse à son collègue. Ils étouffèrent un rire. Puis la voiture sortit lentement de la station.

Ils m'ont pris pour un Santarogan, songea Dasein ; et il considéra les réactions qui avaient accompagné cette méprise. Ils ne semblaient guère apprécier sa présence, mais répugnaient curieusement à le montrer... comme s'il leur faisait peur. Ils n'avaient cependant pas hésité à le laisser seul ici — preuve qu'ils ne le considéraient pas comme un criminel,

Troublé par cet incident mais incapable de s'expliquer pourquoi, Dasein remonta dans son camion et prit la direction de Santaroga.

Pourquoi avaient-ils supposé qu'il était Santarogan? La question continuait de le tourmenter.

Un nid-de-poule lui rappela brutalement l'existence de son épaule. La douleur s'était muée en un élancement sourd. Il avait pourtant l'esprit parfaitement clair, en équilibre sur le fil aiguisé de sa perception. Il se mit à s'interroger sur cette sensation tout en conduisant.

La route se déroulait devant lui, montait... montait...

Tels des fragments de son tracé, des images éparses surgissaient dans sa mémoire. Accompagnées de mots et de phrases, en un enchevêtrement dément, sans ordre. Leur sens lui échappait. Pris d'une ivresse soudaine, il tentait de se raccrocher à ces sensations —

Une grotte... un homme qui boitait... le feu...

Quelle grotte? s'étonna-t-il. *Où donc ai-je vu un homme qui boitait? Quel feu? Celui qui a détruit les lignes téléphoniques?*

Il eut la brusque impression d'être lui-même l'homme qui boitait. Le feu et la grotte lui échappaient.

Dasein sentit qu'il ne raisonnait pas mais jouait avec des souvenirs anciens. Des images — des étiquettes pour désigner des objets sous les yeux de son imagination. *Voiture :* il voyait la vieille berline astiquée de Jersey

Hofstedder. *Clôture :* Il voyait la clôture grillagée ceinturant la Coopérative. *Ombres :* Il voyait des ombres désincarnées.

Que m'arrive-t-il?

La faim lui donnait des frissons... il transpirait. La sueur dégouttait de son front, de ses joues. Il en sentit le goût sur ses lèvres. Il ouvrit la vitre, laissa le vent froid le fouetter.

Arrivé au tournant où le premier soir il s'était arrêté, Dasein se rangea sur le bas-côté, coupa le moteur, éteignit les phares. Les nuages avaient disparu, une lune argentée, gibbeuse, affleurait l'horizon. Il observa la vallée : les lumières largement espacées, le reflet bleu-vert des serres, loin sur la gauche, l'activité bourdonnante de la coopérative, à l'extrême droite.

De cette hauteur, Dasein se sentait détachée de tout ceci, isolé. L'obscurité l'encerclait.

Une grotte? Il s'interrogea.

Le Jaspé?

Il était difficile de réfléchir avec ce corps qui se comportait d'une manière si étrangement désordonnée. Son épaule l'élançait. Il avait une boule de douleur dans son poumon gauche. Il avait conscience d'un tendon de sa cheville gauche — aucune douleur, mais la constatation d'une faiblesse en ce point précis. Son esprit pouvait tracer clairement le sillon qui marquait sa poitrine là où elle s'était écorchée contre les éclats de la rampe lorsque Burdeaux l'avait hissé.

Une image de la carte suspendue dans le bureau de George Nis surgit en un éclair, puis disparut.

Il se sentait *possédé*. Quelque chose s'était emparé de son corps. C'était une pensée venue de la nuit des temps, effrayante. Folle. Il agrippa le volant, crut le sentir se tordre sous ses doigts, en arracha ses mains.

Il avait la gorge sèche.

Il se prit le pouls, les yeux fixés sur le cadran lumineux de sa montre. La trotteuse progressait de manière anormale. Ou alors c'était son pouls, trop rapide, erratique. Quelque chose altérait sa perception du temps.

Ai-je été empoisonné? Y avait-il quelque chose dans le dîner de Piaget? De la ptomaïne?

La cuvette sombre de la vallée était comme une main sinistre, prête à se tendre pour le saisir.

Le Jaspé, songea-t-il. *Le jaspé.*

Que signifiait tout ceci?

Il sentait une singularité, une solitude collective centrée sur la Coopérative. Il s'imagina une présence tapie dans l'ombre, planant aux limites de la conscience.

Dasein posa la main sur le siège. Ses doigts tâtèrent la serviette bourrée de notes et de documents, de toutes ces choses qui le désignaient comme un scientifique. Il essaya de se raccrocher à cette idée.

Je suis un scientifique. Ce sentiment de malaise, Tante Nora appellerait ça « des vapeurs ».

La tâche du scientifique était claire à son esprit : il lui fallait s'insinuer dans l'univers de Santaroga ; trouver sa place au sein de leur singularité, vivre pour un temps leur existence, penser comme ils pensaient. C'était le seul et unique moyen de sonder le mystère de la vallée. Il y avait un état d'esprit Santarogan. Il devait l'adopter, comme on enfile un vêtement, l'adapter à sa compréhension.

Cette pensée s'accompagnait de l'impression d'un viol de sa conscience intime : il sentait qu'une créature ancestrale s'était éveillée et l'examinait. Envahissant son subconscient, curieuse, pressante, sans repos — uniquement perçue par réflexion : indistincte, floue... mais réelle. Elle se mouvait avec lui, lourde et encombrante.

La sensation se dissipa.

Une fois disparue, Dasein sentit en lui un vide tel qu'à lui seul il expliquait le concept même de vacuité. Il se sentait flotter comme une coquille vide perdue dans une mer infinie, craignant le moindre courant, la moindre houle qui pourrait l'emporter.

Il se savait en train d'opérer un transfert : il avait peur de retourner dans la vallée, et peur de fuir.

Le Jaspé.

Il lui restait encore une chose à faire, il le savait. A nouveau, il se remémora la carte sur le mur derrière George Nis, visualisa le réseau noir des affluents, enchaînés comme des ganglions.

La grotte.

Il frissonna, scruta le remue-ménage lointain qui marquait la présence de la coopérative. Qu'est-ce qui se cachait là-bas derrière la clôture, les chiens, les gardes et le tout-terrain qui rôdait?

Il y avait peut-être un moyen de le découvrir.

Dasein descendit du camion, verrouilla la cabine. La seule arme qu'il put dénicher dans la cellule aménagée était un couteau de chasse rouillée dans sa gaine moisie. Il le passa à sa ceinture, maladroitement, de sa seule main valide : il savait bien que son comportement était ridicule mais en même temps restait intimement convaincu de l'existence d'un danger. Il y avait aussi une lampe torche. Il la fourra dans sa poche.

Le mouvement avait réveillé la douleur de son épaule. Dasein l'ignora, se disant qu'il serait trop facile de se trouver une excuse matérielle pour ne pas faire ce qu'il savait devoir faire.

Une piste étroite descendait de la colline à partir de l'extrémité de la rembarde de protection. Dasein s'y fraya un chemin, se repérant au clair de lune, jusqu'à ce que la piste le mène dans un fourré noyé d'ombre.

Les branches s'accrochaient à ses vêtements. Il s'enfonça au travers, guidé par la lune et par le mouvement de la Coopérative, visible chaque fois qu'il passait une crête. Quel que fût le mystère de Santaroga, Dasein savait que sa réponse se trouvait derrière cette clôture.

A un moment, il trébucha et glissa sur la pente jusqu'au lit asséché d'un torrent. Suivant ce dernier, il déboucha sur une minuscule plaine alluviale qui s'ouvrait sur une vue panoramique de la Coopérative et de la vallée baignée dans les rayons de la lune. Par deux fois, il effraya des biches qui détalèrent en bondissant dans l'obscurité. Les fourrés bruissaient tandis que de petits animaux s'enfuyaient à sa bruyante approche.

Suivant une piste de gibier étroite il parvint finalement à un éperon rocheux qui dominait de cent cinquante mètres la clôture de la Coopérative, distante d'environ un kilomètre. Dasein s'assit sur une roche pour reprendre son souffle. Dans le silence soudain, il perçut le bruit d'un moteur puissant qui peinait quelque part sur sa droite. Une lumière balaya le ciel. Il se recula en rampant jusqu'à l'abri des broussailles, et s'accroupit.

Le bruit du moteur allait s'amplifiant. Une paire de roues géantes masqua les étoiles en débouchant au sommet de la colline derrière lui. De quelque part au-dessus des roues jaillit un faisceau lumineux qui explora le maquis, fouillant, s'arrêtant, repartant, d'avant en arrière.

Dasein avait reconnu le tout terrain. Le monstrueux véhicule était à une soixantaine de mètres. Il se sentait exposé, nu derrière le maigre écran de broussailles qui seul s'interposait entre cette créature de cauchemar et lui. Le pinceau lumineux lécha les feuilles au-dessus de sa tête.

Il arrive, se dit-il. *Il va descendre la colline droit sur moi.*

Le son du moteur avait décrû au moment où le tout terrain s'était arrêté pour scruter les environs. Il était si proche que Dasein pouvait entendre le gémissement d'un chien. Il se souvint des bergers allemands qui accompagnaient Marden.

Les chiens vont me sentir.

Il essaya de se faire aussi petit que possible.

Le bruit du moteur grossit brusquement.

Dasein déplaça une branche, risqua un regard au travers des broussailles, prêt à bondir pour prendre la fuite. Mais l'énorme engin contourna la crête au sommet de laquelle il avait émergé. Il traversa les collines au-dessus de Dasein, le bruit et la lumière s'éloignèrent.

Une fois qu'il eut disparu, Dasein attendit un moment pour se ressaisir, puis rampa jusqu'au bord de l'escarpement rocheux. Il vit alors pourquoi le véhicule n'était pas descendu vers lui : c'était un cul-de-sac, aucune piste praticable. Il lui faudrait remonter par où la machine était venue, suivre sa trace jusqu'à ce qu'il retrouve un chemin vers le bas.

Il s'apprêtait à faire demi-tour lorsqu'il remarqua une faille noire au bord de la corniche sur sa droite. Dasein s'approcha, regarda vers le bas dans l'obscurité. La faille n'avait guère plus d'un mètre de large; elle s'ouvrait sur le flanc de la falaise, s'enfonçait en coin sur une profondeur de six mètres. Dasein s'agenouilla, risqua un bref coup de torche. Le faisceau lumineux révéla une cheminée aux bords lisses qui donnait sur une autre corniche. Mais surtout, une piste en partait, visible au clair de lune.

Dasein glissa les pieds par-dessus le rebord de la cheminée, resta assis, les jambes ballant dans l'obscurité, à considérer le problème. Son épaule blessée le faisait hésiter. En temps normal, il y serait allé, descendant le dos appuyé contre une paroi, les pieds contre l'autre. C'était dangereux, certes — mais il l'avait fait bien des fois sur des passages plus escarpés que celui-ci. L'autre surplomb n'était pas à plus de quinze mètre en-dessous.

Il jeta un coup d'œil circulaire en se demandant s'il oserait prendre le risque. A cet instant lui revint à l'esprit qu'il avait oublié de poster les doubles de ses notes à Selador. Cela lui fit l'effet d'une douche froide. Il sentait que son propre corps l'avait trahi, avait conspiré contre lui.

Comment ai-je pu oublier? C'était une pensée où se mêlaient la colère et la peur. Ses paumes étaient moites de transpiration. Il consulta le cadran lumineux de sa montre : presque minuit. Il fut alors envahi du désir presque insurmontable de rebrousser chemin jusqu'à la route, jusqu'à son camping-car.

Ce dont il avait soudain le plus peur, c'était des réactions de son propre corps et non du danger éventuel que pouvait receler l'obscurité ou sa descente dans cette simple cheminée rocheuse. Dasein était assis, envahi de frissons, repris par ce sentiment de *possession*.

C'était de la démence!

Il hocha la tête avec colère.

Il n'était pas question de reculer; il fallait qu'il descende, arrive à pénétrer dans la Coopérative, en dévoile les secrets. Stimulé par sa colère, Dasein tâta du pied la cheminée, trouva la paroi opposée, glissa de son perchoir et commença de descendre. A chaque mouvement de son dos, son épaule lui lançait des coups de poignard. Il serra les dents, se fraya un chemin à tâtons dans l'obscurité. La roche lui écorchait le dos. A un moment son pied droit glissa et il se tordit le gauche pour se rattraper.

Une fois atteint le bas de la cheminée, c'était presque une sinécure : une pente d'éboulis qui cascadait jusqu'à la piste qu'il avait pu discerner depuis le sommet.

Dasein resta quelques instants sur le sol pour reprendre son souffle et laisser s'atténuer la douleur de son épaule. Puis il se releva, repéra le tracé de la piste qui descendait sur la droite sous le clair de lune. Il se glissa parmi les fourrés et déboucha sur une prairie inclinée sur laquelle se détachaient les ombres obscures de quelques chênes. La lune se reflétait sur la barrière métallique à l'extrémité du pré. Ainsi donc, c'était là la ligne de démarcation. Il se demanda s'il serait capable de l'escalader avec une seule main valide. Ce serait frustrant d'être venu de si loin pour être arrêté par une simple barrière.

Alors qu'il examinait les lieux, il prit conscience d'un bourdonnement sourd. Il provenait de sa droite. Il scruta l'obscurité pour en localiser la source. Y avait-il un reflet métallique là-bas, un objet circulaire qui émergeait de la prairie? Il s'accroupit dans l'herbe sèche. L'odeur de champignons était pénétrante : il la reconnut brusquement — l'odeur du *Jaspé*. Dasein se rendit compte qu'il examinait en fait un ventilateur.

Un ventilateur!

Il se releva, traversa la prairie en direction du bruit. Il n'avait plus aucun doute sur son origine, ni sur les bouffées d'air saturé de Jaspé qui l'entouraient maintenant. Il y avait là sous le sol une énorme soufflerie.

Dasein s'arrêta près de la bouche d'aération. Elle avait environ un mètre vingt de diamètre, dépassait le sol d'une hauteur équivalente. Un chapeau conique la surmontait. Il était sur le point d'en examiner la fixation lorsqu'il entendit un bruit en provenance de la clôture : des reniflements, des craquements de branches. Il se tapit derrière l'aérateur au moment où deux gardes en uniforme débouchaient d'un taillis derrière le grillage, retenant des chiens qui tiraient sur leur laisse en flairant avidement le sol.

Si jamais ils me sentent...

Il se colla contre l'aérateur, retenant sa respiration. Quelque chose lui chatouillait la langue. Il avait envie de tousser, de s'éclaircir la gorge; il parvint à se retenir. Chiens et gardes s'étaient arrêtés justes en-dessous de lui.

Un pinceau de lumière balaya le ventilateur, le sol de part et d'autre. L'un des chiens poussa un gémissement. Il y eut un cliquetis, un garde aboya un ordre bref.

Dasein retenait son souffle.

Encore un cliquetis. Le bruit des gardes et des chiens se déplaça le long de la clôture. Dasein risqua un œil derrière l'aérateur. Ils scrutaient à la lampe torche le bas de la clôture, à la recherche de traces. Un garde se mit à rire. Dasein sentit une brise légère lui effleurer les joues, s'aperçut qu'il était sous le vent des animaux : il se détendit quelque peu. Le cliquetis se fit à nouveau entendre. Dasein vit qu'il provenait de la baguette que l'un des gardes promenait le long du grillage.

Leur apparente insouciance le fit se détendre encore plus. Il prit une profonde inspiration. Ils franchissaient maintenant un monticule, bien plus bas. Ils s'enfoncèrent dans la nuit.

Dasein attendit de ne plus les entendre avant de se redresser. Il reprit son examen de l'aérateur, hocha la tête. Une grille épaisse se trouvait sous le chapeau de tôle. Le faisceau de sa lampe lui révéla que ces deux éléments étaient soudés ensemble et fixés au corps de l'aérateur par de longues vis à métaux.

.Dasein sortit son couteau de chasse, s'attaqua à l'une des vis. Il y eut un grincement de métal contre le métal lorsqu'il tourna. Il cessa. Tendit l'oreille. Ne discerna que les bruits de la nuit. Il y avait une chouette quelque part au-dessus de lui, dans le taillis. Son appel lugubre flottait dans la nuit. Dasein se remit à sa vis. Elle tomba dans sa main, il l'empocha et passa à la suivante. Il y en avait quatre en tout.

Une fois la dernière vis ôtée, il éprouva la résistance de la grille : elle se souleva, avec le couvercle, dans un grincement de métal malmené. Il braqua sa torche à l'intérieur et découvrit des parois métalliques lisses qui descendaient verticalement sur cinq mètres environ avant de faire une courbe dans la direction des collines.

Dasein remit en place grille et couvercle et se mit à fureter sous les chênes jusqu'à ce qu'il trouve une branche morte de près de deux mètres. Il s'en servit pour maintenir ouverts la grille et le couvercle, puis scruta de nouveau avec sa lampe le conduit d'aération.

Il s'aperçut qu'il aurait besoin de ses deux mains pour y pénétrer. Pas d'autre solution. En grinçant des dents, il ôta le bandage, le fourra dans sa poche. Même sans, il savait fort bien que son bras ne lui serait pas d'un grand secours... sauf peut-être en cas d'urgence. Il tâta le rebord du conduit — du métal coupant, non ébarbé. *La bande!* pensa-t-il. Il la ressortit, en fit un bourrelet protecteur grâce auquel il put se hisser sur le rebord du puits. Le bourrelet glissa et il sentit l'arête métallique lui racler l'estomac. Agrippant l'arête, il bascula son corps sur la face intérieure. La tôle arracha les boutons de sa chemise. Il les entendit cliqueter quelque part en-dessous. Sa main valide trouva prise sur un coin du bourrelet; il se laissa glisser, la douleur éclata dans son épaule blessée. Il lança les pieds contre la paroi opposée, se retourna, se cala, le dos et les pieds en appui. Il sortit le couteau de sa gaine, tendit le bras, fit basculer la cale de bois.

La grille et le chapeau retombèrent avec un bruit qu'on avait dû entendre, il en était sûr, à des kilomètres. Il attendit, écouta.

Le silence.

Lentement, pouce par pouce, il entreprit la descente.

Ses pieds avaient atteint la courbe. Il se redressa, alluma sa torche. Le conduit s'enfonçait sous la colline en suivant une pente douce d'environ vingt degrés. Il sentit quelque chose de mou sous son pied : la lumière lui révéla le bandage. Il le ramassa. Le devant de sa chemise lui collait à la peau. A la lueur de sa lampe il découvrit une tache humide et rouge, un lambeau de peau qu'avait arraché le rebord de tôle. Une éraflure insignifiante, en comparaison de sa douleur à l'épaule.

Je suis propre! se dit-il. *Que diable suis-je venu faire ici?*

La réponse était là dans son esprit, nette et troublante. Il était ici parce qu'on l'avait poussé dans une voie à sens unique, aussi étroite et directe que l'était ce conduit d'aération. Selador et ses amis bordaient un côté du passage; Jenny et ses compatriotes, l'autre côté.

Et lui était là, au milieu.

Dasein déroula le bandage : il était déchiré mais pouvait encore servir. Il en prit une extrémité entre les dents, et réussit tant bien que mal à le remettre à peu près dans sa position initiale.

Il ne pouvait avancer que dans un seul sens désormais.

Il se mit à genoux, et rampa en marche arrière le long de la rampe, scrutant de temps à autre l'obscurité avec sa lampe torche.

L'espace confiné était envahi par l'odeur du Jaspé : une odeur piquante de champignons. Il avait la nette impression qu'elle lui clarifiait les idées.

Le boyau s'enfonçait... s'enfonçait... Il progressait pas à pas. Il estima que le conduit s'infléchissait progressivement vers le sud, tandis que sa pente augmentait. A un moment il dérapa, glissa sur six ou sept mètres, se coupa la main gauche contre un rivet. Sans pouvoir l'affirmer, il avait l'impression que le bruit de la soufflerie s'était accrû.

Le conduit tournait, tournait encore. Dans l'obscurité Dasein avait perdu tout sens de l'orientation. Pourquoi avaient-ils construit ce puits d'aération avec autant de coudes? Avaient-ils suivi une faille naturelle de la roche? Cela semblait probable.

Son pied gauche déboucha sur le vide.

Dasein s'immobilisa, alluma sa lampe. Sa faible lueur illuminait une paroi de métal lisse deux mètres plus loin. Devant, il y avait un carré d'ombre. Tournant le faisceau vers le bas, il éclaira une sorte de caisson profond d'un mètre cinquante environ, fermé d'un côté par une grille épaisse. Le bruit du moteur de ventilateur provenait de derrière cette grille : il était nettement plus fort.

S'accrochant d'une main à la grille, Dasein descendit dans le caisson. Il l'examina en détail pendant un moment. La paroi qui faisait face à la grille semblait différente des autres : Elle possédait six boulons à tête ronde, maintenus par des pattes métalliques qui semblaient destinées à les tenir en place tandis qu'on serrait les écrous sur l'extérieur.

Dasein souleva l'une des pattes avec son couteau. Tourna le boulon. Il bougeait facilement, trop facilement. Il tira dessus, reprit son mouvement tournant. Cette fois il dut faire un effort plus grand, couronné de succès car le boulon saillit peu à peu. De l'autre côté, l'écrou tomba. Dasein l'entendit heurter un plancher de bois.

Il attendit, guettant une éventuelle réaction.

Rien.

Il colla l'œil contre l'orifice ainsi libéré, n'entrevit qu'une étrange lueur rougeâtre. A mesure qu'il accommodait il put distinguer un fragment de grillage robuste derrière lequel étaient empilés des paquets.

Il se recula. Après tout, Nis avait parlé d'une cave de stockage.

Dasein renouvela l'opération avec les autres boulons. Il laissa en place celui du coin supérieur droit, tordit la porte métallique et la fit basculer sur le côté. Juste sous lui se trouvait une passerelle en bois. Sur les planches il y avait trois écrous papillons. Dasein se glissa sur la passerelle, récupéra les écrous à ailettes. A l'évidence, les autres avaient dû dégringoler par les interstices des planches. Il jeta un coup d'œil circulaire, étudia soigneusement l'endroit, assimilant ce qu'il lui révélait.

C'était une grotte troglodyte éclairée par une pâle lumière rouge. Elle provenait de globes situés de part et d'autre de la passerelle qui projetaient des ombres énormes sur la paroi rocheuse derrière la paroi du conduit d'aération et sur des rangées superposées de compartiments grillagés. Les cages étaient emplies de paquets : Dasein avait l'impression de voir une banale chambre froide.

L'odeur humide et pénétrante du Jaspé l'entourait.

Un panneau sur sa droite, au pied de la passerelle désignait cette zone comme la « Salle 21 — D-1 à J-5 ».

Dasein reporta son attention sur le boyau de ventilation, remit en place trois des écrous, rajusta de force le panneau du regard. La tôle avait une marque là où il l'avait tordue mais il estima que ce détail échapperait à une inspection de routine.

Il regarda au-dessus puis en dessous de la passerelle. Où trouverait-il un compartiment qu'il puisse ouvrir pour en examiner le contenu? Il traversa pour gagner le côté opposé au regard du conduit de ventilation, à la recherche d'une porte. Pourrait-il en trouver une laissée déverrouillée par un Santarogan négligent? Il n'y avait en apparence aucune porte dans le premier compartiment qu'il inspecta. Cette absence le troublait : il devait y avoir une porte!

Il recula, étudia la rangée de compartiments, étouffa une exclamation en découvrant la réponse : Le devant des compartiments glissait latéralement dans des gouttières en bois... et il n'y avait pas de serrure. De simples loquets les tenaient fermés.

Dasein ouvrit l'un des compartiments, en sortit une petite boîte en carton. L'étiquette indiquait : « Pommes sauvages au sucre de Tatie Beren. Exp. avril 55. » Il remit en place le carton, prit un paquet en forme de salami. Sur l'étiquette, il lut : « Andouillette exposée début 1929. » Il reposa l'andouillette, referma le compartiment.

Exposée?

Méthodiquement, Dasein descendit la rangée du Hall 21, examinant un ou deux paquets à chaque compartiment. La plupart du temps ils portaient la mention « Ex » suivie d'une date. Sur les plus anciens la mention était libellée complètement.

Exposé.

Dasein sentait son esprit tourner à toute vitesse.

Exposé à quoi? Et comment?

Un bruit de pas sur la passerelle inférieure derrière lui le fit tourner brusquement, les muscles bandés. Il entendit le bruit d'un compartiment qu'on ouvrait. Un froissement de papier.

Doucement, Dasein s'éloigna le long de la passerelle. Il atteignit un escalier : fallait-il monter ou descendre? Il hésita. Il ne pouvait savoir avec certitude s'il s'enfonçait ou non dans le réseau de grottes. Il y avait une autre passerelle au-dessus de lui; encore au-dessus, la voûte rocheuse était à peine visible. Il y avait semblait-il au moins trois rangées de passerelles en dessous de lui.

Il choisit de monter, passa lentement la tête au-dessus du plancher de la galerie supérieure, regarda de chaque côté.

Vide.

Ce niveau était identique au précédent à l'exception de la voûte du plafond. La roche s'apparentait au granite mais avec des veines brunes et huileuses.

Progressant aussi silencieusement que possible, Dasein prit pied sur la passerelle et rebroussa chemin en direction de l'aérateur, tâchant de repérer à l'oreille la personne qu'il avait entendue sur la galerie inférieure.

Quelqu'un sifflotait là-dessous; une ritournelle idiote qui se répétait indéfiniment. Dasein s'adossa contre une cage, regarda par les interstices du plancher. Il entendit un grincement de bois qui frottait contre du bois. Le sifflotement s'éloigna vers la gauche, se fondit dans le silence.

Donc, la sortie était sans doute par là.

Il avait entendu la personne en-dessous sans pouvoir l'apercevoir. Une constatation qui était valable dans les deux sens.

Posant ses pieds avec précaution, Dasein avança le long de la passerelle. Il tomba sur un croisement, regarda de chaque côté : Vide. L'obscurité semblait plus épaisse sur la gauche.

Dasein s'aperçut que jusqu'à présent il ne s'était pas soucié de la façon dont il allait sortir du dédale de ces cavernes. Il avait été trop absorbé par son désir de résoudre le mystère. Mais le mystère subsistait... et lui se trouvait ici.

Je ne vais pas me contenter de marcher jusqu'à la sortie, se demanda-t-il. *Ou peut-être que si? Que pouvaient-ils me faire?*

L'élancement de son épaule, le souvenir du bec de gaz, le fait que les deux enquêteurs précédents avaient trouvé la mort dans cette vallée : autant de réponses suffisantes à sa question, se dit-il.

Il entendit le bruit d'une porte de bois devant lui, au niveau inférieur. Des pas résonnaient sur une passerelle, deux personnes au moins... peut-être plus. Le bruit de la course s'arrêta juste en dessous de lui. Puis ce fut une conversation à voix basse, en grande partie inintelligible, mais qui résonnait comme des instructions. Dasein ne put y reconnaître que trois mots : « ... retourner ... » « ... au fond... » et un troisième qui le poussa à s'enfoncer en silence au pas de course dans le passage obscur qui s'ouvrait à sa gauche :

« ... ventilateur... »

Juste en dessous de lui, un homme avait dit « ventilateur » d'une voix sèche et nette.

Le martèlement des pas reprit alors, se dispersant au long des passerelles.

Dasein cherchait désespérément un endroit où se cacher. Il percevait, quelque part en-dessous, un bruit de machines. La galerie tournait sur la gauche selon un angle d'environ quinze degrés et il remarqua que les parois de la caverne se rapprochaient — les rangées étaient moins nombreuses, les compartiments plus étroits de chaque côté. Le passage retourna sur la droite encore plus brusquement ; il n'y avait plus désormais que deux passerelles : la sienne, et celle du dessous avec une seule rangée de compartiments de part et d'autre.

Il s'était jeté dans une impasse latérale, comprit-il soudain. Pourtant le bruit de machines persistait devant lui.

Sa passerelle se terminait par un escalier en bois qui descendait. Il n'y avait pas le choix. Il entendait un bruit de course derrière lui.

Dasein descendit.

L'escalier tournait à gauche vers un passage rocheux : ici, pas de compartiments, mais une simple grotte. Une porte à persienne sur la droite. On entendait derrière le bruit d'un moteur électrique. Son poursuivant était arrivé en haut de l'escalier.

Dasein ouvrit la porte, se glissa à l'intérieur, la referma. Il se retrouva dans une chambre rectangulaire de cinq mètres sur sept et de cinq mètres de plafond. Une rangée de moteurs électriques s'alignait sur la paroi de gauche. Dans leur prolongement, des tuyères métalliques dans lesquelles tournaient les pales de ventilateurs. Le mur du fond n'était qu'une gigantesque grille métallique par laquelle il pouvait sentir l'air s'engouffrer. La cloison de droite était encombrée par un empilement de boîtes en carton, de sacs et de caisses en bois. Il restait un espace sombre entre le sommet de la pile et le plafond. Dasein grimpa, s'y laissa glisser et faillit tomber dans le creux, dégagé de caisses et de sacs près de la cloison. Il se faufila dans cette cachette sentit sous lui une sorte de couverture. Sa main rencontra un objet métallique. Au toucher, il reconnut une torche électrique.

La porte s'ouvrit avec fracas. Il entendit des pas dans le local. Quelqu'un s'approcha de l'autre bout de la pile. Une voix de femme dit : « rien par ici. »

Puis il entendit le bruit de quelqu'un qui sautait avec légèreté sur le sol.

Cette voix féminine avait quelque chose de familier. Dasein aurait juré l'avoir déjà entendue.

Un homme dit : « Pourquoi t'es-tu précipitée de ce côté ? Tu avais entendu quelque chose ?

— J'ai cru, mais je n'étais pas sûre.

— Tu es certaine qu'il n'y a personne en haut de la pile ?

— Vas-y voir toi-même.

— Bon sang, j'aimerais bien qu'on puisse utiliser de la lumière là-dedans !

— Allons, commence pas à faire des idioties !

— Ne t'inquiète pas pour moi. Sacrée Jenny, en tout cas : s'embringuer avec un étranger !

— Fiche-lui la paix. Elle sait ce qu'elle fait.

— J'espère bien, mais sûr que ça nous donne bêtement du travail supplémentaire, et tu n'ignores pas ce qui peut nous arriver si on ne le retrouve pas en vitesse...

— Alors, dépêchons-nous. »

Ils sortirent, refermèrent la porte.

Dasein ne bougea pas, pesant les implications de ce qu'il venait d'entendre. Jenny savait ce qu'elle faisait, donc. Et qu'arriverait-il s'ils ne le retrouvaient pas?

C'était agréable de pouvoir s'étendre sur les couvertures. La douleur de son épaule était un élancement incessant. Il prit la torche qu'il avait trouvée, en pressa l'interrupteur. Une lumière rougeâtre jaillit. Elle lui permit de découvrir un nid minuscule : des couvertures, un oreiller, une gourde à demi pleine d'eau. Il en but avidement, lui trouva un goût prononcé de Jaspé.

Il supposa que rien dans ces grottes ne pouvait y échapper.

Un accès de frisson s'empara de ses muscles. Il tremblait en remettant le bouchon de la gourde. Lorsque ce fut passé, il resta les yeux fixés sur la gourde qu'éclairait la lueur livide de la torche.

Rien dans ces grottes ne pouvait échapper au goût du Jaspé!

C'était donc ça!

L'exposition!

Une chose qui existait dans ces cavernes — une moisissure, une fongosité, quelque chose en rapport avec les champignons et les lieux obscurs, et qui ne supportait pas le transport... un produit *Jaspé* qui imprégnait tout ce qu'on soumettait à son action.

Mais pourquoi fallait-il absolument garder ceci secret? Pourquoi les chiens et les gardes?

Il entendit la porte se rouvrir, se refermer. Il éteignit sa torche. Quelqu'un courait d'un pas léger sur le sol rocheux et s'arrêtait juste en-dessous de lui.

— Gilbert Dasein! chuchota une voix.

Il se raidit.

— C'est moi, Willa Burdeaux. Willa, l'amie de Jenny. Je sais que vous êtes là-haut, dans la cachette que Cal nous a faite. Maintenant, vous m'écoutez. Arnulf va revenir et il faut que je sois sortie d'ici avant. Vous n'avez pas beaucoup de temps. Il y a trop de Jaspé dans cette pièce pour quelqu'un qui n'y est pas accoutumé. Vous en respirez, il s'immisce dans vos pores, et partout.

Qu'est-ce que ça veut dire? se demanda Dasein.

Il rampa hors de son refuge, se pencha et vit en dessous de lui le visage sombre, d'une beauté sévère, de Willa Burdeaux.

— Pourquoi ne dois-je pas trop en absorber? demanda-t-il.

— Jenny ne vous a-t-elle donc rien expliqué? soupira-t-elle. Bon, on n'a pas le temps maintenant. Il faut que vous sortiez d'ici. Avez-vous une montre?

— Oui, mais...

— Pas le temps d'expliquer. Ecoutez-moi simplement. Donnez-moi quinze minutes pour éliminer Arnulf. C'est un tel poseur... Dans quinze minutes, vous sortez de cette pièce. Vous tournez à gauche, par là où vous êtes venu, mais vous descendrez au lieu de monter. Vous prenez à gauche au deuxième croisement, et ensuite, toujours à gauche. C'est facile à se rappeler. Toujours à gauche. Vous prenez la rampe de sortie du Hall 2-G. J'ai laissé la porte déverrouillée. Refermez-la derrière vous. Il y a une vingtaine de pas jusqu'à la porte de secours qui est droit devant. Elle n'est pas verrouillée non plus. Sortez et refermez-la, L'Auberge est juste en face. Vous devriez être capable d'y arriver tout seul.

— Apparemment vous n'avez pas chômé.

— J'étais dans le bureau quand ils ont déclenché l'alarme. Maintenant, vous vous planquez et vous faites exactement ce que je vous ai dit.

Dasein réintégra sa planque.

La porte s'était refermée. Il regarda son bracelet-montre : trois heures moins cinq. Déjà!

Pouvait-il faire confiance à Willa Burdeaux? Il se posait la question.

Il y avait quelque chose dans ce visage noir de farfadet, une intensité... Dasein repensa aux compartiments débordants de nourriture, tous ouverts. Pourquoi cette preuve d'honnêteté foncière devait-elle l'alarmer? Peut-être que ce n'était pas de l'honnêteté. La peur aussi pouvait contrôler le comportement.

Pouvait-il croire Willa? Avait-il le choix?

Ainsi donc c'était là le lieu de rendez-vous que Cal Nis avait aménagé pour eux deux. Pourquoi pas? Les amoureux aimaient en général la solitude.

Jenny savait ce qu'elle faisait.

Que savait-elle?

Il se sentait l'esprit clair, comme lubrifié, tournant à un rythme endiablé. Quel était le danger de l'exposition au Jaspé? Il se rappela la chaîne d'ouvriers amorphes qu'il avait entrevus là-haut, à la Coopé.

Etait-ce là ce qui se produisait?

Dasein lutta contre le frisson qui s'emparait de lui.

Le moment de la décision, à trois heures dix, était venu plus vite qu'il l'aurait désiré. Il n'avait pas le choix et il le savait. Son épaule était engourdie, sa poitrine et son ventre éraflés le brûlaient douloureusement. En se tenant l'épaule, Dasein se glissa au bas de l'empilement des caisses.

La porte de la rampe était déverrouillée, comme l'avait promis Willa. Il sortit, déboucha dans une cour latérale obscure, hésita. Les étoiles dans le ciel paraissaient froides et proches. Il faisait effectivement froid. Il sentit la chair de poule sur ses bras. Il n'y avait pas de trace de garde aux alentours mais il aperçut des lumières, des mouvements, très loin sur le flanc de la colline.

Refermer la porte de la rampe, avait-elle dit.

Dasein verrouilla la porte, traversa la cour comme

une flèche. Il y avait un étroit portillon dans le grillage de clôture. Les charnières grinçaient, le loquet était anormalement bruyant. Un cadenas y pendait. Il le referma.

Un étroit sentier longeait la clôture en direction de la route. L'Auberge était en face, obscure, mais accueillante. Un faible rai de lumière marquait la double porte. En se guidant de sa lampe, Dasein clopina le long du chemin et traversa la route.

Le hall était désert; presque toutes ses lampes éteintes. Quelqu'un ronflait dans la pièce du standard, derrière la réception.

Dasein se dirigea vers l'escalier sur la pointe des pieds, le gravit, et prit le couloir menant à sa chambre.

La clé? — l'avait-il prise ou bien laissée dans le camion?... Non, elle était là, dans sa poche. Il ouvrit doucement la porte, pénétra dans la chambre obscure. Il n'y avait passé qu'une nuit et pourtant elle lui faisait soudain l'effet d'un refuge.

Le camion! Il était toujours là-haut sur la route de Porterville. Et merde! Il demanderait qu'on le conduise là-bas demain pour le ramener.

Cette Willa Burdeaux! Pourquoi avait-elle fait tout cela?

Dasein commença à se déshabiller. Il ne voulait rien de plus qu'une douche brûlante et un bon lit. Il était malaisé de se dévêtir dans l'obscurité mais il savait qu'une lampe pouvait trahir l'heure de son retour.

Quelle différence après tout? Il se le demanda. Ses vêtements, déchirés, maculés de poussière, encore imprégnés de l'odeur de la cave, étaient là pour prouver à l'évidence où il s'était rendu et ce qu'il avait fait.

Brusquement, il sentit qu'il était inutile de continuer à se dissimuler.

Furieux contre lui-même, il alluma.

Juste devant lui, sur la table de nuit, il y avait une bouteille de bière. Un mot y était attaché. Dasein le prit et lut : « Ce n'est pas grand-chose mais c'est tout ce que j'ai pu trouver. Vous en aurez besoin demain matin. J'appellerai Jenny pour lui dire que vous allez bien. — Willa. »

Dasein saisit la bouteille, regarda l'étiquette. Il y avait dessus un tampon bleu : « Exposée en janvier 1959 ».

CHAPITRE V

Un martèlement puissant et régulier envahit son rêve.

Dasein se sentait piégé à l'intérieur d'un tambour géant. Il résonnait douloureusement dans son crâne. Chaque roulement se transformait en élancements douloureux contre ses tempes, à travers son épaule, dans son estomac.

C'était lui le tambour! C'était clair!

Ses lèvres étaient desséchées. La soif recouvrait sa gorge d'une croûte poussiéreuse. Il avait la langue chargée, gonflée.

Mon Dieu! Ce martèlement ne cessera donc jamais?

Il s'éveilla avec l'impression d'une gueule de bois trop bien imitée : les draps s'étaient enroulés autour de son corps, immobilisant son épaule blessée. Elle semblait moins douloureuse, c'était déjà un soulagement mais il fallait qu'il fasse cesser cette migraine et ce tambourinement dément.

Son bras libre était engourdi. Un fourmillement douloureux l'envahit lorsqu'il tenta de le mouvoir. Le soleil filtrait par une déchirure du rideau de l'unique fenêtre : Un mince rai de lumière qui zébrait la pièce, souligné par des grains de poussière. Il l'éblouissait, lui blessait les yeux.

Satané martèlement!

— Eh! Ouvrez là-dedans!

C'était une voix masculine derrière la porte.

Dasein crut reconnaître cette voix. Marden, le Capitaine de la Police Routière? Que faisait-il ici à pareille heure. Dasein leva le bras, regarda sa montre : dix heures vingt-cinq.

Le martèlement reprit.

— Un instant! cria Dasein. Sa propre voix déclencha dans son crâne une tempête douloureuse.

Les coups cessèrent enfin.

Dasein poussa un soupir de soulagement, se dégagea des draps, s'assit. Les murs de la chambre se mirent à tourner follement autour de lui.

Pour l'amour du ciel! se dit-il. *J'ai déjà connu des cuites, mais jamais rien de comparable.*

— Ouvrez cette porte, Dasein.

Aucun doute, c'était bien Marden.

— Ça va, du calme! dit-il d'une voix rauque.

Qu'est-ce que j'ai? se demanda-t-il. Il savait qu'il n'avait bu que de la bière au dîner. Ce n'est pas ça qui pouvait expliquer son malaise actuel. Le gaz pouvait-il provoquer une réaction tardive?

La bière.

Il y avait quelque chose dans la bière.

Avec précaution, pour ne pas se tordre le cou, Dasein tourna la tête vers la table de nuit. Oui, il y avait bien une canette. Willa avait même pensé au décapsuleur. Il ouvrit la bouteille, but goulûment.

Des ondes d'apaisement se diffusèrent à partir de son estomac. Il reposa la bouteille vide, se leva. *Pour reprendre du poil de la bête,* se dit-il. *Une bête nommée Jaspé.* La bouteille fleurait le champignon.

— Vous vous sentez bien, Dasein?

Allez au diable, monsieur, pensa Dasein. Il essaya de faire un pas, ce qui provoqua une nausée immédiate accompagnée de vertige. Il s'appuya contre le mur, respira lentement, profondément.

Je suis malade, se dit-il. *J'ai attrapé quelque chose.*

Il avait l'impression que la bière s'était mise à bouillir dans son estomac.

— Ouvrez cette porte, Dasein! Immédiatement!

D'accord — d'accord. Il tituba jusqu'à la porte, la déverrouilla, fit un pas en arrière.

La porte s'ouvrit violemment, révélant un Al Marden en uniforme, ses galons de capitaine brillant sur le col. Sa casquette rejetée en arrière dévoilait une bande de cheveux roux trempés de sueur.

— Alors comme ça, on s'est bien occupé, dit-il en entrant. Il referma la porte. Il avait dans la main un objet cylindrique et chromé : une thermos. Que diable faisait-il ici à cette heure avec une bouteille thermos? se demanda Dasein.

La main posée sur le mur pour se tenir, il retourna vers le lit, et s'assit au bord.

Marden le suivit.

— J'espère que vous valez tout ce remue-ménage, dit-il.

Dasein leva les yeux vers ce visage étroit et cynique; il revoyait le tout-terrain haut sur pattes qu'il avait aperçu là-haut, déboulant de la route avec Marden aux commandes et les chiens près de lui. C'était une situation parfaite pour cet homme à l'attitude supérieure, jetant un regard dédaigneux sur la stupidité environnante. Cette attitude était-elle celle des Santarogans? Mais alors, qu'avaient vu les flics de Porterville? Et l'homme dans la Chrysler?

Ai-je moi aussi cette attitude? Il se posa la question.

— Je vous ai apporté du café, dit Marden. Vous m'avez tout l'air d'en avoir besoin. Il ouvrit le thermos, versa le liquide sombre et fumant dans le gobelet du couvercle.

Une puissante odeur de Jaspé s'en dégageait. Elle provoqua chez Dasein un accès de tremblement, une pulsation qui lui traversa douloureusement le crâne, et semblait synchronisée aux reflets miroitants sur la surface du liquide que lui présentait Marden.

Dasein prit le gobelet à deux mains, renversa la tête et but avec avidité.

Le café produisait la même sensation apaisante que la bière.

Marden emplit à nouveau la tasse.

Dasein la garda sous le nez, huma les vapeurs entêtantes du Jaspé. Sa migraine s'atténuait peu à peu. Son avidité à boire le café allait, s'aperçut-il, bien au-delà du simple appétit consécutif à sa cuite.

— Buvez tout, dit Marden.

Dasein sirota le café. Il sentait le liquide lui remplir l'estomac, lui éclaircir les idées. Marden n'avait plus cet air supérieur : il semblait simplement amusé.

Pourquoi une cuite serait-elle amusante?

— Le Jaspé, c'est ça qui m'est monté à la tête, n'est-ce pas? demanda-t-il en lui rendant la tasse.

Marden reboucha le thermos, l'air concentré.

— Un individu peut en absorber une trop forte dose, hein? insista Dasein; il se rappelait ce que lui avait dit Willa Burdeaux.

— Une surexposition trop précoce est susceptible de donner la gueule de bois, admit Marden. Vous irez mieux dès que vous y serez accoutumé.

— Ainsi donc vous êtes venu jouer les bons Samaritains, remarqua Dasein. Il sentait sa colère revenir.

— On a retrouvé votre camion là-haut sur la route de Porteville; on s'est inquiété sur votre compte. On n'abandonne pas un véhicule comme ça.

— Je ne l'ai pas abandonné.

— Oh? Qu'avez-vous fait?

— Une balade.

— Et vous avez provoqué une sacrée pagaille. Si vous aviez envie de faire une visite de la Coopé et des caves de stockage, il fallait le demander tout simplement.

— Et j'aurais eu droit à une visite guidée parfaitement anodine.

— Tout ce que vous vouliez.

— Donc vous êtes venu m'arrêter.

— Vous arrêter. Ne dites pas de bêtises!

— Comment avez-vous su où j'étais?

Marden leva les yeux au plafond, hocha la tête.

— Vous êtes tous pareils, vous les jeunes. Cette sacrée Willa est trop romanesque mais elle n'est pas fichue de mentir. Comme personne ici, je suppose. Il reporta sur Dasein son regard cynique et railleur. « Vous vous sentez mieux? »

— Oui!

— Mais c'est qu'on est énervé! Il pinça les lèvres. Au fait, on a dû fracturer votre camion et court-circuiter l'anti-vol pour le ramener. Il est garé devant.

— Ça alors. Ben, merci.

Dasein regarda ses mains. Il était tiraillé entre la colère et la frustration. Il savait que Marden n'était pas une cible valable pour sa fureur... ni Jenny... ni Piaget... Rien ni personne ne pouvait justifier sa colère — et pourtant le sentiment persistait. Il en tremblait.

— Vous êtes sûr que ça va?

— Oui. Je vais parfaitement bien!

— D'accord, d'accord, murmura Marden. Il se tourna, mais Dasein avait eu le temps de voir un sourire se dessiner sur ses lèvres.

C'était ce sourire, et non l'homme, qui donnait poids à sa colère. Ce sourire! Il incarnait Santaroga : son auto-satisfaction, sa supériorité, son goût du secret. Il bondit sur ses pieds, marcha vers la fenêtre, ouvrit le rideau d'un geste brusque.

Le soleil baignait un jardin fleuri, un petit ruisseau, et derrière, la plaine, nettement limitée par la forêt de séquoias : C'était une journée de chaleur de plomb, les chênes, écrasés de soleil, étaient immobiles sur les pentes. Il dénombra trois panaches de fumée dans l'air calme, aperçut le tracé bleu-vert d'une rivière qui serpentait dans le lointain.

Ce havre de beauté pastorale qu'était Santaroga; voilà, jugea Dasein, une cible parfaite pour sa colère : Santaroga, une île d'humanité dans le désert. Il voyait la vallée comme une ruche bourdonnante cachée derrière une façade comparable à une pyramide : solide, anonyme, éternelle. Là, derrière la façade, Santaroga faisait quelque chose à ses habitants. Ils perdaient toute individualité, devenaient des masques sous lequel ils devenaient tous semblables.

Il percevait en eux une espèce d'acuité qui faisait de chacun une extension de tous les autres Santarogans. Ils étaient pareils à des rayons jaillis d'un trou d'épingle dans un rideau noir.

Qu'y avait-il derrière le rideau?

C'était là, il le sentait, que se trouvait l'objet réel de sa colère. La vallée était le siège d'un enchantement maléfique, qui avait piégé les Santarogans dans sa magie noire, les transmuant en cette pyramide aveugle.

A cette pensée, sa colère retomba : il se rendit compte qu'il avait lui aussi sa place dans la pyramide. Une pyramide analogue à un écosystème jaillissant du désert, toutes proportions gardées. La base de la pyramide était profondément ancrée dans le sol, elle étendait ses racines dans une caverne humide et froide.

Il discernait maintenant les contours de son problème.

Une chose mettait à part cette vallée : le Jaspé. Elle retenait les Santarogans comme s'ils étaient intoxiqués. Il songea à sa propre réaction de désir insatiable. C'était dû à cette substance dans la caverne, absorbée par les pores, inhalée par les poumons.

Marden s'agitait dans la chambre derrière lui.

Dasein se tourna, regarda l'homme.

Les Santarogans devenaient des prolongements de la caverne et de sa substance. C'était l'effet d'une drogue qu'il constatait dans cette vallée. Un produit par certains côtés similaire à l'acide lysergique diéthylamide — le LSD.

Comment agissait-il?

Perturbait-il l'équilibre de la sérotonine?

Dasein sentait son esprit fonctionner avec une lucidité

remarquable : il triait les possibilités, explorait des voies de recherche.

— Si vous vous sentez bien maintenant, je vais m'en aller, dit Marden. Si jamais vous reprenait l'idée loufoque de quelque expédition nocturne, faites-le nous savoir, d'accord?

— Allez au diable, Monsieur Je-Sais-Tout grommela Dasein.

Il se retourna vers la fenêtre.

Il voyait bien que le problème qui allait se poser était celui de l'objectivité : il n'avait pas d'autre cobaye que lui-même. Quel était sur lui l'effet du Jaspé? Une impression de lucidité accrue. Ou bien cet accroissement était-il réel, comme c'était le cas avec le LSD? Voilà qui nécessiterait une soigneuse évaluation. Et quelle était l'origine des effets ultérieurs? Le manque?

Il se mit à réfléchir aux caractéristiques de la personnalité des Santarogans : leur vivacité, leurs manières directes, leur apparente honnêteté. Si l'accroissement de lucidité était effectif, cela pouvait-il expliquer les publicités honnêtes? Pouvait-on adopter une autre attitude face à des êtres humains totalement conscients?

Les voies pour attaquer le problème s'ouvraient de toutes parts. Les barrières s'effondraient comme des châteaux de sable devant lès vagues de sa perception neuve, mais les perspectives qui s'offraient contenaient à leur tour leur propres mystères.

Jenny.

A nouveau, Dasein se remémora l'échec rencontré à l'université pour évaluer ses réactions au LSD : *Pas de réaction apparente.* Ceux qui menaient les tests avaient voulu explorer ce phénomène mais Jenny avait refusé. Pourquoi? On s'était contenté, bien entendu, de la classer comme une « curieuse anomalie ». L'expérience s'était achevée d'elle-même avec le fiasco publicitaire.

Jenny.

Dasein pénétra dans la douche en chantonnant. Il

réfléchissait. Son épaule allait considérablement mieux, malgré les mauvais traitements qu'il lui avait infligés durant la nuit... ou peut-être grâce à cela... l'exercice.

Je vais appeler Jenny, se dit-il tandis qu'il s'habillait. *Peut-être qu'on pourra se voir pour le déjeuner*.

Cette perspective l'emplit d'un plaisir émerveillé. Il avait conscience de son sentiment protecteur vis-à-vis d'elle, de leur mutuelle dépendance émotionnelle. C'était cela, l'amour. Une sensation rebelle à l'analyse. On ne pouvait qu'en faire l'expérience.

Dasein se dégrisa.

Son amour pour Jenny exigeait de lui qu'il l'arrache à l'enchantement de Santaroga. Elle devait l'aider, qu'elle en fût ou non consciente, qu'elle le désire ou non.

On frappa deux coups brefs à la porte.

— Entrez, dit Dasein.

Jenny se glissa à l'intérieur, referma.

Elle portait une robe blanche, un foulard, un sac à main et des souliers rouges. L'ensemble lui donnait un teint bronzé, exotique. Elle s'arrêta un instant près de la porte, la main encore sur le bouton, les yeux agrandis, scrutateurs.

— Jen! s'exclama-t-il.

Elle avait traversé la pièce d'un trait pour se jeter dans ses bras. Elle l'étreignit. Ses lèvres étaient douces et chaudes. Un parfum frais et musqué l'enveloppait.

Elle s'écarta de lui, le regarda.

— Oh, chéri, j'ai eu si peur. Je te voyais déjà tombé dans un ravin, ton camion ratatiné, et toi dans l'épave. Et puis Willa m'a appelée. Quelle idée d'avoir fait ça?

Il posa le doigt sur le bout de son nez, l'appuya doucement.

— Je suis parfaitement capable de prendre mes responsabilités.

— Ça je n'en sais rien. Est-ce que tu te sens bien, maintenant? J'ai croisé Al dans l'entrée. Il m'a dit qu'il t'avait apporté un peu de café Jaspé.

— Pour reprendre du poil de la bête.

— Du poil de... Oh. Mais pourquoi fallait-il que...

— Pas de mais. Je suis désolé de t'avoir inquiétée, mais j'ai un boulot à faire.

— Oh, c'est ça!

— Je vais faire le boulot pour lequel on me paie.

— Tu as donné ta parole, je suppose?

— Il n'y a pas que ça.

— Alors c'est qu'ils veulent que tu leur ramènes quelque chose.

— Pas seulement *quelque chose*, Jenny, mon amour.

Elle sourit.

— J'aime quand tu m'appelles ton amour.

— Cesse de changer de sujet.

— Mais c'est un sujet si agréable.

— D'accord. Mais une autre fois, hein?

— Que dirais-tu de ce soir?

— Voilà qui est direct, non?

— Je sais ce que je veux.

Dasein se surprit à la considérer, tandis qu'elle était dans ses bras. Qu'avait dit Willa, déjà? « *Jenny sait ce qu'elle fait* ». Il ne savait quoi, mais il ne doutait pas en tout cas de son amour pour lui. Ses yeux, sa voix en témoignaient : un éclat, une vivacité qui ne pouvaient tromper.

Pourtant demeurait cette certitude que deux hommes étaient morts pendant l'enquête — des accidents! Et la douleur qui s'atténuait dans son épaule était également indubitable, tout comme ses implications.

— Tu es si calme d'un seul coup, dit Jenny en l'observant.

Il prit une profonde inspiration.

— Pourrais-tu m'apporter un peu de Jaspé?

— J'ai failli oublier. Elle fourragea dans son sac. « Je t'ai pris un morceau de fromage et des galettes pour ton déjeuner. En provenance de la cave de l'Oncle Larry. Je savais que tu en aurais besoin à cause de... » Elle s'interrompit, sortit un sac en papier. « Tiens. » Elle le lui tendit. « Gil! Tu as dit *du Jaspé.* » Elle semblait méfiante.

— Pourquoi pas? Il saisit le paquet. Elle hésitait à s'en séparer, ses doigts s'attardèrent sur le papier lorsqu'il s'en empara.

— Je ne veux pas te tromper, chéri.

— Me tromper? Comment ça?

Elle avala sa salive. Ses yeux brillaient de larmes contenues. « Nous t'avons donné une dose horriblement forte hier soir, et ensuite tu es descendu dans cette stupide cave. Ça n'allait vraiment pas, ce matin?

— Une bonne gueule de bois, si c'est ce que tu veux dire.

— Je me rappelle à peine comment j'ai réagi lorsque j'étais petite. Lorsqu'on grandit, le corps se modifie, subit d'importantes modifications de métabolisme. A la fac, lorsque j'ai participé à cette expérience dingue sur le LSD, je me suis retrouvée le lendemain avec la gueule de bois ». Elle fit courir un doigt sur sa tempe. « Pauvre chéri. J'aurais dû être là ce matin mais Oncle Larry avait besoin de moi à la clinique. D'ailleurs selon lui tu n'étais pas en danger. Willa t'a récupéré à temps.

— Que serait-il arrivé dans le cas contraire?

Son regard parut s'assombrir.

— Alors? insista-t-il.

— Tu ne dois pas penser à ça.

— A quoi?

— Cela ne peut pas t'arriver de toute manière. Oncle Larry considère que tu n'as pas le type.

— Le type pour quoi? — pour devenir un zombie comme ceux que j'ai vus à la Coopé?

— Des zombies? De quoi parles-tu?

Il lui décrivit ce qu'il avait aperçu par la porte ouverte.

— Oh... ceux-là. Elle détourna les yeux, soudain distante. « Gilbert, vas-tu les mentionner dans ton rapport? »

— Peut-être.

— Il ne faut pas.

— Pourquoi pas? Qui sont-ils? *Que* sont-ils?

— Nous prenons soin des nôtres. Ce sont des membres utiles à notre communauté.

— Mais ils ne sont pas tout à fait là.

— C'est vrai. » Elle le considéra d'un regard ardent. « Si l'Etat les prenait en charge, il les enlèverait de la vallée, pour la plupart. Ce serait désastreux pour les Santarogans, Gilbert. Crois-moi. »

— Je te crois.

— Je le savais.

— Ce sont les échecs, hein? Ceux que le Jaspé a détruits.

— Gilbert!... Ce n'est pas ce que tu penses. Le Jaspé est quelque chose... de merveilleux. Nous l'appelons le Carburant de la Conscience '. Il t'ouvre les yeux et les oreilles, étend tes perceptions, il... Elle ne put continuer, lui sourit : « Mais tu le sais déjà...

— Je crois savoir, oui. Il regarda le sac dans sa main. Que contenait-il? Un don paradisiaque pour l'humanité tout entière, ou un cadeau de l'enfer? Etait-ce l'enchantement maléfique qu'il s'était représenté ou bien une libération définitive?

— C'est merveilleux et maintenant tu le sais, dit Jenny.

— Alors pourquoi ne le criez-vous pas sur les toits?

— Gil! Son regard était accusateur.

Brusquement, Dasein s'imagina la réaction probable de Meyer Davidson... Davidson et ses cohortes, les jeunes cadres agressifs et leurs patrons aux yeux secs.

Ce qu'il tenait dans la main c'était leur ennemi.

Pour tous ces hommes vêtus des mêmes costumes sombres, pour ces hommes dont le regard froid pesait et classait toute chose, les gens de cette vallée étaient l'ennemi à vaincre. En y pensant plus avant, Dasein s'aperçut que pour eux tous les clients représentaient « l'Ennemi ». Davidson et ses semblables s'affrontaient, rivalisaient, certes. Mais entre eux, ils admettaient lutter avant tout contre les masses qui existaient derrière la façade respectable de leurs opérations financières.

La cohérence était évidente entre leurs paroles et leurs actes; ils parlaient de « positionnement optimum pour l'achat », « d'impact visuel du linéaire », de « limite de gonflage » et de « seuil d'acceptabilité ». C'était un langage en vogue, inspiré du vocabulaire des manœuvres militaires et du combat. Ils savaient quelle hauteur devait avoir un rayon pour favoriser chez l'acheteur la saisie des articles, connaissaient « l'impact du linéaire », la largeur minimale de rayonnage permettant au client de remarquer le produit. Ils savaient dans quelle proportion l'emballage pouvait être « gonflé » pour le faire paraître plus avantageux; le prix et la quantité de manipulations qu'un client pouvait accepter avant de manifester un « syndrôme de rejet ».

Et nous sommes leurs espions, songeait Dasein. *Les psychiatres et les psychologues — tous les spécialistes en « sciences sociales » — nous sommes leur cinquième colonne.*

Il voyait les vastes manœuvres de ces armées, la conspiration destinée à maintenir « l'Ennemi » dans un état de somnolence, à le rendre malléable. Qu'importaient les luttes intestines entre les chefs de ces armées : ils respectaient leur code interne. Aucun ne dévoilait la guerre *réelle*.

Dasein n'avait jamais envisagé sous ce jour l'univers des études de marché. Il revit la franche honnêteté dont faisaient preuve les Santarogans dans leur publicité; ses doigts se crispèrent sur le sac en papier.

Que lui faisait donc ce truc? Il se détourna de Jenny, pris d'un soudain accès de colère. Voilà qu'il se mettait à imaginer des choses insensées! Des armées!

Il n'y avait pas moyen d'échapper au Jaspé à Santaroga. L'enquête lui faisait obligation de *ne pas* l'éviter.

Je dois m'insinuer dans leurs esprits, se rappela-t-il. *Vivre leur vie. Penser comme eux.*

Il vit alors la situation telle que Jenny et les siens devaient la voir. Ils étaient engagés dans une forme de guérilla. Ils avaient instauré un mode de vie intolérable pour l'*extérieur*. Santaroga présentait une menace trop importante pour les oligarchies de la finance et de l'industrie. Son seul espoir résidait dans l'isolement et le secret.

Aller le crier sur les toits, allons donc. Pas étonnant qu'elle l'ait rembarré, surprise.

Dasein se tourna, regarda Jenny : elle attendait patiemment qu'il se sorte lui-même de ce labyrinthe. Elle lui adressait un sourire d'encouragement et soudain, à travers elle, il voyait tous les Santarogans. Ils étaient des Indiens, des gens qui avaient besoin de se débrouiller seuls, de vivre et de chasser comme le dictait leur instinct. Le problème était qu'ils vivaient dans un monde qui ne pouvait être culturellement neutre : ce monde extérieur continuerait de vouloir rendre les gens, toujours et partout, uniformes.

Un pied dans chaque monde, pensant sous l'emprise de la drogue, mais conservant ses souvenirs de l'*extérieur*, Dasein ressentit pour Jenny une profonde tristesse. Santaroga serait détruite — il n'y avait aucun doute.

— Je suis sûre que tu vois pourquoi, dit Jenny.

— On assimilerait le Jaspé au LSD, aux narcotiques. La loi y verrait le haschich de Santaroga. Vous seriez rayés de l'existence, détruits.

— Je n'ai jamais douté que tu comprendrais, une fois exposé, dit-elle. Elle se nicha dans ses bras, se serra contre lui, l'étreignit avec ardeur. J'avais confiance en toi, Gilbert. Je savais que je ne pouvais me tromper sur ton compte.

Il ne savait que lui répondre. Une tristesse profonde le submergea. *Exposé*.

— Bien sûr, tu aurais toujours à faire ton rapport, reprit-elle. Cela ne résoudrait rien si tu échouais. Ils trouveraient quelqu'un d'autre, c'est tout. On commence à s'en lasser.

— Oui... Il faudra que je fasse un rapport.

— Nous comprenons.

Sa voix lui déclancha des frissons. « *Nous comprenons* ». C'était ce *Nous* qui avait fouillé son sac, avait failli le tuer... avait effectivement tué deux hommes.

— Pourquoi frissonnes-tu?

— Juste le froid.

Il repensa alors à cette chose qu'il avait sentie tapie au seuil de sa conscience, cette créature ancestrale, curieuse, pressante, infatigable qui en était jaillie comme le cou d'un dinosaure. Elle était toujours là, à l'étudier, prête à le juger.

— Je ne travaille qu'une demi-journée, aujourd'hui, lui annonça Jenny. Quelques amis ont organisé un pique-nique près du lac. Ils voudraient faire ta connaissance. Elle se recula, le regarda dans les yeux. « J'aimerais bien te montrer, aussi. »

— Je... ne crois pas que je puisse nager.

— Ta pauvre épaule. Je sais. Mais le lac est si beau à cette époque de l'année. Nous ferons un feu, ce soir.

Quel est ce nous*?* se demanda-t-il.

— Ça m'a l'air magnifique, fut sa réponse mais en même temps il se demanda pourquoi son estomac se nouait d'angoisse. Il se raisonna : ce n'était pas de Jenny dont il avait peur — pas de cette femme généreuse et belle. Peut-être alors de Jenny-la-déesse... C'était une pensée qui avait jailli brusquement et qui le narguait.

Dasein se moqua de lui-même, se disant qu'il avait tendance à trop vouloir déchiffrer les moindres nuances de cette vallée et de ses habitants. C'était la maladie des psychanalystes, bien entendu — ne voir les choses qu'à travers la brume du raisonnement.

— Repose-toi un peu et retrouve-moi en bas à midi, dit Jenny.

Elle se sépara de lui, puis, arrivée à la porte, se

retourna pour le dévisager : « Tu as un comportement bizarre, Gilbert. Est-ce que tu aurais un ennui ? »

Sa voix avait un ton inquisiteur qui mit immédiatement Dasein sur ses gardes. Ce n'était pas la Jenny spontanée, inquiète pour l'homme qu'elle aimait. C'était une... une *observatrice* cherchant à découvrir quelque danger personnel.

— Rien dont on ne puisse venir à bout avec de la nourriture et du repos. Il avait voulu prendre un ton badin, mais sans succès, il le savait.

— A tout à l'heure, lui dit-elle toujours de la même voix distante.

Dasein regarda la porte se refermer sur elle. Il avait l'impression d'avoir joué devant une sorte particulière de caméra, capable de relever les illogismes. Une pensée volage lui trottait dans la tête : ... *l'exposition de la personnalité, des manières et du caractère.*

Qui veut exposer ma personnalité, mes manières et mon caractère ? s'interrogea Dasein. Il sentait le danger d'une telle question, grosse d'accusations et de contre-accusations.

Le sac de nourriture lui pesait dans la main. Dasein le considéra, conscient de sa fringale, conscient également de la menace qu'il recelait. Le Jaspé provoquait-il des altérations irrémédiables ?

Il jeta le sac sur son lit, ouvrit la porte, scruta le corridor. Personne. Il sortit, examina le pan de mur derrière lequel se cachait la régie de télévision. Il lui fallut un moment pour s'apercevoir de ce qui n'allait pas : C'était comme une dislocation de la réalité — une porte occupait dans le mur un espace où elle ne se trouvait pas auparavant.

Attiré comme par un aimant, Dasein s'approcha de la porte, l'examina. Son encadrement de bois poli, usé, était identique à celui des autres portes du palier. Il donnait une impression de parfaite conservation. Une porte qui avait toujours été là, semblait dire cet encadrement. La plaque numérotée était légèrement éraflée. Ses bords étaient ternis là où n'avait pu atteindre le chiffon de la femme de ménage. La poignée avait la patine d'un long usage.

Dasein hocha la tête. Il fut tenté d'ouvrir la porte, se ravisa. Il se sentait terrorisé par ce qu'il pourrait découvrir derrière. La banalité — un lit, une baignoire, une table et des chaises — voilà ce qui serait pis que tout. La plaque numérotée — le 262 — le fascinait. Il caressa l'idée folle de l'avoir déjà vue auparavant... ici même. Cette porte était trop ordinaire.

Brusquement, Dasein fit demi-tour, réintégra sa chambre, en ouvrit la fenêtre. Un coup d'œil par les fenêtres au-dessus de l'auvent résoudrait le mystère. Il entreprit de grimper le rebord, s'arrêta. Un homme se tenait dans une allée bordée de roses sous le grand chêne.

Dasein reconnut Winston Burdeaux. Il maniait un pulvérisateur à main qui projetait un fin brouillard sur les roses. Tandis que Dasein l'observait, Burdeaux leva la tête, lui fit un signe.

Plus tard, se dit Dasein. *Je regarderai plus tard.*

Il répondit au salut de Burdeaux, referma la fenêtre, tira le rideau.

Ainsi donc ils avaient découpé une porte dans ce mur, c'était bien ça? Que cherchaient-ils à faire? Détruire sa notion de la réalité?

Le sac posé sur le lit attira son attention. Il traversa la chambre. Il le voyait comme une ultime tentation. Il contenait plus que de la nourriture : il sentait en lui une faim que seul le Jaspé pourrait rassasier. Dasein sentit brusquement qu'il était comme l'Ulysse de Tennyson : son destin était « de lutter, chercher, trouver et ne pas céder. » Pourtant, l'idée de la présence du Jaspé dans ce sac attirait sa main. Il sentit le paquet se déchirer sous ses doigts.

Du fromage Jaspé. Il exhalait cet arôme ensorcelant. Avec un sentiment d'impuissance mentale, il se retrouva en train d'en mastiquer une bouchée. Elle irradiait une sensation de chaleur tandis qu'il l'avalait. Il continua de manger, hypnotisé par ses propres actes.

Lentement, il s'effondra sur le lit, la tête contre l'oreiller, le regard perdu au plafond. Les veines du bois sur une des poutres ondulaient comme une mer houleuse. Une sensation qui l'emplit d'une crainte totale, terrifiante. Il sentait sa propre conscience se dresser comme une barrière face au monde extérieur, ce monde extérieur qui n'était qu'une machine stupide dépourvue de sentiments ou de compassion.

Son identité devenait un rayon de lumière sans cesse plus étroit, tandis que les flots puissants de l'inconscience se gonflaient... pour atteindre une intolérable hauteur.

C'est un psychédélique, se dit-il. *Ne te laisse pas aller.*

Mais il était désormais impossible d'arrêter le mouvement. Sa conscience, explosant dans toutes les directions, emportée par le torrent de ses sens dévoilés, lui fit atteindre un état de perception planante.

L'essence de son être s'était diluée : ne subsistait plus maintenant qu'une conscience détachée du temps, dépourvue de toute anxiété. Il s'aperçut que cette sensation l'enivrait. Son esprit se mit à l'explorer.

Où sont les enfants? se demanda-t-il.

Ce fut pour lui une brusque révélation de réaliser qu'il n'avait vu ni enfants ni écoles dans la vallée.

Où sont les enfants? Pourquoi ce fait n'avait-il été remarqué par aucun des autres enquêteurs?

Les autres enquêteurs sont morts, se rappela-t-il.

La mort — c'était une pensée qui bizarrement n'était plus terrifiante. Il sentit qu'il avait atteint un stade de décompression qui transcendait les luttes de pouvoir. La vallée, le Jaspé étaient devenus des éléments de son existence. La chambre baignée de lumière, les feuilles du chêne derrière la fenêtre : tout n'était que beauté, innocence, transparence. L'univers extérieur était devenu une partie de lui-même, emplie de sagesse et de compassion.

Dasein s'émerveilla de cette sensation : l'univers *extérieur* — c'était comme s'il venait de le créer. *Nama-Rupa*, songea-t-il. Je suis *Nama-Rupa : le verbe et la forme, créateur de l'univers dans lequel j'existe.*

La douleur de son épaule blessée attira un instant son attention vagabonde. La douleur : une crise brève, contre laquelle il suffisait de projeter des souvenirs de plaisir. La douleur s'affaiblit.

Puis vint le bruit de pneus sur les gravillons. Il entendit un oiseau chanter. Les bruits formaient un moirage qui jouait devant sa conscience ; ils dansaient et scintillaient.

Il se souvint du regard inquisiteur de Jenny.

Un souvenir horrible, choquant, qui le fit tressaillir, l'étouffa. Sa respiration se fit difficile. Il avait la sensation d'avoir été un acteur de l'histoire, mais une histoire qui lui était inconnue, peuplée de déesses et de créatures aux pouvoirs terrifiants. Une histoire qui se déroulait à une vitesse étonnante, au mépris de toute notion préconçue sur sa lenteur. Comme une série d'événements qu'il était incapable de séparer, de distinguer. Ils traversaient par éclairs sa conscience, le laissant à jamais changé.

Le Jaspé, songea-t-il. *Je ne peux plus revenir... à... ce que j'étais... auparavant.*

Ses joues étaient baignées de larmes.

Il se rappela la façon dont on avait fouillé son sac. Un sanglot le secoua. Que voulaient-ils?

Dasein se surprit à se croire entouré de démons, rusés, avides, prêts à lui sucer le sang, dévorer son être et son âme. Ils baragouinaient derrière le cercle enchanté de sa conscience solitaire. Cette sensation, aussi primitive qu'une danse de sorcières, refusait de le quitter. C'étaient des robots, des automates au visage malléable et grimaçant, aux yeux lumineux.

Il se mit à trembler, sentit qu'il transpirait d'abondance, mais c'était là une sensation lointaine, éprouvée par un étranger.

Sa tête tournait. Il se leva pesamment, tituba, trébucha en traversant la chambre. Arrivé au mur, il se tourna, se remit à tituber, d'arrière en avant — d'avant en arrière... Il n'avait nul endroit où se cacher. Le soleil qui traversait la fenêtre lui révélait des formes grotesques : des lézards à visage humain, des gnomes miroitants, des insectes aux ailes en cadran de montre...

Il s'effondra sur le sol, agrippa le tapis. Des tresses rouges du motif jaillirent des griffes qui s'élancèrent vers lui. Il recula jusqu'au lit, tomba en travers. Le plafond ondulait comme une mer renversée.

Quelque part, quelqu'un jouait du piano — du Chopin.

Dasein sentit soudain qu'il était devenu le piano. Les notes le transperçaient de leur brillance cristalline, faisaient vibrer son angoisse. Une clarté éblouissante l'envahit peu à peu. Il prit conscience de ses vêtements trempés de sueur. Ses paumes étaient moites. Il sentait qu'il avait accompli un long parcours, traversé un détroit dangereux. Le voyage lui avait ôté toute force.

Mais la chambre se dévoilait maintenant à ses yeux dans toute son innocence : Les poutres du plafond étaient des objets à comprendre... Les nervures se fondaient dans les arbres... qui devenaient des pousses... puis des graines... puis des arbres... Tous les objets manufacturés que croisait son regard s'étendaient pour lui dans le passé et dans le futur. Plus rien n'était stable.

Tout était mouvement, et lui aussi était une partie de ce mouvement.

Des vagues de sommeil l'assaillirent, déferlant du fond de son esprit — toujours plus haut... plus haut... plus haut.

Le sommeil l'enveloppa.

Et dans l'obscurité, quelque chose ne cessait de rire... de rire... de rire...

Dasein s'éveilla avec la sensation d'avoir dormi très longtemps — une vie entière, peut-être. Sa gorge émit un toussotement. Il entendit ce bruit sortir de lui comme s'il venait d'un étranger et cela le terrifia. Sa montre lui révéla qu'il avait dormi plus de deux heures.

A nouveau cette toux étrangère lui racla la gorge. Il s'extirpa du lit, étonné de sa faiblesse. Son épaule allait mieux, certes : la douleur n'était plus qu'un élancement sourd.

On frappa à la porte.

— Oui? dit Dasein.

— C'est Win Burdeaux, Monsieur. Miss Jenny m'a demandé de vous rappeler qu'elle viendra vous chercher d'ici une demi-heure.

— Oh... merci.

— Ce n'est rien, Monsieur. J'espère que vous avez fait une bonne sieste.

Dasein resta à regarder la porte, ahuri. Comment *Burdeaux sait-il que j'ai dormi?*

Peut-être que j'ai ronflé.

Le corridor était à nouveau silencieux, mais Dasein savait que Burdeaux était reparti.

Pensif, il ôta ses vêtements chiffonnés, se doucha et se changea. Il se sentait irrité, frustré. On l'observait en permanence. Il eût été si facile de laisser sa colère se muer en rage. Il le savait. Pourtant, ce n'était pas le moment d'être enragé.

Il en vint à se demander s'il y avait une saison pour ça.

Une sensation d'humidité lui fit porter son attention sur sa main droite. Il s'aperçut avec surprise qu'il tenait toujours une serviette de toilette. Un objet anodin, garni d'un liséré vert et blanc. Il la jeta dans la salle de bains où elle atterrit avec un claquement humide.

On frappa à nouveau. Il sut que c'était Jenny.

Il prit une brusque décision.

Il traversa la chambre à grands pas, ouvrit violemment la porte. Elle était là, vêtue d'une robe à bretelles orange et d'un chemisier blanc; son sourire accentuait la fossette sur sa joue gauche.

Je suis contente que tu sois prêt. Dépêche-toi, ou sinon nous serons en retard.

Tandis qu'il se laissait conduire au bas des marches, Dasein se demanda si son imagination lui avait joué un tour ou s'il avait cru voir un bref instant de tristesse sur son visage avant qu'elle ne sourît?

Jenny continuait de parler toute seule tandis qu'ils descendaient l'escalier, traversaient le hall pour atteindre le porche.

— Tu vas adorer le lac à cette époque de l'année. Je voudrais pouvoir y rester plus longtemps. Tu sembles moins faire attention à ton épaule. Je suis sûre qu'elle va mieux. Oncle Larry veut que tu passes le voir dans la soirée pour qu'il t'examine. Toute la bande a hâte de te connaître. Tiens les voilà.

La bande occupait un camion à ridelles.

Dasein reconnut dans la cabine le visage de lutin de Willa Burdeaux. Elle était assise à côté d'un jeune blond, au visage plutôt osseux, aux grands yeux bleus innocents. Elle répondit à son regard par un clin d'œil lent et délibéré. Une douzaine de couples au moins avait envahi l'arrière du véhicule... sans compter quelques solitaires : un grand type brun aux yeux sombres et perçants — Walter Je-ne-sais-quoi; Dasein n'avait pas saisi son nom de famille... deux jeunes femmes, boulottes, avec de longs cheveux blond paille encadrant un visage rond — Rachel et Mariella.

Jenny avait fait les présentations trop rapidement pour que Dasein pût se rappeler tous les noms, mais il avait pu remarquer que le jeune homme aux côtés de Willa Burdeaux était son fiancé — Cal Nis.

Des mains se tendirent pour l'aider à grimper à l'arrière du camion, tirèrent Jenny après lui. Des caisses, le long des ridelles, tenaient lieu de sièges. Dasein se retrouva tassé dans un coin avec Jenny nichée tout contre lui. Il se mit à observer l'ambiance de carnaval qui régnait autour de lui : les rires sans retenue, les plaisanteries et les taquineries.

Le camion s'ébranla. Le vent les fouettait. Dasein ressentait des impressions fugaces : le défilement des arbres, quelques pans de ciel, les cahots de la route... et ce rire omniprésent.

Il prit peu à peu conscience que Jenny et lui en étaient exclus.

Etait-ce par un sentiment de délicatesse? Voulaient-ils laisser à l'étranger le temps de s'acclimater?

Il essaya d'envisager la situation en psychologue, mais le fait qu'il y était personnellement impliqué le gênait. Impossible de porter son regard analytique sur des détails sans que son ombre ne vienne s'interposer devant la scène. Pour couronner le tout, son épaule se remettait à le faire souffrir là où Jenny s'appuyait. Les cheveux de la jeune fille, ébouriffés par le vent, lui caressaient le visage. Chaque embardée du camion provoquait des élancements dans son épaule.

La situation prenait un tour cauchemardesque.

Jenny s'étira, lui sussura à l'oreille :

— Oh, Gil... j'en ai rêvé de ce jour... où tu serais ici, l'un des nôtres.

L'un des nôtres, songea Dasein. *Suis-je vraiment l'un des leurs?*

Walter Je-ne-sais-quoi s'était visiblement mépris sur l'attitude de Jenny. Il leva la main et cria, depuis l'autre bout du camion :

— Hé! Défense de se bécoter avant la nuit!

Ce fut l'occasion d'un éclat de rire général, mais personne ne leur prêta spécialement attention : ils poursuivirent leur conversation.

Se bécoter.

Le terme avait fait passer son esprit en surmultipliée. C'était une expression tombée en désuétude à l'*extérieur*, anachronique, déplacée. Et pourtant, sur les lèvres de ce Walter, elle avait un accent familier. C'était un terme en usage dans la vallée.

Dasein se mit à voir Santaroga sous un nouveau jour. Ils étaient conservateurs au sens propre du mot : ils s'accrochaient au passé, résistaient au changement. Il rectifia : résistaient à *certains* changements. C'étaient des gens qui avaient décidé que certaines traces du passé devaient être maintenues. C'était là ce qui faisait d'eux des étrangers. Le monde *extérieur* s'éloignait d'eux. La vallée était devenue une réserve qui perpétuait les conditions d'une vie passée.

Le camion obliqua et prit une route encadrée de Sycomores. Sous leur vaste ombrage, leur domaine prenait des teintes de vert et d'or.

Un dos d'âne fit grimacer Dasein lorsque Jenny lui heurta l'épaule.

Le camion émergea du bois de sycomores, traversa un bosquet de pins pour déboucher sur une clairière herbeuse qui laissait place au sable près de la rive d'un lac céruléen.

Dasein resta abîmé dans sa contemplation, à peine conscient des autres passagers qui sautaient dans l'herbe, ignorant Jenny qui le pressait de descendre à son tour. Quelque chose dans ce lac — une sensation vaguement familière — l'avait frappé d'un sentiment de beauté et de menace.

Un étroit ponton flottant menait de la plage jusqu'à un plongeoir dont les planches grises étaient patinées par le soleil. Des barques étaient amarrées sur un des côtés du ponton.

Beauté et menace.

La sensation disparut. Il était perplexe. Il voyait des fantômes, faisait trop d'introspection.

— C'est ton épaule? demanda Jenny.

— Ça va aller.

Il descendit avec elle du camion. Il aurait voulu se laisser aller, faire partie intégrante du groupe, prendre part à leurs rires.

Ils s'amusaient bien : ils portaient des paquets près des tables disposées sous les arbres, rassemblaient des pierres pour préparer des foyers. Certains s'éclipsèrent derrière les arbres et réapparurent en costume de bain.

Jenny s'était réunie à un groupe qui disposait les pique-niques sur les tables. Puis, suivant le mouvement général, elle se précipita vers les flots, se débarrassant de sa robe pour révéler un maillot une-pièce orange. C'était une naïade, ses membres souples et bruns jouaient dans la lumière du soleil.

Elle lui adressa un signe de main depuis le ponton et cria :

— A tout de suite, chéri !

Dasein la vit plonger dans le lac avec le sentiment qu'il venait brusquement de la perdre. Il éprouvait une intense jalousie, se faisait l'effet d'un vieillard décrépit entouré d'enfants joueurs, incapable de se joindre à leur bonheur.

Il parcourut du regard le lac et les bois environnants. La brise soufflait sur les flots. Elle sentait l'été, un parfum d'herbe mêlée aux aiguilles de pins. Il aurait voulu soudain avoir de quoi trinquer à cette brise, à cette journée : boire une potion qui l'eût fait participer à ce spectacle.

A pas lents, Dasein descendit vers le ponton de bois. Des nuages moutonnaient dans le ciel et lorsqu'il baissa les yeux vers la surface de l'eau, il les vit flotter au fond du lac. Des vaguelettes brouillèrent cette illusion. Jenny apparut, et vint s'accouder aux planches. Son visage ruisselant, souriant, n'avait jamais été si adorable.

— Chéri, pourquoi ne pas venir te bronzer sur le plongeoir pendant qu'on nage ?

— D'accord. Peut-être que je pourrai même faire un tour à la rame dans l'une de ces barques.

— Ne force pas ton épaule, sinon je le dirai à l'oncle Larry. Elle s'écarta d'une poussée du pied, nagea paresseusement vers le plongeoir.

Dasein la suivit, se frayant un chemin au milieu des nageurs ruisselants qui allaient et venaient sur la passerelle. Il fut frappé par la façon curieuse dont cette foule le regardait sans le voir : ils lui ouvraient le passage mais ne le regardaient jamais directement. Ils s'interpellaient devant lui, mais ne s'adressaient jamais à lui.

Il se dirigea vers le premier canot de la rangée, défit son amarre, s'apprêta à embarquer. Jenny nageait à une quinzaine de mètres de là, en un crawl lent et coulé qui l'éloignait en biais du ponton.

Dasein se redressa, avança le pied pour descendre dans l'embarcation. A cet instant, quelqu'un le poussa au milieu du dos. Son pied heurta le plat-bord, projetant en avant le canot. Il vit qu'il allait tomber dans le lac, pensa : *Oh, zut! Je vais tremper mes vêtements*. La poupe de la barque revenait vers lui, il crut pouvoir l'attraper mais son pied gauche glissa sur une planche mouillée du ponton. Il se sentit partir en biais sans pouvoir contrôler son mouvement.

Du coin de l'œil, il vit le flanc du bateau se ruer vers lui. Il essaya de l'agripper mais il était du côté de sa mauvaise épaule. Son bras n'était pas assez rapide.

Une explosion d'obscurité se fit dans son crâne. Dasein se sentit couler, sentit le froid l'envelopper, silencieux, sombre et accueillant.

Une partie de son esprit hurlait : Beauté! Menace!

Une combinaison qui lui parut bizarre.

Il sentait une douleur lointaine dans ses poumons, et il faisait froid — horriblement froid. Il sentait une pression... et le froid... tout cela restait lointain, sans importance.

Je suis en train de me noyer, pensa-t-il.

C'était une pensée inintéressante : une chose qui concernait quelqu'un d'autre.

Ils ne vont pas me voir... et je vais me noyer.

Le froid devint plus immédiat : humide.

Quelque chose le retourna avec violence.

Et pourtant, tout ceci restait distant; arrivait à cet *autre* qu'il savait être lui-même, mais ne pouvait le concerner.

La voix de Jenny tomba sur lui comme un coup de tonnerre :

— A l'aide! Je vous en prie! Venez m'aider! Oh Seigneur! Personne ne viendra donc m'aider? Je l'aime! S'il vous plaît, aidez-moi!

Il prit soudain conscience d'autres voix, d'autres mains.

— Ça va, Jen. Nous le tenons.

— Je vous en supplie, sauvez-le! Sa voix était hachée de sanglots.

Dasein sentit qu'on le hissait contre quelque chose de dur qui lui pressait le ventre. Quelque chose de chaud emplit sa bouche. Une douleur fulgurante lui traversa la poitrine.

Brusquement, il se mit à tousser — il haletait, la douleur lui arrachait la gorge et les bronches.

— Il a avalé une bonne quantité d'eau. C'était une voix masculine, presque vide d'émotion.

La voix de Jenny implorait, tout près de son oreille :

— Est-ce qu'il respire? Je vous en prie, qu'il ne lui arrive rien! Dasein sentit une moiteur contre son cou et toujours la voix implorante de Jenny près de lui : « Je l'aime. Sauvez-le je vous en prie. »

La même voix froide et masculine répondit :

— Nous comprenons, Jenny.

Puis une autre voix, enrouée, celle d'une femme :

— Il n'y a qu'une chose à faire, bien sûr.

— C'est ce que nous faisons! hurla Jenny. Vous ne comprenez donc pas?

Tandis que des mains le saisissaient, le soulevaient, commençaient à l'emporter, Dasein eut la force de se demander : *Faire quoi?*

Il ne toussait plus mais sa poitrine restait douloureuse. Il avait mal lorsqu'il respirait.

Il sentit de l'herbe sous son dos. On l'enveloppa dans quelque chose de chaud et de douillet : c'était une étrange sensation fœtale.

Dasein ouvrit les yeux, découvrit Jenny devant lui, sa chevelure brune encadrée par le ciel bleu. Elle esquissa un sourire tremblant.

— Oh, merci mon Dieu, murmura-t-elle.

Des mains lui soulevèrent les épaules. Le visage de Jenny disparut. On pressa contre ses lèvres une tasse pleine d'une liquide noir et fumant. Dasein sentit l'odeur presque irrésistible du Jaspé, sentit le café bouillant lui brûler la gorge.

Instantanément, une sensation de chaleur et de bien-être commença de se diffuser dans tout son corps. On écarta la tasse; elle revint lorsqu'il en approcha les lèvres.

Quelqu'un se mit à rire, dit quelque chose que Dasein ne put saisir complètement. Comme : « Prends-en une bonne dose. » Mais ça ne voulait rien dire, il rejeta cette idée.

Les mains le reposèrent dans l'herbe avec précaution. La voix masculine dépourvue d'intonations dit :

— Laissez-le au chaud et au calme un moment. Il va bien.

Le visage de Jenny reparut. D'une main, elle lui caressa la tête.

— Oh, chéri, dit-elle. J'ai regardé vers le ponton et tu n'y étais plus. Je ne t'ai pas vu tomber, mais je savais. Et personne n'avait rien remarqué. Ça m'a pris tellement longtemps pour arriver. Oh, ta pauvre tête. Tu as un de ces bleus.

Dasein ressentit alors la migraine comme si ses mots avaient suffi à la déclencher : une douleur pulsante qui courait de la tempe à son oreille. *Un coup pareil — Ne devrais-je pas passer une radio?* se demanda-t-il. *Comment savent-ils que je n'ai pas de fracture du crâne... ou de traumatisme?*

— Cal dit que le canot devait verser de l'autre côté lorsque tu l'as heurté, expliqua Jenny. Je ne crois pas que tu te sois cassé quelque chose.

La douleur fulgura lorsqu'elle effleura son ecchymose.

— Ce n'est qu'un mauvais bleu.

Qu'un mauvais bleu! se dit-il. Une brusque colère le

prit. Comment pouvaient-ils faire preuve d'une telle indifférence?

Pourtant, cette sensation de chaleur continuait d'irradier en lui et il songea : *Bien sûr que je vais bien. Je suis jeune, en parfaite santé. Je vais guérir. Et j'ai Jenny pour me protéger. Elle m'aime.*

Quelque chose dans cet enchaînement d'idées lui sembla soudain totalement erroné. Il cligna des yeux. Comme si c'était un signal de déclenchement, sa vision se brouilla, revint en éclairs scintillants : rouge, orange, jaune, brun, vert, violet, bleu, parcourus d'éclats cristallins.

La lumière se fondit en une sensation de membrane interne, la perception d'une perception qui jaillissait de son esprit même. Il *vit* alors les pulsations puissantes de son propre cœur, la fragile enveloppe de ses méninges qui se soulevait et retombait au rythme de son pouls, il vit la zone endommagée : un simple bleu, le crâne était intact.

Dasein comprit alors pourquoi les Santarogans semblaient se soucier si peu de sa blessure. Ils la *percevaient* à travers lui. S'il était comme eux, il leur dirait quand il aurait besoin d'aide.

Mais alors, pourquoi n'ont-ils pas tenté de me sauver avant l'arrivée de Jenny? Et la réponse était là, étonnante : *Parce que je n'ai pas crié à l'aide mentalement!*

— Tu ne devrais pas t'assoupir maintenant, je ne crois pas, dit Jenny.

Elle chercha sa main gauche, l'étreignit. « Ne dit-on pas qu'il ne faut pas dormir après une blessure à la tête? »

Dasein la dévisagea, contempla ses boucles brunes emmêlées, regarda ses yeux qui semblaient le toucher tant ils l'observaient avec attention. Ses cils étaient humides et il sentit que s'il cherchait derrière ces yeux il y trouverait la voie menant à un royaume magique.

— Je t'aime, murmura-t-il.

Elle lui pressa un doigt contre les lèvres : — Je sais.

Je suis un Santarogan, désormais, pensa Dasein.

Il retourna cette idée dans sa tête ; il avait toujours cette bizarre faculté de perception qui lui permettait de rester en contact avec Jenny alors même qu'elle avait relâché sa main pour le laisser seul, allongé dans l'herbe. Il n'y avait rien de télépathique dans cette perception : c'était plutôt l'appréhension de l'état d'esprit ambiant. Comme si tous nageaient dans le même lac : dès que l'un troublait l'eau, tous les autres le percevaient.

Mon Dieu ! Quels progrès le Jaspé pourrait apporter au monde, songea-t-il.

Mais cette pensée souleva de vagues le lac de leur conscience mutuelle : elle était génératrice de tempêtes. Dangereuse. Dasein l'écarta.

Puis il se rappela les raisons qui l'avaient conduit ici et vit alors le conflit sous un angle nouveau. Ceux qui l'avaient envoyé, que désiraient-ils ?

Une preuve.

Mais *quelle* preuve ? Il était incapable de le discerner ; s'y mêlait indissolublement l'anecdote de la voiture de Jersey Hofstedder, le caractère renfermé, typiquement Yankee de ces gens.

Dasein vit que les amis de Jenny le remarquaient maintenant : ils le regardaient. Lui parlaient. Et lorsque lui prit l'envie de se lever pour s'approcher du grand feu qu'ils avaient allumé pour lutter contre la fraîcheur vespérale, ils vinrent lui prêter assistance sans qu'il l'ait demandé.

La nuit tomba.

Dasein était assis sur une couverture à côté de Jenny. Quelqu'un jouait de la guitare, dans l'obscurité. La nuit éclairait une moitié du lac, l'autre était comme une grande dalle noire que léchaient des vaguelettes poussées par le vent. Dasein avait l'impression qu'il aurait suffi d'effacer cette noirceur pour découvrir, dans une gloire de lumière le royaume des fées.

Collée contre lui, Jenny murmura : « Tu vas mieux. Je le sens. »

Il opina, sans un mot.

Des torches luisaient près de la rive : on attachait les canots. Quelqu'un lui passa un sandwich qui embaumait le Jaspé. Il mangea, contemplant les torches et le feu — les arbres alentour étaient parcourus de reflets rouges au milieu desquels dansaient des ombres grotesques; des panaches de fumée voletaient devant la lune. Vivement, Dasein cacha dans sa poche un morceau du sandwich.

Sans savoir pourquoi, lui revint un souvenir : c'était juste après que Jenny eut quitté la faculté. Il avait plu. Il se revoyait passant la tête par la fenêtre pour sentir la pluie, contemplant les reflets de l'herbe humide, gouttelettes scintillantes pareilles à un collier brisé, éparpillé sur le gazon.

Le vent tourna brusquement, lui envoyant la fumée dans les yeux. Il en avala une bouffée qui le fit brutalement redescendre sur terre, dans le présent. Il sentit Jenny toute proche... qui attendait.

Tandis qu'il pensait à elle, elle se redressa, colla ses lèvres contre les siennes. Ce fut un long baiser, où se mêlaient des notes de guitare, le souvenir de la pluie et le goût de la fumée.

Comment pourrais-je l'expliquer? se demanda Dasein. *Selador me croirait fou.*

Jenny avait bougé contre lui, à cette pensée. Elle lui caressa le cou.

— Marions-nous bientôt, lui sussura-t-elle.

Pourquoi pas? se dit Dasein. *Je suis un Santarogan, maintenant.*

Mais cette idée s'accompagnait d'une vague de terreur qui lui enserra la poitrine et fit frissonner Jenny. Elle s'écarta, le regarda, inquiète.

— Tout ira bien, tu verras, murmura-t-elle.

Sa voix restait inquiète, pourtant. Et Dasein sentit une menace dans la nuit. Le guitariste pinça une note aigrelette, s'arrêta de jouer.

Dasein vit que la lune avait gagné la zone obscure du

lac... ne révélant aucun royaume féerique : rien que les flots, et les arbres.

La nuit s'était franchement rafraîchie, maintenant.

Jenny pressa encore ses lèvres contre les siennes.

Dasein savait qu'il l'aimait toujours. C'était une réalité à laquelle il pouvait se raccrocher. Mais la magie avait disparu. Il sentait qu'il avait frôlé la folie; et il en gardait encore la marque.

Lorsqu'elle se dégagea, il lui dit dans un murmure :

— Je veux t'épouser, Jenny. Je t'aime... mais... j'ai besoin de temps. J'ai besoin...

— Je le sais, chéri. Elle lui caressa la joue. « Prends tout le temps qu'il te faut. »

Sa voix s'était faite distante, à mesure qu'elle s'écartait de lui. Dasein sentit alors la froidure de la nuit, l'immobilité de leurs compagnons.

Soudain, tout le groupe se mit en mouvement. Ils commencèrent à se diriger vers le camion.

— Il est temps de rentrer, dit Jenny.

Rentrer où? s'interrogea Dasein.

Jenny se leva, lui offrit la main. Il trébucha, pris d'un brusque vertige. Jenny le retint.

— Veux-tu qu'oncle Larry t'examine la tête ce soir?

Piaget. Telle était donc sa destination : Piaget. Ils continueraient leur marchandage de vérités. Le changement provoqué par le Jaspé l'y contraignait.

— Je le verrai demain matin.

— Pas ce soir?

Quand le moment sera venu, se dit Dasein et il répondit :

— Non, pas ce soir.

Jenny parut troublée. Elle garda ses distances pendant tout le trajet du retour.

CHAPITRE VI

Dès qu'ils furent repartis, le laissant seul dans la cour de l'auberge, près de son camion, Dasein leva les yeux vers le ciel nocturne, perdu dans ses pensées. Le baiser de bonne nuit de Jenny — tremblant, crispé — lui chatouillait encore les lèvres. L'air sentait l'huile et les gaz d'échappement. Quelque part dans l'hôtel on entendait une musique assourdie — la radio. Le gravillon de l'allée semblait dur, tangible, sous ses semelles.

Lentement, Dasein introduisit la main droite dans sa poche, l'ouvrit et considéra la petite boule de matière dans sa paume — objet indistinct sous l'éclairage de l'enseigne en façade. Une puissante odeur de Jaspé l'entourait maintenant.

Dasein étudia l'objet : une boule compressée de pain, de jambon et de fromage, un fragment de sandwich du pique-nique.

Savaient-ils que je l'ai mis de côté?

Il se demanda s'il allait rentrer pour se changer. Son pantalon, sa chemise, ses sous-vêtements trempés avaient séché sur lui; ils tire-bouchonnaient et lui collaient à la peau.

Dasein sentit son esprit débattre cette décision : Se changer ou ne pas se changer : telle était la question. Mais l'objet qu'il tenait était plus urgent, toutefois. Selador. Oui, Selador devait l'avoir pour l'examiner.

Je ne pense pas clairement, se dit Dasein.

Il se sentait tiraillé entre des extrêmes, entre des décisions capitales. *Ma blessure à la tête?* Mais il se fiait à la clairvoyance procurée par le Jaspé : la blessure n'était pas grave. Pourtant... la décision...

Avec un effort de concentration extrême, Dasein grimpa dans son camion. Il s'appuya contre le volant, posa la boule de pain jaspé sur le siège du passager. Il sentit une chaude humidité sous ses fesses et sortit son portefeuille de sa poche revolver : il était trempé. Il alla rejoindre le morceau de sandwich sur le siège.

Maintenant, se dit Dasein. *J'y vais maintenant.*

Mais il lui fallut plusieurs minutes avant de se décider à lancer le moteur et quitter le parc de stationnement pour prendre la route de Porterville. Il conduisait lentement, conscient de l'engourdissement qui entravait ses mouvements.

La route se déroulait sous le faisceau des phares : les arbres du bas-côté, la ligne jaune centrale, les rails de sécurité, les bandes de roulement. Dasein ouvrit la vitre, se pencha pour laisser le vent lui éclaircir les idées. Il avait atteint maintenant les lacets qui menaient hors de la vallée et l'engourdissement noyait son esprit sous une pesanteur mortelle.

Des phares surgirent devant lui, le croisèrent.

Masse sombre de la falaise longeant la route — lignes jaunes... zébrures du goudron sur le revêtement réparé... les étoiles dans le ciel... Enfin, le col qui s'ouvrait entre les noirs squelettes des arbres carbonisés.

Dasein sentit quelque chose le retenir, l'enjoindre de faire demi-tour et rentrer à Santaroga. Il lutta contre. Il fallait que Selador prenne possession de ce morceau de nourriture pour l'analyser. Le devoir. Les promesses. Il devait aller à Porterville.

Il sentit, tapie dans son esprit, une présence sombre et menaçante, anonyme, terrifiante. Elle l'étudiait.

Il éprouva brusquement une sensation de rupture et son esprit redevint clair. Le phénomène avait été si soudain qu'il en avait failli perdre le contrôle de son véhicule : le camion fit une embardée, traversa la ligne médiane, revint en ligne dans un hurlement de pneus.

La route, la nuit, le volant, son pied sur l'accélérateur — ces perceptions l'assaillirent, confuses et simultanées. Il appuya sur le frein, ralentit presque au pas. Toutes ses terminaisons nerveuses s'étaient mises à hurler. Sa tête était un tourbillon. Il agrippa le volant, se concentra sur la conduite. Peu à peu, ses sens s'ordonnèrent. Tremblant, il prit une profonde inspiration.

Réaction à la drogue. Faudra que j'en parle à Selador.

Porterville avait le même aspect que dans son souvenir : une morne avenue, des voitures garées près de la taverne, le lampadaire solitaire éclairant la station-service fermée.

Dasein s'arrêta le long de la cabine téléphonique. Il se rappelait les agents qui l'avaient interrogé et l'avaient pris pour un Santarogan. Une prémonition? Il se posa la question.

Il donna à la standardiste le numéro de Selador, attendit avec impatience en pianotant contre la paroi. Une petite voix flûtée se fit entendre : « La résidence des Selador. »

Dasein s'appuya contre la cabine :

— Gilbert Dasein à l'appareil. Passez-moi le Dr Selador.

— Je suis désolé. Les Selador sont sortis pour la soirée. Puis-je prendre un message?

— Merde! Dasein fixa les yeux sur le téléphone. Sans raison, il se sentait furieux contre Selador. Il lui fallut un conscient effort de raisonnement pour se persuader que Selador n'avait aucun motif réel à rester pendu au téléphone. La vie suivait son cours normal, là-bas à Berkeley.

— Avez-vous un message, Monsieur? répéta la petite voix.

— Dites-lui que Gilbert Dasein a appelé. Dites-lui que je lui envoie un paquet pour une analyse chimique.

— Un paquet pour une analyse chimique. Bien Monsieur. Ce sera tout?

— C'est tout.

Dasein raccrocha, comme à regrets. Il se sentait soudain abandonné — seul ici, avec personne là-bas pour se soucier de savoir s'il était vivant ou mort.

Pourquoi ne pas les laisser tous tomber? Pourquoi ne pas épouser Jenny, et envoyer au diable le reste du monde?

C'était une perspective des plus attirantes. Il pouvait se voir réintégrer la douce sécurité de la vallée. Santaroga lui faisait signe : là-bas, on était *en sécurité*.

Et pourtant, ce sentiment était entouré de danger : Dasein le percevait... une présence tapie dans les ténèbres extérieures. Il secoua la tête, contrarié par les tours que lui jouait son esprit. Encore ces *vapeurs!*

Il regagna le camion, dénicha, à l'arrière, un pot dans lequel il entreposait ses allumettes. Il les vida, enfourna les restes du sandwich, remit le couvercle, emballa le tout dans une boîte en carton qui traînait, avec un bout de papier d'emballage, attacha le paquet à l'aide d'un tronçon de ligne de pêche, et mit dessus l'adresse de Selador. Ceci fait, il écrivit une lettre d'accompagnement sur une page de son carnet, y dressa laborieusement la liste de ses réactions : l'effet de la drogue, l'*accident* au bord du lac et ses impressions personnelles sur le groupe... le mur qu'ils avaient dressé pour le tenir à distance... la terreur de Jenny...

Il mit tout dans la lettre.

Ses efforts pour se rappeler ces incidents avaient réveillé la douleur là où son crâne avait heurté le plat-bord du canot. Il trouva dans sa serviette une enveloppe, inscrivit l'adresse, la cacheta.

Satisfait, Dasein démarra, trouva une ruelle sombre et s'y gara. Il ferma la cabine, grimpa à l'arrière et s'allongea en attendant l'ouverture de la poste au matin.

Ils ne vont pas contrôler le courrier jusqu'ici, se dit-il.

Attendons que Selador ait les échantillons de Jaspé... et nous saurons ce que c'est.

Il ferma les yeux et ses paupières devinrent un écran où se projetaient ses fantasmes : Jenny qui se tapissait, hurlait, l'implorait. Selador qui riait. La silhouette gigantesque de Dasein, enchaîné comme Prométhée, les yeux brillants... haletant d'épuisement...

Ses yeux s'ouvrirent brusquement.

Un rêve éveillé!

Il était sur la colline — dans le virage!

Hésitant, il referma les yeux. Rien que l'obscurité... mais il y avait un bruit dans le noir : le rire de Selador.

Dasein pressa les mains contre ses oreilles. Le bruit devint un glas, lent et... lugubre. Il rouvrit les yeux. Le bruit cessa.

Il s'assit, se recula dans une encoignure, les yeux grands ouverts. Il faisait froid dans la cellule du camping-car. Et ça sentait le moisi. Il trouva son sac de couchage, s'enveloppa dedans, se rassit, les yeux toujours ouverts. Dehors on entendait des criquets. Le châssis du camion grinçait doucement.

Lentement, le sommeil le gagna. Ses paupières retombèrent, se rouvrirent.

Combien de temps faudrait-il pour que disparaissent les effets du Jaspé? C'étaient certainement les effets d'une drogue.

Ses yeux se fermèrent.

Quelque part, dans une chambre d'écho, il entendait Jenny murmurer : « Gil, je t'aime... Gil, je t'aime... »

Il s'endormit avec ce murmure.

CHAPITRE VII

Le petit jour le surprit à contempler le plafond du camping-car, complètement désorienté. Il reconnaissait ce plafond mais ne pouvait le situer dans l'espace. Sa tête et son épaule l'élançaient. Un plafond... un plafond familier.

Une voiture klaxonna. Le bruit le ramena au présent, il reprit ses esprits. Il rejeta les pans chiffonnés de son duvet et sortit. Le temps était gris, couvert. Son menton était râpeux. Il avait un goût amer dans la bouche.

Deux écoliers passèrent, le dévisagèrent en murmurant.

Je dois avoir une de ces gueules... pensa Dasein. Il baissa les yeux sur ses vêtements. Ils étaient chiffonnés et tire-bouchonnés comme s'il avait nagé avec et dormi dedans jusqu'à ce qu'ils sèchent. Dasein sourit en se disant que c'était là exactement ce qui s'était produit.

Il monta dans la cabine, fit demi-tour et gagna la rue principale; il la descendit jusqu'à ce qu'il voie le panonceau de la poste au-dessus du porche d'une épicerie-droguerie.

Le postier finit de vendre des bonbons à une petite fille avant de passer dans son cagibi grillagé pour peser la lettre et le colis de Dasein. L'homme était grand, pâle, brun, légèrement dégarni, des yeux bleus, vifs, méfiants. Il renifla en voyant Dasein et dit : « Ça fera quatre-vingt-quatre pour le colis et cinq pour la lettre. »

Dasein glissa un billet d'un dollar sous le grillage.

L'homme rendit la monnaie, jeta un nouveau coup d'œil sur le colis.

— Qu'y a-t-il là-dedans, Monsieur?

— Des spécimens à faire analyser par notre laboratoire, dit Dasein.

— Oh.

L'homme ne semblait guère curieux de savoir quel genre de spécimens.

— Une adresse de retour? demanda-t-il.

— Dr Gilbert Dasein, poste restante, Santaroga.

— Dasein, répéta le postier avec un intérêt soudain. « Dasein... me semble que j'ai un paquet pour un Dasein. Attendez une minute. »

Il disparut dans l'arrière-boutique, revint un instant après portant une boîte de trente centimètres d'arête, proprement emballée et ficelée solidement. Même à cette distance, Dasein avait reconnu l'écriture précise de Selador sur l'adresse.

Selador! m'écrire ici? s'étonna Dasein.

Ces apparences de conspiration lui donnaient la nette impression d'être absolument transparent pour Selador. Il pouvait se permettre d'expédier un paquet ici, en *sachant* qu'on viendrait le retirer. Immédiatement, Dasein se dit que c'était la solution la plus évidente, étant donné la situation avec la Poste de Santaroga, telle qu'il l'avait décrite à Selador.

Subsistait en lui pourtant cette impression d'être un pion dont les moindres mouvements étaient connus des maîtres du jeu.

— Voyons vos papiers, dit le préposé.

Dasein les lui montra.

— Signez ici.

Dasein signa, prit le colis. Il lui parut lourd.

— Marrant que les Santarogans se servent de mon bureau de poste, remarqua le postier. « Vous avez des ennuis avec le vôtre? »

Les Santarogans... au pluriel, nota Dasein. Il demanda :

— Y a-t-il d'autres... Santarogans qui viennent chez vous?

— Mon Dieu... ça s'est produit. Un type noir de là-bas... Burdeaux, si je me souviens bien. Il avait coutume d'expédier parfois du courrier d'ici. Une fois, il a reçu un paquet de Louisiane. Il y a un bout de temps de ça.

— Ah, oui, dit Dasein ne sachant que répondre à cette information.

— Ça fait un bail que je n'ai pas revu Burdeaux, dit le postier d'un air songeur. « Un gars sympa. J'espère qu'il va bien. »

— Parfaitement bien, répondit Dasein. Bon. Eh bien... merci. Il saisit le colis et regagna son camion.

Avec un sentiment de méfiance qu'il ne pouvait s'expliquer, Dasein posa le paquet sans l'ouvrir sur le siège à côté de lui et reprit la route de l'est vers Santaroga jusqu'à ce qu'il trouve un coin abrité pour s'arrêter.

Le colis contenait un pistolet automatique de calibre 32, accompagné d'un chargeur supplémentaire et d'une boîte de cartouches. Une note de Selador était attachée à l'anneau de la gâchette : « Gilbert, cet objet amasse la poussière depuis des années au fond d'un tiroir de mon bureau et je suis sans doute un vieux fou de vous l'envoyer, mais enfin le voici. Je crois que je vous l'envoie dans l'espoir que vous n'aurez pas à en faire usage. La situation que vous m'avez dépeinte, toutefois, m'a empli d'un sentiment d'inquiétude des plus bizarres. Je compte sur vous pour vous montrer extrêmement prudent. »

Et de l'autre côté de la feuille, il avait griffonné ce post-scriptum : « Pas encore de nouvelles des renseignements que vous m'avez demandés. Les choses vont lentement en ce domaine. Vous me donnez pourtant l'espoir que nous ne tarderons pas à leur mettre la main au collet. »

Et c'était signé : « S ».

Dasein soupesa l'automatique, résista à la tentation de le balancer par la fenêtre. L'objet incarnait une menace définitive. Qu'avait-il dit pour pousser Selador à le lui expédier? Ou bien était-ce un élément de l'obscur gambit qu'il était en train d'élaborer?

Pouvait-il servir à lui rappeler son devoir? Une pensée qui résonnait douloureusement dans sa tête meurtrie.

Une ligne de son message lui revint en mémoire et il la relut : « ... *leur mettre la main au collet.* »

Est-ce donc là ce que je suis censé faire? Les mettre en situation d'être poursuivis?

Il se rappela les allusions de Marden concernant les motifs qui avaient amené les enquêteurs précédents.

Dasein déglutit. En la relisant encore, la phrase de Selador sonnait comme un lapsus. La main du bon docteur avait-elle glissé? Envoyer un revolver ne lui ressemblait pas. A vrai dire, Dasein s'aperçut que si on lui avait posé la question, il aurait répondu que Selador n'était même pas le genre d'homme à *posséder* une arme.

Que faire de ce foutu machin maintenant qu'il l'avait?

Dasein le vérifia, vit que le chargeur était plein; aucune balle n'était engagée dans la chambre. Il résista à la tentation de le fourrer dans la boîte à gants et de l'oublier. Si jamais le camion était fouillé...

Satané Selador!

Tout en se sentant idiot, Dasein glissa l'arme dans sa poche arrière, rabattit sa veste. Il s'occuperait de Selador plus tard. Pour l'instant, il y avait Piaget... et Piaget avait quelques réponses à lui fournir.

CHAPITRE VIII

Piaget était en consultation lorsque Dasein arriva. Ce fut la grise et farouche Sarah qui lui ouvrit la porte et lui demanda d'attendre au salon. Dans un accès bourru d'hospitalité, elle ajouta qu'elle lui apporterait du café s'il en manifestait l'envie.

Son estomac lui rappela douloureusement qu'il avait une faim de loup. Il se demanda s'il devait mentionner le fait.

Comme si elle avait lu dans son esprit, Sarah lui dit :

— Je parie que vous n'avez pas petit-déjeuné. Elle le considéra de pied en cap. On dirait que vous avez dormi tout habillé. Vous les docteurs, vous êtes bien tous semblables : aucun souci de votre tenue.

— Pour tout dire, je n'ai pas mangé, dit Dasein.

— Vous nous promettez une belle vie pour Jenny, mais elle atténua sa remarque d'un sourire.

Et Dasein, ahuri, découvrit une double rangée de fausses dents en émail dans ce visage ridé.

— Me reste un bout de chausson aux pommes et de la crème au Jaspé, dit Sarah. J' parie que vous aimerez ça.

Elle fit demi-tour et sortit de salon pour pénétrer dans une cuisine blanche et brillante que Dasein put entrevoir brièvement par une porte battante qui oscilla bruyamment après son passage.

Dasein repensait à ce sourire; il se rappelait que

Jenny lui avait dit que Sarah l'aimait bien. Sur une impulsion, il la suivit dans la cuisine.

— Je parierais que vous n'aimez pas servir les gens dans le salon, lui dit-il.

— Je sers les gens où il faut que je les serve.

Elle mit une assiette sur une table ovale, près des fenêtres qui donnaient sur un jardin fleuri éclairé par le soleil matinal.

— Asseyez-vous ici, jeune homme. Et elle déversa un épais flot de crème sur le monticule de croûte dorée.

Dasein sentit une forte odeur de Jaspé. Sa main tremblait lorsqu'il saisit la cuillère que Sarah avait placée à portée. Le tremblement cessa à la première bouchée.

Le gâteau était doux et sucré, riche en pommes.

Avec une sensation de choc, Dasein se vit comme dans un rêve manipuler la cuillère pour prendre une nouvelle bouchée, l'approcher de sa bouche, l'avaler.

Apaisement.

Je suis accroché à cette saleté, songea-t-il.

— Ça ne va pas? s'inquiéta Sarah.

— Je... Il reposa sa cuillère. « Vous m'avez pris au piège, n'est-ce pas? »

— De quoi parlez-vous? demanda Sarah.

— Qu'est-ce que... Il montra le chausson. « ... c'est en train de me faire? »

— Vous vous sentez drôle? avec une sensation de flottement derrière les yeux?

— Je... Il hocha la tête. Les mots lui paraissaient insensés : *Une sensation de flottement derrière les yeux!*

— Je vous amène le Docteur Larry, dit Sarah. Elle se précipita vers la porte du fond de la cuisine et Dasein la vit courir dans le passage couvert menant à la clinique.

Elle réapparut bientôt, traînant Piaget. Le médecin arborait un visage soucieux.

— Qu'est-ce que Sarah me raconte? commença-t-il. Il lui mit une main sous le menton, le regarda dans les yeux.

— Qu'est-ce que Sarah vous raconte quoi? rétorqua

Dasein et sa phrase lui parut idiote lorsqu'il s'entendit la prononcer. Il écarta la main de Piaget. Avec ses rides soucieuses, ses yeux clignés le docteur ressemblait à un Bouddha irrité.

— Vous m'avez l'air parfaitement bien, dit-il. Si des symptômes bizarres...

— Vous m'avez pris au piège, répondit Dasein. Voilà ce que je lui ai raconté. Vous m'avez pris au piège. Il fit un geste vers l'assiette devant lui. « Avec ça. »

— Ohhh, fit Piaget.

— Une réaction de rejet? s'enquit Sarah.

— Probable, répondit Piaget.

— Ça ne rime à rien, contra Sarah.

— Ça peut se produire, dit Piaget.

— Je sais, mais...

— Si vous arrêtiez de parler de moi comme si j'étais un vulgaire échantillon sous une plaque! rugit Dasein. Il s'écarta de la table, sauta sur ses pieds. Dans son mouvement, il envoya son assiette s'écraser sur le sol.

— Regardez-moi ce que vous avez fait! s'exclama Sarah.

— Je suis un être humain, dit Dasein, pas une espèce de...

— Du calme, mon gars, du calme, fit Piaget.

Dasein passa devant Piaget en le bousculant. Il lui fallait s'éloigner de ces deux-là sinon sa rage le consumerait. Son esprit ne pouvait se détacher de l'arme dans sa poche revolver.

Foutu Selador!

— Eh, écoutez... attendez un instant! lui criait Piaget.

Dasein s'arrêta sur le seuil de la cuisine, se retourna pour regarder Piaget entre ses paupières mi-closes.

— Vous ne pouvez pas sortir dans cet état.

— N'essayez pas de m'arrêter, gronda Dasein. Le revolver était massif et froid contre sa hanche.

Piaget se tut — son calme semblait remonter depuis la pointe de ses orteils pour irradier par ses yeux calculateurs. Comme si l'homme se rétrécissait pour devenir une silhouette vue par le petit bout d'une lorgnette : lointaine, dissimulée.

— Très bien dit-il enfin. Sa voix aussi était lointaine.

Dasein se retourna délibérément, franchit la porte, traversa le salon, sortit. Il sentit sous ses pieds le contact du béton de la cour de devant, puis l'herbe de la bande de stationnement. La poignée de la porte du camion était froide sous sa main. Il fit démarrer le moteur, considérant, comme dans un rêve, ses propres sensations.

Une rue passa devant lui, disparut... des panneaux... le revêtement rampait devant ses yeux... l'Auberge enfin. Il se gara devant le porche, à droite d'une vieille voiture de couleur verte, de marque indéterminée — sans importance.

Comme s'il s'éveillait, Dasein se retrouva la main droite posée sur la poignée de la porte de l'auberge — Il essayait de la manœuvrer. La porte résistait. Un panonceau au beau milieu de celle-ci le narguait :

« Fermé ».

Dasein regarda le panneau : *Fermé?*

— Vos bagages sont là, près des marches, Dr Dasein.

Une voix que Dasein reconnut tout de suite — l'horripilant Al Marden : *Autorité... Discrétion... Conspiration.*

Dasein se retourna, son esprit semblait réduit à un noyau dense de concentration. Marden était debout, à mi-hauteur du perron : les cheveux roux, le visage étroit, les yeux verts, la bouche aux lèvres minces et droites sur lesquelles on aurait aussi bien pu lire la colère que l'amusement.

— Alors, vous me virez, dit Dasein.

— L'hôtel est fermé, rétorqua Dasein. Par les services d'Hygiène.

— L'Auberge, et le restaurant aussi?

— Tout est fermé. La voix était plate, sans appel.

— Je n'ai plus qu'à retourner d'où je viens, c'est ça?

— A votre guise.

— Vous avez d'autres hôtels...

— Plaît-il?

— Il le faut bien.

— Le faut-il?

Dasein fixa le capitaine. Il éprouvait la même sensation que précédemment avec Piaget : l'homme reculait.

— Vous pouvez partir ou retourner chez Piaget, dit Marden. Il saura vous caser. Si lointaine, cette voix...

— Retourner chez Piaget, répéta Dasein. Comment savez-vous que je viens juste de chez lui?

Marden demeura silencieux, le regard fermé... distant.

— Vous allez vite dans le coin, poursuivit-il.

— Quand c'est nécessaire.

Retourner chez Piaget? se demanda Dasein. Il sourit, caressant son noyau dense de concentration. *Non!* Ils n'avaient pas songé à tout. Ils n'avaient pas songé *absolument* à tout.

Sans se départir de son sourire, Dasein ramassa sa valise le long de l'escalier, se dirigea vers son véhicule, lança le bagage sur le siège et grimpa derrière le volant.

— Autant laisser vous aider ceux qui savent s'y prendre, cria Marden.

Il ne restait plus qu'une vague trace de souci dans son ton. Le sourire de Dasein s'élargit et ce fut dans cette heureuse disposition d'esprit qu'il retourna vers le centre.

Dans le rétroviseur, il vit que la voiture de police le suivait. Il savait bien qu'ils ne le laisseraient pas se garer en ville, mais il se rappelait la carte qu'il avait vue affichée sur une fenêtre de la station-service : on y distinguait un parc régional sur la route ouest — le Parc Régional des Dunes.

Il descendit donc la rue principale, la voiture de Marden dans ses roues. La station-service géante se trouvait droit devant. Dasein vit la cabine téléphonique proche du parc de stationnement, vira brusquement, si bien que Marden le dépassa. Il pila, fit marche arrière.

Mais Dasein était déjà descendu et s'approchait de la cabine.

Marden s'arrêta le long du trottoir et attendit, épiant Dasein. Le moteur de la voiture de patrouille semblait gronder sa désapprobation. Dasein se retourna pour jeter un œil à la station-service — l'activité y était étrangement normale : les voitures entraient et sortaient..., personne ne prêtait la moindre attention au policier ou à l'objet de sa curiosité.

Dasein haussa les épaules, entra dans la cabine, referma la porte.

Il mit dix cents dans la fente, composa le manuel, demanda le numéro de la Coopérative à l'opératrice.

— Si vous voulez Jenny, Dr Dasein, elle est déjà retournée chez elle. Dasein contempla, interloqué, l'écouteur dans sa main, tâchant d'assimiler les implications soulevées par cette voix féminine et hautaine : Non seulement ils savaient qui les appelait, mais en plus ils savaient pourquoi, avant même qu'il n'ouvre la bouche!

Dasein reporta son attention sur Marden, sur ses yeux verts, verts et cyniques.

La colère bouillonnait en lui. Il se maîtrisa. Que le diable les emporte! Oui, il voulait parler à Jenny. Il parlerait avec elle plutôt qu'avec eux.

— Je n'ai pas le numéro du Dr Piaget.

Un soupir fort distinct provint de l'écouteur.

Dasein aperçut l'annuaire qui était accroché à la paroi de la cabine, sentit une vague de culpabilité l'assaillir, aussi déraisonnable qu'irritante. Il la réprima. Il entendit l'opératrice composer le numéro, une sonnerie.

La voix de Jenny répondit.

— Jenny!

— Oh! Allô, Gilbert!

Dasein sentit un froid lui nouer l'estomac. Sa voix semblait si indifférente.

— Tu sais qu'ils essaient de me chasser de la vallée, Jenny?

Silence.

— Jenny?

— Je t'ai entendu. Et toujours cette indifférence... lointaine dans sa voix.

— C'est tout ce que tu as à dire? Son ton trahissait la colère d'un homme blessé.

— Gilbert... Il y eut une longue pause, puis : « ... peut-être qu'il vaudrait... mieux... que... juste pour quelque temps... quelque temps seulement... tu... eh bien... tu t'en ailles. »

Il sentait maintenant, derrière l'indifférence, ce que sa voix pouvait avoir de forcé.

— Jenny, je vais remonter jusqu'au Parc des Dunes et m'y installer avec le camping-car. Ils ne vont pas m'en chasser.

— Gilbert, ne fais pas ça!

— Tu veux... que je m'en aille?

— Je... Gilbert, je t'en prie, reviens pour parler avec l'oncle Larry.

— J'ai parlé avec l'oncle Larry.

— S'il te plaît. Pour moi.

— Si tu veux me voir, tu n'as qu'à venir au parc.

— Je... je n'ose pas.

— Tu n'oses pas? Il était outré. Quelles pressions avaient-ils donc exercé sur elle?

— S'il te plaît, ne me demande pas de t'expliquer.

Il hésita, puis :

— Jenny, je vais m'installer dans le parc. Pour faire le point. Je reviendrai ensuite.

— Pour l'amour du ciel, Gilbert — Sois prudent.

— Pour quelle raison?

— Sois prudent... c'est tout.

Dasein tâta l'arme dans sa poche — masse pesante qui lui remettait à l'esprit les menaces inconnues de cette vallée. C'était là le problème : ces menaces étaient inconnaissables, informelles. A quoi servait une arme contre une cible sans consistance?

— Je reviendrai, Jenny, dit-il. Je t'aime.

Elle se mit à pleurer. Il l'entendit nettement sangloter avant qu'elle ne coupe la communication.

Les muscles crispés de fureur, Dasein retourna vers son camion, passa devant la voiture de police et fonça vers la route de l'est ; Marden le collait.

Qu'il me suive donc, l'enfant de putain, se dit Dasein. Il sentait bien l'inanité de ses actes mais pourtant quelque chose le poussait à se conduire ainsi. A dévoiler son jeu. C'était bien ça : dévoiler son jeu. Il le fallait peut-être pour obtenir les réponses à ses questions.

Il traversa la rivière sur un pont de béton, aperçut au travers des arbres des rangées de serres sur sa gauche. La route grimpait dans la forêt pour déboucher sur une lande désolée. Elle redescendait entre les broussailles et les épineux puis traversait un nouveau paysage : Au loin, les collines étaient boisées mais devant s'étendaient des croupes basses recouvertes d'arbustes rabougris, entre lesquelles des touffes d'herbes éparses sur un sol gris et dénudé alternaient avec des nappes d'eau sombres et méphitiques qui stagnaient dans les dépressions, loin de toute vie végétale.

Une odeur de soufre, humide et suffocante, planait sur la lande.

Ce fut presque avec un sentiment de déjà-vu que Dasein reconnut en ce paysage la zone des dunes. Un panneau brisé apparut sur sa droite. Il pendillait de l'un des poteaux. Le second était incliné selon un angle bizarre.

Parc Régional des Dunes.
Terrain de camping public.

Deux ornières s'enfonçaient dans le sable vers la droite, en direction d'une aire clôturée. Un bloc sanitaire ouvert en occupait l'extrémité. Des foyers en pierre délabrés se répartissaient près de la clôture.

Dasein emprunta le chemin. Le camion gagna l'aire de stationnement avec force cahots et grincements. Il s'arrêta près de l'un des foyers, examina les alentours. L'endroit était lugubre à souhait.

Le bruit d'une voiture qui peinait attira l'attention de Dasein sur la gauche : Marden vint s'arrêter près de lui, se pencha vers la fenêtre ouverte.

— Pourquoi vous arrêtez-vous ici, Dasein? Il y avait un soupçon d'irritation dans sa voix.

— C'est bien un parc régional, non? rétorqua Dasein. Y a une loi pour m'interdire de camper ici?

— Ne faites pas le malin avec moi, Dasein!

— A moins que vous n'ayez une objection légale à formuler, je m'en vais camper ici.

— Ici? Marden balaya du geste la désolation de l'endroit.

— Je trouve ce coin relativement sympathique comparé à Santaroga.

— Que cherchez-vous à prouver, Dasein?

Dasein lui répondit par un regard silencieux.

Marden rentra la tête dans sa voiture. Dasein pouvait voir ses phalanges se crisper sur le volant. Puis le policier se carra contre le dossier, regarda Dasein dans les yeux : « Okay, Monsieur. Ça vous regarde. »

La voiture de police bondit en avant, fit demi-tour en soulevant un nuage de sable, regagna la route en vrombissant et disparut en direction de la ville.

Dasein attendit que la poussière soit retombée pour sortir. Il grimpa dans la cellule, fit l'inventaire de ses provisions de secours : haricots, lait en poudre, œufs lyophilisés, saucisses en boîte, deux bouteilles de ketchup, un bidon de sirop, une demi-boîte de préparation pour pâte à crêpes... du café, du sucre... Il soupira, s'assit sur la couchette.

Dans la fenêtre qui lui faisait face s'encadrait un paysage de dunes de sable avec au milieu la bâtisse des sanitaires. Dasein se frotta le front. Il avait la migraine. Sa blessure à la tête l'élançait. La lumière impitoyable qui se déversait sur ces collines nues l'emplissait d'un sentiment de culpabilité.

Pour la première fois depuis qu'il avait conduit son camion dans cette vallée, Dasein se mit à s'interroger sur ses propres actions. Il avait conscience du caractère insensé dans lequel avaient baigné tous ses actes. C'était une pavane folle — Jenny... Marden... Burdeaux, Piaget, Willa, Scheler, Nis... Folle, mais avec une sorte de cohérence. Ses confrontations avec le désastre devenaient partie intégrante de l'absurdité ambiante.

Et il y avait la voiture de Jersey Hofstedder — peut-être le trait le plus significatif dans tout ceci.

Dans un brusque sursaut d'honnêteté envers lui-même, il se rendit compte qu'on l'avait encore une fois roulé, au lac. Le *Nous* qu'avait employé Jenny devenait un peu moins terrifiant : C'était le *Nous* de la cave et du Jaspé, le *Nous* qui patiemment attendait de le voir prendre une décision.

Elle était sienne, il le savait. Quels que puissent être les effets sur le psychisme de la substance issue de cette cave pourpre, la décision était sienne. Il devait la prendre de lui-même, sinon la folle pavane perdrait tout son sens.

Mais je lutte toujours contre; je crains toujours de terminer avec ce « flottement derrière les yeux », sur une chaîne d'empaquetage à la Coopé.

Enervé, il sortit dans la chaleur de l'après-midi. Un corbeau solitaire volait au-dessus de lui, si près qu'on pouvait entendre le vent s'engouffrer dans son plumage avec un bruit de harpe.

Dasein considéra l'oiseau. Il lui semblait curieux de n'en voir qu'un seul. Les corbeaux n'étaient pas des animaux solitaires. Mais il était pourtant là : aussi seul que lui-même.

Qu'étais-je donc, que je ne puisse redevenir? Et il se dit que s'il choisissait de s'opposer à Santaroga il finirait comme le corbeau solitaire, abandonné par ceux de sa race.

Le problème, il le savait bien, venait de cette tendance qu'il avait à vouloir rendre un rapport honnête à ceux qui l'avaient payé pour cela. La lucidité due au Jaspé l'y poussait. Son sens du devoir l'y poussait encore. En faire moins eût été une forme de malhonnêteté, un manque d'amour-propre.

Et il éprouvait une considération jalouse pour sa propre personne; il ne pouvait en négliger le moindre de ses aspects.

Ce moi, ce vieux moi qu'il découvrait sous un jour nouveau, plus précieux qu'il ne l'eût imaginé, ce moi s'avérait un fardeau terrifiant. Il se rappelait encore la violence de la révélation du Jaspé, et la gamme qu'il avait montée pour atteindre ce sommet.

Le côté *Si j'avais su* de ce passé immédiat s'accrochait à lui comme un brouillard qui le fit frissonner malgré la chaleur de l'après-midi. Dasein frémit. Comme il serait agréable, songeait-il, de ne pas avoir à prendre de décisions. Et tentant de laisser cette *chose* qui hantait inlassablement sa conscience dresser sa tête de serpent antique et dévorer ses souvenirs troublants.

Sa vision de la vallée et de ses habitants prit un tour olympien : Ils dressaient près de lui leurs rangs fantomatiques, tels des dieux, qui auraient maîtrisé en eux l'homme primitif.

Me mettent-ils à l'épreuve?

Mais alors, pourquoi Jenny m'aurait-elle avoué ne pas oser m'accompagner ici?

Et les enfants, où sont-ils?

La partie froide et calculatrice de son esprit pesa ces réflexions et nota leur précaire équilibre. *Quelle est la part attribuable à la drogue dans mes raisonnements?* Il se posa la question.

Une question essentielle, qui était au centre de toute décision. Où trouver un terrain solide pour s'y tenir et proclamer : « Les choses dont je dois décider sont celle-ci... et celle-là... et celle-là... »?

Personne ne pouvait l'aider à le découvrir. Il le savait fort bien. Ce serait une longue quête. S'il faisait un rapport honnête pour l'équipe de Meyer Davidson, il signait la fin de Santaroga. Mais signer un rapport falsifié était implanter en lui-même un cancer.

Il s'était définitivement coupé de Santaroga, aussi nettement que par un trait de rasoir, se rendit-il compte. L'échantillon de Jaspé qu'il avait expédié à Selador hantait son esprit : c'est à ce moment que s'était produite la rupture.

Cela n'avait été qu'un geste, rien de plus. Symbolique. Une partie de lui-même avait su, dès l'instant où il avait posté le colis que le peu de Jaspé qu'il avait pu contenir serait définitivement dissipé à son arrivée. Il réalisa qu'il n'avait fait que lancer un défi à la face Santarogane de sa personnalité.

Burdeaux avait-il fait de même? Quel colis avait-il échangé avec la Louisiane?

Ce colis pour Selador : ce n'avait été qu'une pierre qu'on lance sans qu'elle puisse atteindre son but. Il se rappelait, étant enfant, avoir jeté un caillou à un chat qui était hors d'atteinte. Un chat gris. Il se rappela le silence soudain des oiseaux dans le jardin de sa tante, le chat gris furtivement apparu... le caillou lancé trop court.

Piaget était le chat gris.

Le chat du jardin avait levé les yeux, un instant surpris par le bruit; avait évalué la situation, avant de s'en retourner à sa chasse avec un insultant dédain pour les petits garçons lointains et leurs lointains cailloux.

Qu'avait fait Piaget?

Dasein éprouva soudain cette sensation mystique de se découvrir tel qu'en lui-même. Le ciel sembla vibrer. Il réalisa en cet instant à quel point il pouvait être seul, terriblement seul.

Nul groupe, nulle place dans la ruche bourdonnante, nulle part où se protéger des décisions personnelles qui pourraient le submerger... Quelle que fût sa décision, quelles qu'en fussent les conséquences, elle était *sienne*. Selador devrait subir la honte de l'échec de son agent.

L'université perdrait sa subvention somptuaire. Cette *chose* unique qu'était Santaroga pourrait disparaître.

Tout cela par une simple décision, un simple geste accompli par un homme solitaire perdu dans un coin de dunes dénudées, l'esprit vagabondant entre un chat gris et un corbeau perdu.

C'était l'instant d'une action constructive et tout ce qu'il avait à l'esprit c'était de réintégrer son camping-car pour manger.

Tandis qu'il se démenait dans l'espace confiné pour se préparer une vague omelette à partir d'œufs en poudre, le camion émettait des gémissements de protestation. La faim le tenaillait mais il ne voulait pas de cette nourriture. Il savait ce qu'il voulait — ce qu'il avait fui dans l'espoir d'y échapper mais que son corps réclamait avec une urgence douloureuse...

Du Jaspé.

CHAPITRE IX

Lorsque la nuit fut tombée, Dasein alluma le plafonnier et se replongea dans ses notes. Il sentait qu'il lui fallait s'occuper l'esprit, mais l'odeur fétide du terrain de camping le distrayait. Le camping-car était un microcosme aux limites étroites et définies mais il ne pouvait empêcher l'intrusion de l'univers extérieur. Dasein regarda les étoiles par la fenêtre : trous de lumière dans le rideau de l'obscurité. Elles accroissaient son sentiment de solitude. Il détourna le regard.

Ses notes...

Les mêmes points revenaient sans cesse à la surface :

Où étaient les enfants?

Quel effet néfaste produisait les zombies?

Comment une communauté entière pouvait-elle être enflammée par le désir de tuer une personne?

Quel était le principe actif du Jaspé? Qu'est-ce que c'était? Quelle était son action sur la chimie du corps humain?

Dasein sentait le danger latent de ces questions. Des questions qui en même temps étaient une réponse. Cet interrogatoire : voilà ce qui enflammait la communauté.

Il devait pourtant le faire. Comme un enfant qui farfouille une plaie, il s'y sentait poussé. Mais une fois qu'il l'aurait fait, pourrait-il alors aller raconter toute l'histoire à l'équipe de Meyer Davidson?

Et même s'il trouvait les réponses justes et décidait de

faire un rapport honnête et complet, Santaroga le lui permettrait-il?

Là-bas des forces étaient à l'œuvre, des forces contre lesquelles, il le sentait, il n'était qu'une flammèche clignotant dans la bourrasque.

Un bruit de pas sur le sable se fit entendre. Dasein éteignit la lumière, ouvrit la porte, scruta l'obscurité.

Indistincte et fantômatique dans la lueur des étoiles, une silhouette approchait en suivant les ornières depuis la grand-route : une femme en robe légère — ou bien un homme de petite taille, vêtu d'un manteau.

— Qui est là? demanda Dasein.

— Gil!

— Jenny!

Il sauta au sol, courut à sa rencontre.

— Je croyais que tu ne pouvais pas venir ici. Tu m'avais dit...

— Je t'en prie, ne t'approche pas plus, elle s'était arrêtée à une dizaine de pas de lui.

Le ton de sa voix semblait si bizarrement cassant... Dasein hésita.

— Gil, si tu ne veux pas revenir pour voir Oncle Larry, tu dois quitter la vallée.

— Tu veux que je m'en aille.

— Il le faut.

— Pourquoi?

— Je... Ils veulent que tu partes.

— Mais qu'ai-je fait?

— Tu es un danger pour nous. Nous le savons tous. Tous nous le sentons. Tu es un danger.

— Jen... Crois-tu que je pourrais te blesser?

— Je ne sais pas! Tout ce que je sais, c'est que tu es dangereux.

— Et tu veux que je parte?

— Je te l'ordonne.

— Me l'ordonner? » Il sentait une pointe d'hystérie dans sa voix.

— Gil, je t'en prie.

— Je ne peux pas m'en aller, Jen. Je ne peux pas.
— Tu dois.
— Je ne peux pas.
— Alors reviens chez l'Oncle Larry. On prendra soin de toi.
— Même si je deviens un zombie?
— Ne dis pas ça!
— Ça pourrait se produire, non?
— Chéri, on s'occupera de toi, quoi qu'il advienne?
— Vous prenez soin des vôtres.
— Bien sûr que oui.
— Jenny, est-ce que tu sais que je t'aime?
— Je le sais, soupira-t-elle.
— Alors, pourquoi me fais-tu ça?
— Nous ne te faisons rien du tout. Elle pleurait maintenant, parlant entre ses sanglots. « C'est toi qui nous fais... je ne sais pas ce que tu fais. »
— Je ne fais que ce que j'ai à faire.
— Tu n'as rien du tout à faire.
— Voudrais-tu que je sois malhonnête... menteur?
— Gil, je t'en supplie. Pour moi... pour nous tous, va-t'en.
— Ou retourne chez Oncle Larry?
— Oh, s'il te plaît.
— Que m'arrivera-t-il si je refuse?
— Si tu m'aimes vraiment... Oh, Gil, je ne pourrais pas le supporter... si... si jamais...
Elle éclata en sanglots, incapable de poursuivre.
Il fit un pas vers elle.
— Jen, allons...
Ses pleurs cessèrent brusquement et elle se mit à reculer, en secouant la tête :
— Ne t'approche pas de moi!
— Jenny, qu'est-ce qui ne va pas?
Elle recula encore plus vite.
— Jenny, arrête!
Brusquement, elle virevolta et se mit à redescendre le chemin. Il voulut lui courir après, s'arrêta. A quoi bon?

Sa voix lui parvint dans un cri hystérique :

— Va-t'en loin de moi! Je t'aime! Va-t'en!

Il resta muet sous le choc tandis que là-bas sur la route claquait la porte d'une voiture. Des phares s'allumèrent. Le véhicule démarra en trombe et retourna vers la ville.

Il revoyait le doux ovale de son visage dans la clarté des étoiles — les trous noirs de ses yeux : on aurait cru un masque. Il se traîna jusqu'à son camping-car, l'esprit en déroute. « *Je t'aime! Va-t'en!* »

Que sais-je vraiment d'elle? se demanda-t-il.

Rien... sinon qu'elle m'aime.

Va-t'en?

Jenny pouvait-elle ainsi demander, implorer, ordonner? Voilà qui semait une graine de démence dans son esprit. Cela transcendait l'irrationnalité des rapports amoureux.

« *Tu es dangereux. Nous le savons tous.* »

Sûr, qu'ils devaient le savoir.

Avec cette union dans le Jaspé dont il avait fait l'expérience au bord du lac, ils devaient sûrement le percevoir comme un danger. S'il pouvait éviter ce produit, le repousser — pourraient-ils toujours voir en lui?

Comment pourraient-ils s'en empêcher. Ses actes mêmes le trahiraient en fin de compte.

Il vit alors Santaroga sous l'apparence d'un rideau de calme trompeur jeté sur un océan de violence. Olympiens, ils avaient certes surmonté le primitif qui était en eux. Mais ce primitif était toujours là, rendu encore plus explosif parce qu'impossible à reconnaître, parce que tenu sous pression comme un ressort bandé.

Jenny devait le sentir, se dit-il. Son amour envers lui lui procurait sans doute quelque clairvoyance.

« *Va-t'en loin de moi!* »

Son cri résonnait encore à ses oreilles.

Et c'était donc ainsi qu'avaient péri les autres enquêteurs : en libérant l'explosion qu'était Santaroga.

Des voix s'immiscèrent dans sa rêverie. Elles provenaient de l'autre côté du camion, à l'opposé de la route. L'une de ces voix était nettement féminine. Il ne pouvait à coup sûr reconnaître les deux autres. Dasein contourna le camping-car, scruta l'obscurité vers les marécages et les dunes : un paysage d'ombres vaguement luminescentes sous la faible clarté des étoiles.

Une lampe apparut derrière les dunes. Elle oscillait et jetait des éclairs. Trois silhouettes courbées l'accompagnaient. Dasein songea aux sorcières de MacBeth. Elles descendirent une dune, contournèrent un marigot, se dirigèrent vers le terrain de camping.

Dasein se demanda s'il devait les appeler. Peut-être s'étaient-ils perdus? Sinon, pourquoi trois personnes se baladeraient-elles ainsi en pleine nuit?

Il entendit un éclat de rire, vaguement enfantin. La voix de la femme lui parvint, distincte dans l'obscurité :

— Oh, Petey! C'est si bon de t'avoir avec nous.

Dasein se racla la gorge, dit : « Hello ». Puis, plus fort : « Hello! »

La lumière oscilla dans sa direction. La voix enjouée de la femme s'exclama :

— Il y a quelqu'un dans le camp.

Lui répondit un grognement masculin.

— Qui est là? demanda-t-elle.

— Un simple campeur, dit Dasein. Vous êtes perdus?

— On était juste sorti pêcher des grenouilles. On aurait vraiment dit la voix d'un jeune garçon.

Le trio s'approcha de lui.

— Triste endroit pour camper, remarqua la femme.

Dasein étudia les silhouettes qui s'avançaient. Il y avait un garçon sur la gauche — indubitablement. Il portait un arc et un carquois. La femme tenait une longue canne à pêche; elle avait une espèce de gros sac sur l'épaule. Les hommes étaient munis de lampes-torches. Ils avaient un filet plein de crapauds-buffles. Ils s'arrêtèrent près du camping-car et la femme s'y appuya pour ôter une chaussure et la vider de son sable.

— On est allé jusqu'au marais, dit-elle.

— Heuuh, grogna l'homme.

— On en a eu huit, compléta le garçon. M'man va les faire frire pour le petit déjeuner.

— Petey en avait tellement envie, dit la femme. Je ne pouvais pas lui dire non; pas le premier jour de son retour.

— Moi, j'ai réussi, dit le garçon. P'pa il a pas réussi, mais moi j'ai su.

— Je vois, dit Dasein. Il étudia l'homme dans le reflet de la lumière sur la paroi d'alu du camping-car. Il était grand, mince, plutôt dégingandé. Des mèches de cheveux blonds dépassaient de son passe-montagne. Ses yeux étaient aussi vides que deux morceaux de verre bleu.

La femme avait remis sa chaussure, enlevé l'autre, qu'elle vidait aussi. Elle était emmitouflée dans un lourd manteau qui lui donnait l'air de sortir du moule d'un bidon en tôle ondulée. De petite taille, elle n'arrivait pas à l'épaule de l'homme, mais son air décidé rappelait à Dasein Clara Scheler, la vendeuse de voitures d'occasion.

— Bill est le premier de sa famille depuis huit générations à ne pas avoir réussi, dit-elle en se redressant après avoir renfilé son soulier. « Ils disent que c'est à cause de quelque chose dans le régime de sa mère avant sa naissance. Nous étions déjà fiancés quand... Pourquoi est-ce que je vous raconte tout ça? Je ne crois pas que je vous connaisse. »

— Dasein... Gilbert Dasein, dit-il. Et il pensa : *C'est donc ainsi qu'ils prennent soin des leurs.*

— Le copain de Jenny! Ben, ça alors.

Dasein regarda le garçon. *Petey.* Il n'avait pas l'air d'avoir plus de douze ans. Presque aussi grand que sa mère. Son visage, qu'éclaira soudain le faisceau de la lampe, était une copie conforme de celui de l'homme. La parenté était indéniable.

— Tourne la lumière par ici, Bill, dit la femme. Elle

parlait lentement et distinctement, comme pour s'adresser à un tout jeune enfant. « Par ici, mon chou. »

— Par là, P'pa. Le garçon guidait la main incertaine de son père.

— Voilà, très bien mon chéri. Je crois que l'hameçon s'est accroché dans mon manteau. Elle se dépêtra de la ligne qui pendait à son côté.

— Huuh, dit l'homme.

Dasein le dévisagea, envahi par une horreur glaciale. Il se voyait à sa place, avec Jenny pour « prendre soin de lui », aidée par leurs enfants.

— Là! dit la femme en dégageant la ligne pour la rattacher à la canne. « Tourne la lumière vers le sol, maintenant, Bill. Vers le sol, mon chou. »

— Par là, P'pa, dit le garçon, en l'aidant.

— C'est un amour. Elle se dressa, tapota la joue de l'homme.

Ce geste avait pour Dasein quelque chose d'obscène. Il aurait voulu se détourner. Il ne pouvait pas.

— On était un gentil Bill, oh oui.

Le gamin se mit à jouer avec son arc, il le tendait, le détendait.

— Que faites-vous donc ici, Dr Dasein? s'enquit la femme.

— Je... voulais être... seul quelque temps. Il se contraignit à la regarder.

— Ma foi, c'est un coin idéal pour être solitaire. Vous vous sentez bien? Pas... de *flottements...* ou de choses comme ça?

— Parfaitement bien, répondit Dasein. Il frémit.

Le garçon avait placé une flèche sur son arc, qu'il brandissait en tous sens.

— Je suis Mabel Jorick, dit la femme. Voici Bill, mon mari; et notre fils, Petey. Petey a été... vous voyez, avec le Docteur Piaget. Il vient d'avoir son bulletin de santé.

— J'ai réussi, dit le garçon.

— Bien sûr que tu as réussi, mon chéri. Elle se tourna vers Dasein. Il entre au lycée l'année prochaine.

— Il n'est pas un peu jeune?

— Quinze ans.

— Huuh, émit l'homme.

Le garçon avait complètement bandé son arc, remarqua Dasein. Le bout de la flèche luisait dans l'éclat de la lampe électrique.

Vers le haut, vers le bas... à droite, à gauche.

Dasein se déplaça, mal à l'aise, lorsque la ligne de visée lui traversa la poitrine — dans un sens, puis dans l'autre. La sueur lui perlait au front. Il sentait une menace chez le garçon.

Instinctivement, Dasein se déplaça pour interposer l'homme entre Petey et lui, mais Jorick recula, considéra la route nationale d'un œil vide.

— Je crois qu'il entend la voiture, dit la femme. Mon frère Jim, qui monte nous chercher. Elle hocha la tête avec émerveillement : Il a une sacrée bonne oreille, ce Bill!

Dasein sentit venir le danger : il tomba à quatre pattes. Au moment où il se jetait au sol, il entendit claquer l'arc et sentit le vent d'une flèche lui effleurer le cou, l'entendit se ficher dans la paroi de la cellule.

— Petey! cria la femme. Elle lui arracha l'arc. « Qu'est-ce que tu fais? »

— Ça m'a échappé, M'man.

Dasein se remit sur pieds, les regarda avec attention.

— Huuh, émit l'homme.

La mère se tourna vers Dasein, l'arc à la main.

— Il a essayé de me tuer, murmura Dasein.

— C'était rien qu'un accident! protestait le gamin.

L'homme leva sa lampe avec un mouvement menaçant.

Sans le regarder, la femme lui dit :

— Pointe-la vers le sol, mon chou. Elle repoussa la torche, considéra Dasein. « Vous ne pensez pas que... »

— C'était un accident, répétait le garçon.

Dasein regarda la flèche. Elle avait à moitié traversé la paroi du camping-car à la même hauteur que sa poitrine. Il essaya d'avaler. Il avait la gorge sèche. S'il ne s'était pas jeté à terre au même instant... un accident. Un regrettable accident. Le garçon jouait avec l'arc et la flèche. Il lui a échappé.

Mort par mésaventure.

Qu'est-ce qui m'a averti? s'étonna Dasein.

Il savait la réponse. Elle était là dans son esprit, clairement lisible. Il était arrivé à reconnaître l'attitude de menace chez un Santarogan : Les moyens pouvaient varier, mais la structure restait identique : quelque chose de léthal dans un contexte en apparence anodin.

— Ce n'était qu'un accident, murmura la femme. « Petey ne ferait pas de mal à une mouche. »

Elle n'en croyait rien, c'était visible.

Et c'était encore autre chose. Un fil ténu le reliait toujours à l'union dans le Jaspé. Le message d'avertissement était clair. Elle aussi l'avait reçu.

— Croyez-vous? demanda Dasein. Il considéra de nouveau la flèche qui dépassait du flanc du camion.

La femme se tourna, saisit l'épaule de son fils et lui agita l'arc sous le nez :

— Tu veux y retourner? lui demanda-t-elle. C'est ça que tu veux?

— Huuh, dit l'homme. Il traîna les pieds, mal à l'aise.

— C'était un accident. A l'évidence, le gamin était au bord des larmes.

La mère tourna vers Dasein un regard implorant.

— Vous ne direz rien au Docteur Larry, n'est-ce pas?

— Dire quoi? Dasein la regarda, ahuri.

— Il pourrait... vous savez, mal comprendre.

Dasein hocha la tête. De quoi parlait-elle?

— C'est si dur, poursuivait-elle. Après Bill, je veux dire. Vous savez comment ça se passe là-bas. Elle fit un vague signe de tête. « Cette façon qu'ils ont de vous surveiller de pied en cap, de guetter le moindre symptôme. C'est si dur d'avoir un fils là-bas... qui le sait, de ne le voir qu'aux heures de visite et... et de n'être jamais totalement sûre avant que... »

— Je vais bien, M'man.

— Bien sûr, mon chéri. Elle fixait toujours Dasein.

— Je ne ferais volontairement de mal à personne.

— Bien sûr que non, mon chéri.

Dasein soupira.

— J'ai réussi. Je suis pas comme P'pa.

— Huuh, fit l'homme.

Dasein avait envie de pleurer de rage.

— Vous ne direz rien, n'est-ce pas? implora la femme.

Alors Piaget lui avait trouvé un travail fructueux dans la vallée, se dit Dasein. Un travail à la clinique... avec les enfants. Le tout lié au Jaspé, bien entendu.

— Est-ce qu'ils vont me renvoyer? demanda Petey. Il y avait une note de terreur dans sa voix.

— Dr Dasein, s'il vous plaît... pria la femme.

— C'était un accident, dit Dasein. Il savait que ce n'en avait pas été un. La femme le savait. La flèche était destinée à le tuer. Il continua : « Peut-être que vous feriez bien de le priver de son arc et des flèches pour quelque temps. »

— Pour ça, vous pouvez être tranquille. Il y avait un net soulagement dans sa voix.

Sur la nationale une voiture s'arrêta devant l'entrée du camp.

— Voilà Jim. Elle se tourna, frôlant Dasein avec son sac. Il sentit une puissante odeur de Jaspé. Elle provenait du sac.

Dasein immobilisa sa main droite qui s'était tendue d'elle-même vers le sac.

Mabel Jorick lui jeta un dernier regard :

— Je voudrais vous remercier pour votre compréhension. S'il y a quelque chose... Elle s'interrompit, ayant remarqué l'objet de l'attention de Dasein. « J' parie que vous avez senti le café. Vous en voulez? »

Dasein ne put s'empêcher d'opiner.

— Eh bien, tenez. D'un geste, elle passa le sac devant elle. « Le thermos est presque plein. J'en ai juste bu une tasse au bord de l'eaù. Le reste est gâché. Petey, tu pars devant. Aide ton père à monter en voiture. »

— Bien, M'man. Bonne nuit, Dr Dasein.

Dasein était incapable de détourner son regard des mains de la femme tandis qu'elle extrayait un thermos chromé de son sac.

— Prenez le thermos, lui dit-elle en lui tendant le récipient. « Vous me le rendrez quand vous redescendrez en ville. Nous ne sommes qu'à un demi-pâté de maison de la clinique, sur Salmon Way. »

Dasein sentit ses doigts se refermer autour des flancs ondulés du thermos. Il se mit à trembler.

— Vous êtes sûr que ça va?

— Je... C'est le... contrecoup... je pense.

— Naturellement. Je suis si désolée. Elle passa derrière Dasein, arracha la flèche. « Je m'en vais la donner à Petey : histoire qu'il se souvienne d'être prudent à l'avenir. »

Dasein détourna son attention du thermos, regarda la piste dans le sable. Petey et son père étaient presque à mi-chemin de la nationale. Les phares de la voiture découpaient un cône de lumière. On entendit un coup de corne.

— Si vous êtes sûr que ça va, reprit la femme. Je ferais mieux d'y aller. Elle regarda le camping-car, jeta un ultime coup d'œil à Dasein. « Si jamais nous pouvions faire quelque chose... »

— Je vous rapporterai votre thermos dès que possible, dit Dasein.

— Oh, ce n'est pas pressé, pas pressé du tout. Elle resserra son manteau, prit la direction de la route. Au bout de vingt pas, elle fit une pause, se retourna. « Vous avez été vraiment chouette, Dr Dasein. Je ne l'oublierai pas. »

Dasein attendit que la voiture fasse demi-tour. Elle n'avait pas encore disparu vers la ville qu'il était déjà dans le camping-car, dévissait le thermos et se versait une tasse fumante de café.

Il avait les mains tremblantes en levant la tasse.

L'espace et le temps s'étaient concentrés en ce moment unique, ce récipient, ces vapeurs enivrantes de Jaspé qui l'enveloppaient. Il but jusqu'à la dernière goutte.

Il avait l'impression que des rayons jaillissaient dans son estomac, irradiant d'un point de la taille d'une tête d'épingle. Il tituba jusqu'à la couchette, s'enveloppa dans le duvet. Il se sentait suprêmement détaché, éphémère. Sa conscience se mouvait au sein d'un treillis de filets brillants.

Terreur. Il voulut se débattre. Mais les filets l'enserraient. *Où est-ce moi qui fuit le mien?* Il essayait de se raccrocher à un *moi* qui ne lui fût pas étranger, qu'il pût identifier. Le concept même d'un moi lui échappait. Ce n'était plus qu'un symbole en forme de coupole réceptrice captant les interactions de ses sens.

Le temps d'un éclair, il crut avoir concentré une base solide, un noyau de relative vérité à partir duquel il pourrait prendre ses décisions, justifier toutes ses expériences. Ses yeux s'ouvrirent brusquement. Dans la pâle lueur des étoiles qui se diffusait à l'intérieur, il remarqua, sur la paroi devant lui, un objet brillant : c'était la pointe de la flèche lancée par Petey.

Il la tenait, cette vérité relative : une pointe de flèche. Un vecteur, avec une origine; et une fin.

Tout commence et tout finit, se dit-il.

Il sentit alors ce frémissement dans sa conscience — la créature ancestrale qui s'y cachait, le dévoreur d'âmes. *Dormir*, se dit Dasein. Il y avait en lui un puits de sommeil. Luttant contre l'éveil, infini, circulaire. Il s'allongea sur son bord.

Dasein dormit.

Chapitre X

L'aube le réveilla.

Le café du thermos était froid ; il avait perdu son goût de Jaspé. Il le but malgré tout pour soulager sa gorge desséchée.

Il y aura un endroit comparable à une école, songea-t-il. *Une pension... avec des heures de visite. Et marquée par cette différence typique de Santaroga. Ce sera une école, et autre chose...*

Il contempla le récipient : vide. Un goût amer lui restait dans la bouche. Il lui rappela sa faiblesse nocturne ; le Jaspé l'avait noyé sous les cauchemars. Un rêve lui revint : il était dans un palais de glaces, les glaces se brisaient avec bruit autour de lui... et il hurlait.

Un palais de glaces, songea-t-il : *Des serres.*

Le bruit d'une voiture qui s'approchait le tira de ses réflexions. Dasein sortit dans l'air froid du matin. Une chevrolet verte se dirigeait en cahotant vers lui. Elle lui disait quelque chose. Si ce n'était pas là le véhicule de Jersey Hofstedder, c'était son double. Puis il aperçut la silhouette bovine et les cheveux gris de la conductrice : c'était la mère de Sam Scheler — Clara, la vendeuse de voitures.

Elle s'arrêta à sa hauteur, se glissa sur la banquette et sortit de son côté.

— On m'a dit que vous étiez ici et pardieu c'est bien vrai. Elle se tenait devant Dasein, un plat couvert dans les mains.

Dasein regarda la voiture.

— Vous êtes venue jusqu'ici pour encore essayer de me la vendre?

— La voiture? Elle tourna les yeux vers son véhicule comme s'il venait d'apparaître là par magie. « Oh, la voiture de Jersey... on aura tout le temps pour ça... plus tard. Je vous ai apporté de quoi reprendre du poil de la bête. » Elle lui offrit le plat.

Dasein hésita. Pourquoi devrait-elle lui porter quelque chose?

— Petey est mon petit-fils, expliqua-t-elle. Mabel, ma fille m'a dit combien vous aviez été aimable avec elle hier soir. Elle jeta un œil sur la pointe fichée dans le flanc du camping-car, reporta son attention sur Dasein. « Me suis dit que peut-être votre problème est de ne pas vous rendre compte à quel point nous voudrions que vous soyez des nôtres. Alors je vous ai apporté un peu de mon ragoût à la crème aigre — y'a plein de Jaspé dedans. »

Elle lui mit le plat sous le nez.

Dasein le prit. Contact doux et chaud de la porcelaine sous ses doigts. Il dut lutter contre une envie folle de le laisser tomber, de le briser. Brusquement, il avait peur. La transpiration rendait ses paumes glissantes.

— Allez, régalez-vous, dit-elle. Ça vous remettra sur pieds pour la journée.

Il ne faut pas, se dit Dasein.

Mais c'était irrationnel : cette femme se montrait simplement, aimable, attentionnée... la grand-mère de Petey. L'évocation du garçon lui remit en mémoire l'incident de cette nuit.

Ecole... Observation... Jaspé...

Un grognement en provenance de la Chevrolet verte le fit se retourner : un vieux berger écossais noir et blanc se hissa sur le siège avant, descendit. Avec la démarche lente et douloureuse du grand âge, il vint renifler les chevilles de Clara de son museau gris.

Elle se pencha, lui flatta la tête.

— J'ai amené Jimbo. Il ne sort plus guère maintenant. C'est qu'il est pas loin des trente-cinq ans et je crois bien qu'il devient aveugle. Elle se redressa, indiqua l'assiette que tenait Dasein. « Allez-y. Mangez. »

Mais Dasein était fasciné par le chien. Trente-cinq ans? Cela faisait plus de deux siècles pour un être humain. Il reposa l'assiette sur le marchepied du camping-car, s'accroupit pour examiner l'animal. *Jimbo.* Il devenait aveugle, avait-elle dit et pourtant ses yeux avaient cette franchise déroutante qu'il avait déjà discernée chez tous les humains adonnés au *Jaspé*.

— Vous aimez les chiens demanda Clara Scheler.

Dasein opina.

— Il a vraiment trente-cinq ans?

— Trente-six au printemps... s'il tient le coup jusque-là.

Jimbo trottina jusqu'à Dasein, tourna vers lui son museau gris, renifla. Apparemment satisfait, il se lova sous le marchepied, soupira, s'abîma dans la contemplation des dunes.

— Vous allez manger, oui ou non? demanda Clara.

— Plus tard. Il lui souvenait la façon dont le véhicule de Jersey Hofstedder s'était imposé à ses pensées — comme une clé à l'énigme Santaroga. Le véhicule lui-même? Il s'interrogea. Ou bien n'était-il qu'un symbole? Quel était le plus important? La voiture ou le symbole?

Remarquant son attention, Clara dit : — Elle est toujours à 650 dollars, si vous en voulez.

— J'aimerais bien l'essayer.

— Tout de suite?

— Pourquoi pas?

Elle jeta un œil vers le plat posé sur le marchepied, et remarqua : « Ce ragoût n'est pas très bon réchauffé... et le Jaspé passe vite, vous savez. »

— Votre fille m'a donné son café, la nuit dernière.

— Pas de... contrecoups?

C'était une question concrète. Dasein se surprit à analyser ses propres sensations corporelles — la blessure à la tête presque diparue, la douleur à l'épaule pratiquement évanouie... encore une pointe de colère latente à cause de Petey et de sa flèche, mais rien que le temps ne pourrait effacer.

— Je me sens bien.

— A la bonne heure! Vous reprenez le dessus. Jenny en était sûre. Parfait. Elle indiqua la Chevrolet verte. « Allons faire un tour sur la nationale. Vous prenez le volant. » Elle s'assit à droite, referma la porte.

Le chien releva la tête.

— Tu restes là, Jimbo. On revient tout de suite.

Dasein fit le tour, s'installa derrière le volant. Le siège semblait épouser la forme de son dos.

— Confortable, hein? remarqua Clara.

Dasein opina. Il avait une étrange sensation de *déjà vu*, comme s'il avait déjà conduit cette voiture auparavant. Il l'avait parfaitement en main. Le moteur s'éveilla en ronronnant, prit son régime dans un silence presque complet. Il fit demi-tour, dégagea le véhicule des ornières et rejoignit la route. Il prit la direction opposée de la ville.

Il effleura l'accélérateur; la vieille Chevrolet bondit : quatre-vingt-dix... cent... cent dix... Il redescendit à cent. Elle virait comme une voiture de sport.

— Elle a des barres de torsion, précisa Clara. Pas un poil de roulis. Pas mal, hein?

Dasein essaya les freins — aucun déport; le nez ne piqua pas d'un pouce. Comme si la voiture roulait sur des rails.

— Cette voiture est dans un meilleur état que le jour où elle est sortie de la chaîne, dit Clara.

Dasein approuva en silence. C'était un plaisir de la conduire. Il appréciait l'odeur de cuir de la sellerie. Le bois poli du tableau de bord luisait doucement. Aucun gadget : un simple assemblage serré d'instruments disposés assez haut pour être lus sans distraire l'attention de la route.

— Remarquez le capitonnage de la planche de bord

sur ce côté. Trois centimètres d'épaisseur, avec une plaque de feuillard en dessous. Il a également coupé la colonne de direction au tiers de sa longueur pour y intercaler un joint universel. Vous pouvez heurter n'importe quoi : pas de risque de voir la colonne vous ressortir dans le dos. Jersey faisait des voitures de sécurité avant même que Detroit ait entendu prononcer le mot.

Dès qu'il vit un espace dégagé Daniel ralentit, fit demi-tour et retourna vers le camping. Il savait qu'il lui faudrait cette voiture. Elle répondait en tous points à la description de la femme.

— Vous savez quoi, reprit Clara. Je vais la déposer chez le toubib en rentrant. On s'occupera des détails plus tard. Je ne suis pas trop dure en affaires quoique je ne puisse pas vous donner grand-chose pour votre tas de ferraille.

— Je... je ne sais pas encore comment je vais vous payer. Mais...

— N'en dites pas plus. On s'arrangera bien.

Le chemin du camping était en vue. Dasein ralentit, emprunta la piste, rétrogada en seconde.

— Vous devriez quand même attacher votre ceinture, remarqua Clara. J'ai noté que... Elle s'interrompit tandis que Dasein s'arrêtait à côté du camping-car. « Il est arrivé quelque chose à Jimbo ! » Déjà, elle était sortie et se précipitait vers le chien.

Dasein coupa le contact, bondit dehors. Il accourut.

Le chien était pratiquement retourné sur le dos, les pattes raides, le cou arqué, la gueule ouverte, langue sortie.

— Il est mort ! Jimbo est mort !

Dasein reporta son attention vers le plat posé sur le marchepied. Le couvercle avait été repoussé sur le côté, le contenu visiblement dérangé. Le rebord était éclaboussé de sauce. Il regarda le chien à nouveau. De larges sillons griffaient le sable tout autour de la bête.

Brusquement, Dasein se pencha vers l'assiette de

ragoût pour la humer. Derrière l'arôme puissant du Jaspé, une odeur amère lui fit froncer le nez.

— Du cyanure? Il posa sur Clara un regard accusateur.

Elle regarda le plat.

— Du cyanure?

— Vous avez essayé de me tuer!

Elle ramassa l'assiette, la renifla. Elle pâlit. Se retourna. Dévisagea Dasein, l'air ahuri.
ahuri.

— Oh, mon Dieu! Le diluant de peinture! Elle laissa tomber l'assiette et détala au pas de course vers sa voiture avant que Dasein n'ait pu l'arrêter. La Chevrolet démarra sur les chapeaux de roues, tourna dans une gerbe de sable et fonça vers la route. Elle dérapa en virant pour prendre la direction de la ville.

Dasein contemplait la scène.

Elle a essayé de me tuer. Du cyanure. Du diluant de peinture.

Pourtant, il ne pouvait faire abstraction de sa pâleur, de ses grands yeux étonnés. Elle avait été surprise, choquée, tout autant que lui. *Du diluant.* Il contempla le cadavre du chien. Aurait-elle laissé près de lui ce plat en le sachant empoisonné? Peu probable. Alors pourquoi avait-elle fui?

Du diluant.

Il y avait chez elle de la nourriture contaminée, comprit-il soudain. Elle se dépêchait de rentrer avant que l'un des siens ne s'empoisonne.

J'aurais mangé le ragoût, se dit Dasein.

Un accident. Encore un tragique accident.

Il donna un coup de pied dans le plat renversé, tira le cadavre de la bête hors du passage, grimpa derrière le volant de son camping-car. Après la voiture de Jersey, le moteur du Ford était une épave cliquetante. Il manœuvra lentement pour rejoindre la route et regagner la ville.

Un accident, songeait-il.

Un schéma se dessinait, mais il lui était difficile de l'admettre. C'était une déduction à la Sherlock Holmes : « *Une fois éliminé l'impossible, ce qui reste, si improbable qu'il puisse paraître, ne peut être que la vérité.* »

Jenny avait crié : « Va-t'en loin de moi. Je t'aime! »

Ça se tenait. Elle l'aimait effectivement. Donc il devait se tenir éloigné d'elle. Provisoirement.

Arrivé à un embranchement, il prit à droite, suivant la flèche marquée « Serres ».

Un pont franchissait la rivière — un vieux pont en dos d'âne... Les lourdes planches branlaient sous ses roues. La rivière écumait en s'écrasant contre les culées de pierre usée des piles.

Dasein ralentit de l'autre côté, rendu méfiant par ce sixième sens auquel il avait appris à faire confiance.

La route longeait la rive droite du cours d'eau. Il la suivit en roulant au pas. Il jeta un coup d'œil vers l'amont mais un bosquet de saules cachait le pont.

La rivière lui donnait une impression de traîtrise, de dérobade... Elle lui faisait penser à un serpent liquide, venimeux, empli d'une énergie malfaisante. C'était un concentré de malveillance qui bondissait dans les rapides le long de la route. Et ce bruit... comme un rire moqueur.

Dasein poussa un soupir de soulagement lorsque la route s'éloigna de la rivière pour contourner deux collines basses et redescendre vers un vallon. Il aperçut de l'herbe derrière les arbres. Une étendue d'un vert brillant, considérablement plus vaste qu'il ne l'avait supposé.

La route débouchait sur un parc de stationnement pavé, face à une bâtisse en pierre. D'autres bâtiments — toits de tuiles, rideaux aux fenêtres — s'étageaient en lignes parallèles sur le flanc de la colline derrière les serres.

Un grand nombre de voitures étaient garées dans le parc, ce qui étonna Dasein. Il y en avait au moins une centaine.

Sans parler des gens : des hommes qui se rendaient d'une serre à l'autre, des silhouettes blanches aperçues derrière les vitres, des femmes qui allaient et venaient d'un pas pressé.

Dasein descendit la rangée de voitures en quête d'une place où garer.

Il trouva finalement un emplacement au bout du long bâtiment de pierre, s'arrêta, examina les alentours.

On chantait.

Dasein se tourna : le son provenait des maisons derrière les serres. Une troupe de gamins apparut. Ils descendaient le chemin entre les bâtiments. Ils portaient des paniers. Trois adultes les accompagnaient, marquant le rythme de leur chanson de marche. La troupe disparut derrière les serres.

Un sentiment oppressant lui serra la poitrine.

Il entendit un bruit de pas sur sa gauche : c'était Piaget qui s'avançait dans sa direction. La longue blouse blanche accentuait sa silhouette massive. Il était tête nue, les cheveux ébouriffés par le vent.

Piaget s'approcha du camion, passa la tête par la fenêtre ouverte.

— Eh bien, Jenny m'avait prévenu d'une arrivée...

Dasein hocha la tête. Les paroles de Piaget semblaient sous-entendre quelque chose, mais leur sens réel lui échappait. Il s'humecta les lèvres.

— Quoi?

Piaget fronça les sourcils.

— Jenny connaît le rapport. Elle a dit que vous vous pointeriez probablement ici. Sa voix semblait brusquement plus pesante.

Une arrivée, songeait Dasein.

C'était une étiquette collée sur un événement, une affirmation en dehors de tout jugement. Il étudia le visage large et glabre de Piaget.

— J'ai vu des enfants, dit-il.

— Qu'est-ce que vous attendiez?

Dasein haussa les épaules :

— Vous comptez me faire fuir?

— Al Marden a coutume de dire que fuir donne la fièvre et qu'observer donne conseil.

— Comptez-moi parmi les observateurs.

Avec un large sourire, Piaget ouvrit la porte du camion.

— Venez.

Dasein se rappela la rivière. Il hésita. Lui revenaient en mémoire le tapis déchiré dans le couloir de l'Auberge, le robinet de gaz ouvert, le lac, la flèche... le diluant à peinture. Et Jenny qui s'enfuyait — « *Va-t'en loin de moi. Je t'aime.* »

— Allons, venez, répéta Piaget.

Hésitant toujours, Dasein répondit :

— Pourquoi garde-t-on les enfants ici?

— Nous devons contenir la surface de l'enfance, dit Piaget. C'est une chose brutale, vivace. Mais pleine de ressources. Il fit un geste vers l'étendue des serres. Il nous faut éduquer. Employer utilement cette énergie. Sans rien en perdre; ni se priver.

Dasein hocha encore la tête. Toujours ces paroles sybillines.

Contenir la surface de l'enfance?

On eût dit le discours d'un schizophrène. Il se remémora l'incident de la Brebis Bleue, le dialogue troublant du jeune couple.

Comment pouvait-on écouter un crépuscule?

— Vous... vous ne parlez pas anglais, se plaignit Dasein.

— Je parle.

— Mais...

— Jenny assure que vous saurez comprendre. Piaget se gratta la joue, l'air pensif. « Vous avez l'entraînement, Dasein. » De nouveau, cette voix pesante. « Que faites-vous de votre *Weltanschauung?* Vous devez bien avoir une vision cosmique? Le tout est plus grand que la somme de ses parties. Et quel est-il? »

Le bras de Piaget balayait l'étendue du complexe

maraîcher, la vallée tout entière, le monde et l'univers au-delà.

Dasein se sentait la gorge sèche. Cet homme était fou.

« Vous contenez l'expérience du Jaspé, poursuivait le médecin. Digérez-la. Jenny sait que vous en êtes capable. La réalité tire au travers des mots. »

Sa sensation d'étouffement devenait douloureuse. Les pensées se heurtaient dans son esprit, sans rime ni raison.

Toujours avec la même voix pesante, Piaget dit : « Chez environ un sujet sur cinq cents, le Jaspé ne peut pas... Il ouvrit les bras, paumes levées. Vous ne faites pas partie de ces exceptions. J'y engage ma réputation. Vous serez un individu ouvert. »

Dasein regarda le bâtiment de pierre, les gens affairés.

Toute cette activité : elle lui évoquait en quelque manière la danse des abeilles. Des mouvements destinés à lui indiquer une direction. Une direction qui lui échappait.

« Je vais essayer de vous l'exprimer en employant les termes de l'*extérieur*, reprit Piaget. Peut-être qu'alors... » Il haussa les épaules, s'appuya contre le montant de la porte pour rapprocher son visage aux traits lourds de celui de Dasein. « Nous passons la réalité au travers du crible des idées. Ces ensembles de concepts sont limités par le langage. Ce qui veut dire que le langage trace des ornières dans lesquelles doivent se mouvoir nos pensées. Si nous cherchons de nouvelles formes de valeurs, il nous faut sortir de ces ornières sémantiques.

— Quel rapport avec les enfants? Dasein indiqua les serres, d'un mouvement de tête.

— Dasein! Nous avons une expérience instinctive commune, vous et moi. Que se produit-il dans le psychisme au cours de sa formation? Aussi bien en tant qu'individus, cultures ou sociétés, nous autres êtres humains rejouons toutes les phases de la vie instinctuelle qui fut celle de notre espèce depuis d'innombrables générations. Avec le Jaspé, nous supprimons toute attache. Y associer la brutalité propre à l'enfance? Non! Cela nous mènerait à la violence, au chaos. Nous n'aurions plus de société. C'est tout simple, n'est-ce pas? Nous devons surimposer un ordre contraignant aux schémas innés de notre système nerveux. Il nous faut donc des intérêts communs. »

Dasein essayait de se raccrocher à ces idées, de décoder au travers d'elles les propos antérieurs de Piaget. *Contenir la surface de l'enfance? Avoir une vision cosmique?*

« Nous devons répondre aux besoins de survie des individus, poursuivait le médecin. Nous savons que la civilisation/culture/société de l'extérieur agonise. Elle meurt effectivement, vous savez. Lorsqu'un tel fait est sur le point de se produire, les éléments se séparent du corps qui les a engendrés. Ils se libèrent, Dasein. Notre scalpel, ce fut le Jaspé. Homme, réfléchis! Tu as vécu là-bas. Voici venir un automne virgilien... le crépuscule d'une civilisation. »

Piaget fit un pas en arrière, considéra Dasein.

Ce dernier pour sa part était littéralement fasciné par le médecin. Il y avait en cet homme une essence immémoriale, puissante, curieuse de tout ce qui l'entourait. Souligné par le col blanc de la blouse, il voyait un profil d'Egyptien, les pommettes saillantes, les mâchoires robustes, le nez d'un contemporain de Moïse, la denture blanche et régulière cachée par des lèvres fines.

Piaget sourit; un sourire sourd et entêté, un regard mielleux qui courait sur le paysage environnant, les serres, les hommes.

Dasein comprit alors pour quelle raison on l'avait envoyé ici. Il n'était plus question d'étude de marché. Marden avait mis le doigt dessus: il était ici pour arrêter le processus, le briser.

C'est ici que les Santarogans adaptaient leurs enfants,

les entraînaient. Les faisaient travailler. Et Piaget semblait n'avoir cure de ce qu'il lui révélait.

— Venez donc, reprit-il. Je vais vous montrer notre école.

Dasein hocha la tête. A quoi aurait-il droit cette fois-ci? Une poussée accidentelle contre une vitre brisée? Un gosse avec un couteau?

— Je suis... Il faut que je réfléchisse.

— Vous en êtes sûr? La phrase de Piaget planait comme un défi.

Une abbaye fortifiée des siècles d'obscurantisme, des moines guerriers : voilà ce qu'évoquaient pour Dasein Piaget et sa vallée, ces Santarogans qui défiaient avec confiance l'*extérieur*. Mais était-ce vraiment de la confiance? Dasein se posait la question. Ou bien les acteurs étaient-ils hypnotisés par leur propre rôle?

— Vous vous êtes contenté de nager à la surface, dit Piaget. Sans même voir le combat. Vous n'avez pas encore acquis cet œil innocent capable de voir l'univers en se débarrassant des préjugés du passé. On vous a programmé et expédié ici pour nous briser.

Dasein pâlit.

« Programmé et bourré de préjugés. Car les préjugés s'élaborent à partir de la sélection et du rejet, ce qui est un processus de programmation. Il soupira. Que de mal nous donnons-nous pour vous, à cause de notre Jenny...

— Je suis venu ici avec l'esprit ouvert.

— Sans préjugés? Piaget avait haussé un sourcil.

— Donc, vous vous opposez à... des groupes de l'extérieur sur la meilleure façon de...

— S'opposer est un terme trop doux, Dasein. Il s'agit d'une lutte de pouvoirs pour le contrôle de la conscience humaine. Nous sommes une cellule saine encerclée par la peste. L'enjeu n'est pas l'esprit de l'homme mais sa conscience, sa lucidité. Ce n'est pas une lutte pour acquérir une zone de marché : ne vous y trompez pas. C'est une lutte pour déterminer ce qui dans notre univers est estimable. A l'extérieur, on n'estime que ce qui peut être compté, calibré, calculé. Ici, nos critères sont différents.

Dasein perçut dans son ton une menace. Le vernis du faux-semblant avait disparu : le médecin venait de désigner chaque camp dans ce conflit et Dasein se trouvait pris au milieu. Il était, il le savait, sur le terrain le plus dangereux qu'il ait jamais connu. Piaget et ses amis contrôlaient la vallée. Un accident *ex-post-facto* ne serait pour eux que jeu d'enfant.

— Ceux qui ont loué mes services, dit Dasein, sont des hommes qui croient en...

— Des hommes! railla Piaget. Là-bas, et son doigt désignait les collines qui fermaient la vallée, « ... ils détruisent leur environnement. Et dans le processus, deviennent des non-hommes. Nous sommes des hommes. Il se frappa la poitrine. Pas eux. La nature est un champ unifié. Toute modification radicale de l'environnement signifie que ses habitants doivent changer pour survivre. Tel est le cas pour les non-hommes de là-bas. »

Dasein regarda Piaget, bouche bée. C'était cela, bien sûr. Les Santarogans étaient des conservateurs. Ils ne changeaient pas. Il s'en était rendu compte de lui-même. Mais il y avait en Piaget un fanatisme intense, une ferveur religieuse qu'il trouvait répugnants.

Ainsi donc, l'enjeu du combat était l'esprit de l'homme.

— Vous êtes en train de vous dire que ces idiots de Santarogans détiennent une substance psychédélique qui les rend inhumains.

C'était si proche de ses propres pensées que Dasein se figea, terrorisé. Pouvaient-ils lire en lui? Etait-ce l'un des effets secondaires de cette substance?

« Vous nous assimilez à ces va-nu-pieds crasseux adeptes du LSD. Des cinglés, selon vous. Mais vous êtes comme eux... inconscients. Nous, nous sommes conscients. Nous avons vraiment libéré l'esprit. Nous possédons notre traitement de choc... Tout comme le whisky, le gin, l'aspirine et le tabac... voire, oui, le LSD sont des traitements de choc. Mais vous devez voir la différence : le whisky et les autres dépresseurs rendent le sujet docile. Notre traitement de choc libère l'animal qui n'a jamais été dompté... jusqu'à présent. »

Dasein regarda les serres.

« Oui, dit Piaget. Regardez. C'est ici que nous domestiquons l'animal humain. »

Dans un brusque éclair de lucidité, Dasein comprit alors qu'il en savait trop : il ne pourrait plus jamais quitter la vallée. Ils avaient avec lui franchi le point de non-retour. Et dans son état d'esprit présent, il ne voyait qu'une solution pour les Santarogans : le tuer. L'unique question pendante restait : Le savaient-ils? Etait-ce un processus conscient? Ou n'opérait-il qu'au niveau de l'instinct?

S'il précipitait une crise, Dasein savait qu'il découvrirait la réponse. Mais pouvait-il l'éviter? Il se posait la question. Tandis qu'il hésitait, Piaget fit le tour du camion, grimpa dans la cabine à ses côtés en annonçant : « Vous n'allez pas venir avec moi. C'est moi qui vous accompagne.

— M'accompagner?

— Chez moi. A la clinique. Il se tourna pour regarder Dasein. J'aime ma nièce, comprenez-vous? Et je ne veux pas la voir souffrir si je puis l'éviter.

— Si je refuse?

— Aaah, Gilbert! vous seriez capable d'arracher des larmes aux anges. Mais nous n'en voulons pas, n'est-ce pas? Nous ne voulons pas faire pleurer Jenny. Vous ne vous faites donc pas de souci pour elle?

— Disons que j'ai quelque inquiétude sur...

— Lorsque arrive l'inquiétude, alors cesse l'enquête. Vous avez le cœur dur, Gilbert. Un cœur dur donne des courbatures. Retournons à la clinique.

— Quel genre de piège mortel y avez-vous monté?

Piaget le dévisagea. Il était outré.

— Un piège mortel?

Gardant un ton le plus raisonnable possible, Dasein lui dit :

— Vous faites tout pour m'assassiner. Ne le niez pas. J'ai...

— Vous me dégoûtez, Gilbert. Quand avons-nous tenté de vous assassiner?

Dasein prit une profonde inspiration, leva la main droite, énuméra les *accidents,* rabaissant un doigt à chaque fois : quand il eut fini la liste, son poing était serré. Il n'avait omis que l'incident provoqué par Petey Jorick... et uniquement à cause de sa promesse.

— Des accidents! s'exclama Piaget.

— Comme nous le savons l'un et l'autre, il y a fort peu d'accidents en ce bas monde. Ce que nous qualifions d'accident est bien souvent un acte de violence inconscient. Vous me dites avoir ouvert votre esprit. Servez-vous-en!

— Bah! Vos pensées sont un vrai bourbier.

— Laissez reposer le bourbier et il se clarifie.

— Vous ne pouvez pas être sérieux... Il examina Dasein. Mais je vois bien que si. Il ferma les yeux un bref instant, les rouvrit. Bon. Et Jenny, la croiriez-vous?

Va-t'en loin de moi. Je t'aime, pensa Dasein.

— Allons à votre clinique, dit-il. Il démarra, sortit du parc de stationnement et reprit la route de la ville.

— Essayer de vous tuer! marmonnait Piaget. Il regardait sans le voir le paysage qui défilait... Dasein conduisait en silence... il réfléchissait, réfléchissait. A peine ses pensées s'envolaient-elles vers Jenny que ses vieux fantasmes le reprenaient. Jenny et sa vallée! L'endroit l'avait enveloppé dans son aura... c'était dingue, dingue, dingue! Pourtant un schéma émergeait, s'ordonnait selon sa logique propre : celle de Santaroga.

— Donc, tout le monde ne peut pas supporter votre... traitement de choc? Qu'arrive-t-il en cas d'échec?

— Nous prenons soin des nôtres, grogna Piaget. Voilà pourquoi j'ai bon espoir que vous resterez.

— Mais Jenny est une psychologue expérimentée. Pourquoi ne pas l'employer?

— Elle a fait sa part de travail.

— Je vais lui demander de s'en aller avec moi. Vous le savez, n'est-ce pas?

Piaget renifla.

— Elle est capable de se désaccoutumer de votre... Jaspé. Il y a bien des jeunes d'ici qui partent au service. Ils doivent...

— Ils reviennent toujours, après, l'interrompit Piaget. C'est porté dans vos notes. Vous ne comprenez donc pas à quel point ils peuvent être malheureux, là-bas? Il se tourna vers Dasein. Est-ce là le choix que vous offrez à Jenny?

— Ils ne doivent pas être si malheureux que ça de partir, remarqua Dasein. Sinon, malins comme vous êtes, vous auriez bien trouvé une autre solution.

— Hmmph, grogna Piaget. Vous n'avez même pas fait correctement votre enquête préalable pour ceux qui vous paient. Il soupira. Je vais vous dire une chose, Gilbert. La plupart de nos gars se font réformer : graves réactions allergiques à un régime dépourvu d'une ration périodique de Jaspé. Il n'y a qu'ici qu'ils puissent en avoir. Et les six pour cent environ de nos gars qui partent le font par devoir pour la vallée. Nous n'avons aucune envie d'attirer sur nous les foudres de l'administration fédérale. Nous avons un compromis avec l'Etat, mais nous n'avons pas une carrure suffisante pour appliquer la même technique à l'échelon national.

Ils ont déjà pris leur décision sur mon compte : Peu leur importe ce qu'ils me révèlent. Une soudaine angoisse lui nouait l'estomac.

A la sortie d'un virage, il longea la rivière. Devant lui se trouvait le bosquet de saules et la longue descente en courbe qui débouchait sur le pont de bois. Dasein se rappela l'impression funeste que lui avait donné la rivière. Il enfonça l'accélérateur pour laisser l'endroit derrière lui. Le Ford aborda la courbe aux terre-pleins dégagés. Le pont apparut. En face, un camion jaune était garé sur le bas-côté. Près du véhicule, des ouvriers buvaient dans des gobelets métalliques.

— Attention! cria Piaget.

A cet instant, Dasein comprit la raison de la présence du camion : un trou béait au milieu du pont — là où les planches en avaient été ôtées. C'était une équipe de cantonniers qui avaient défoncé l'ouvrage sur une longueur de près de trois mètres.

Le camping-car avait parcouru une quinzaine de mètres le temps que Dasein prenne conscience du péril. Il distinguait maintenant les barricades déployées à chaque extrémité du pont, un fanion jaune attaché en leur centre.

Dasein agrippa le volant. Son esprit se mit à calculer à une vitesse dont il se serait cru incapable : le temps s'était ralenti; le camion semblait pratiquement s'être arrêté tandis qu'il passait en revue toutes les éventualités...

Piler?

Non. Les freins étaient usés, tout comme les pneus. A cette vitesse, le véhicule déraperait et plongerait dans le vide.

Quitter la route?

Non. La rivière l'attendait de part et d'autre de la chaussée — entaille profonde dans le sol, prête à l'avaler.

Viser le parapet pour arrêter le camion?

Pas à cette vitesse, et sans ceintures.

Ecraser l'accélérateur?

C'était une possibilité. Il fallait défoncer la barricade mais ce n'était qu'une planche en bois. Le pont faisait un léger dos d'âne pour franchir le cours d'eau. Et la percée se trouvait au milieu. S'il avait suffisamment d'élan, le camion pourrait sauter par-dessus.

Dasein écrasa la pédale au plancher. Le vieux camion bondit en avant. Il y eut un violent craquement lorsqu'il défonça la barrière. Les planches vibraient sous les roues. Puis un instant en suspens de vol plané, une terrible embardée lorsqu'ils retouchèrent le sol, le « crac » de la seconde barrière.

Dasein freina à mort, s'immobilisa dans un hurlement de pneus, au droit des ouvriers.

Le temps reprit son cours normal tandis qu'il examinait le groupe — cinq hommes, visage pâle, bouche bée.

— Pour l'amour du ciel, haleta Piaget. Ça vous arrive souvent de prendre de tels risques?

— Vous connaissiez un autre moyen de nous sortir de ce guêpier? Dasein leva la main droite. Il la regarda : elle tremblait.

Après un instant de réflexion, Piaget répondit :

— Vous avez probablement choisi la seule solution... mais aussi... si vous n'aviez pas conduit aussi vite sur une route sans...

— Je vais vous faire un pari, l'interrompit Dasein. Je vous parie que ces travaux sur le pont n'étaient pas nécessaires. C'était soit une erreur, soit un coup monté.

Dasein se pencha vers la poignée, dut s'y prendre à deux fois pour la saisir et ce n'est qu'avec un violent effort de volonté qu'il parvint à l'ouvrir. Il descendit. Ses genoux flageolaient. Il demeura quelques instants immobile, inspira profondément à plusieurs reprises, puis se dirigea vers l'avant du camion.

Les deux phares étaient brisés, les ailes et la calandre nettement enfoncées.

Dasein reporta son attention vers les cantonniers. L'un d'eux, un homme brun, massif, en salopette et chemise à carreaux, était légèrement en avant. C'est à lui que Dasein s'adressa :

— Pourquoi n'y avait-il pas de présignalisation à l'entrée du virage?

— Grand Dieu, mon gars! s'exclama le type. Son visage s'empourpra. « Personne ne descend par ici à cette heure de la journée. »

Dasein se dirigea vers une pile de planches rangées au

bord de la route. Maculées d'huile et de poussière, elles provenaient à l'évidence du pont. Trente centimètres de large, quatre d'épaisseur. Du séquoia. Il en souleva une par l'extrémité, la retourna : ni fente, ni entaille. Elle retomba avec un bruit mat de bois plein.

Il fit face à l'ouvrier auquel il s'était déjà adressé. Piaget se trouvait à plusieurs pas derrière.

— Quand vous a-t-on donné l'ordre de faire ces travaux?

— Quoi? L'homme se figea, dévisagea Dasein avec un froncement de sourcils perplexe.

— Quand vous a-t-on donné l'ordre de réparer ce pont, répéta Dasein.

— Ben... on a décidé de monter ici il y a une heure environ. Pour l'importance que ça a... Vous m'avez bousillé...

— *Vous* avez décidé? N'avez-vous pas un planning à suivre?

— Je suis le chef-cantonnier dans cette vallée, Monsieur. Et c'est moi qui décide, ne vous en déplaise.

Piaget s'approcha alors, s'arrêta près de l'homme et dit :

— Dr Dasein, je vous présente Josh Marden, le neveu du Capitaine Marden.

— Le népotisme commence chez soi, à ce que je vois, constata Dasein avec une politesse forcée. « Eh bien, M. Marden... ou puis-je me permettre de vous appeler Josh?... »

— Bon, écoutez Dr Das...

— Josh, donc, poursuivit Dasein sur le même ton calme et poli. « Je suis très curieux, Josh. Ces planches m'ont tout l'air d'être parfaitement saines. Pourquoi avoir décidé de les remplacer? »

— Qu'est-ce que ça peut bien...

— Dis-lui, Josh, intervint Piaget. J'avoue moi-même éprouver une certaine curiosité...

Marden regarda le médecin, puis Dasein.

— Ben... on a inspecté le pont... on fait des visites

d'inspection régulières. Nous avons simplement décidé de faire un peu d'entretien préventif en mettant les planches neuves pour réutiliser les vieilles sur un pont moins fréquenté. Il n'y a rien d'anormal à ça...

— Y a-t-il d'autres travaux routiers *urgents* dans la vallée? interrogea Dasein. Un chantier que vous auriez abandonné pour venir faire ce...

— Ecoutez voir, Monsieur! Marden fit un pas vers Dasein. « Vous n'avez aucune autorité pour... »

— Et la route du Vieux Moulin? remarqua Piaget. « Elle a toujours ces nids-de-poule, dans le virage près du fossé? »

— Bon, écoutez, Doc... Marden s'était tourné vers Piaget. « Pas vous non plus...! Nous avons décidé de... »

— Du calme, Josh. Je suis simplement curieux. Alors, et cette route du Vieux Moulin?

— Bof... Doc. Il faisait tellement beau, et la...

— Donc les travaux ne sont toujours pas faits?

— Pari gagné, laissa tomber Dasein. Il retourna vers le camion.

Piaget lui emboîta le pas.

— Eh! criait Marden. « Vous avez endommagé une propriété cantonale, sans parler des planches où vous avez atterri qui doivent être... »

Dasein l'interrompit sans se retourner.

— Vous feriez mieux de réparer ce pont avant que ne se produise un autre accident.

Il se glissa derrière le volant, claqua la porte. La réaction se faisait maintenant sentir : tout son corps frémissait de colère contenue.

Piaget grimpa à côté de lui. Le camion vibra lorsqu'il ferma la portière.

— Il peut encore rouler? demanda-t-il.

— Un accident! grommela Dasein.

Piaget demeura silencieux.

Dasein embraya et monta jusqu'à un petit soixante à l'heure. Dans le rétroviseur, il aperçut l'équipe de cantonniers qui se remettait déjà à l'ouvrage. L'un des ouvriers remontait vers le virage, un drapeau dans la main.

— Maintenant, ils envoient quelqu'un en avant-poste, remarqua-t-il.

La scène disparut derrière un coude de la route. Dasein se concentra sur la conduite : le camion brinqueballait de plus belle et la direction flottait.

— Il *faut* que ce soit des accidents, dit Piaget. « Il n'y a pas d'autre explication. »

Un panonceau stop apparut. Dasein s'arrêta au carrefour de la nationale. Elle était déserte. Il prit à droite, vers la ville. Les protestations de Piaget ne méritaient selon lui aucune réponse. Il ne répondit pas.

Ils abordèrent les faubourgs. La station-service de Scheler était sur la gauche. Dasein y pénétra, recula jusqu'au vaste hangar au toit de tôle du garage.

— Que faites-vous là? demanda Piaget. « Ce véhicule ne vaut pas... »

— Je veux qu'on le remette suffisamment en état pour me permettre de quitter Santaroga.

Les portes du garage étaient ouvertes. Dasein s'arrêta devant, coupa le moteur, descendit. Il régnait dans l'atelier une activité fébrile, ponctuée de coups de marteaux, du bourdonnement des machines. Des rangées de voitures s'alignaient sur les bancs de part et d'autre, éclairés par des projecteurs.

Un homme athlétique et bronzé, vêtu d'une salopette blanche maculée sortit du fond du garage et s'arrêta devant le Ford.

— Dans quoi diable êtes-vous donc rentré? demanda-t-il.

Dasein reconnut l'un des quatre joueurs de cartes de l'hôtel : Scheler en personne.

— Le Docteur Piaget ici présent vous racontera les détails. Je voudrais que vous me mettiez des phares neufs et que vous jetiez un œil à la direction.

— Pourquoi ne pas le mettre à la casse?

La portière claqua et Piaget apparut par la droite.
— Vous pouvez le réparer, Sam?
— Pour sûr. Mais ça vaut pas le coup.
— Faites-le quand même et mettez-le sur mon compte. Je ne voudrais pas que notre ami aille penser que nous voulons le coincer dans la vallée.
— Comme vous voudrez, Doc.
Scheler se tourna et cria :
— Bill! Dégage-moi cette Lincoln du pont et mets-y ce camion. Je te prépare une fiche.
Un jeune homme en bleu de travail graisseux surgit de derrière le pont de gauche sur lequel était montée une Lincoln Continental. Il avait la même carrure que Scheler, son teint bronzé, des traits analogues et des yeux identiques : bleu vif, alertes.
— Mon fils, Bill, présenta Scheler. « Il va s'occuper de vous. »
Dasein sentit un pincement de peur prémonitoire, recula contre le flanc de son camion. Autour de lui, le garage lui donnait la même impression de malveillance concentrée qu'il avait déjà perçue près de la rivière.
Scheler se dirigea vers le passage entre la Lincoln et un vieux fourgon Studebaker et cria par-dessus son épaule :
— Si vous venez signer la fiche de travaux, Dr Dasein, on s'en occupera tout de suite.
Dasein fit deux pas, hésita. Il sentait le garage se refermer sur lui.
— Nous pouvons aller à la clinique à pied, dit Piaget. « Sam nous appellera dès que ce sera réparé. »
Dasein fit encore un pas, s'arrêta, se retourna. Le jeune Bill Scheler était juste derrière lui. La sensation de menace lui martelait les tempes. Il vit Bill tendre une main amicale pour le guider entre les véhicules. Il ne pouvait se méprendre sur ce geste innocent, ce visage souriant et pourtant Dasein voyait en ces mains l'incarnation du danger. Avec un cri inarticulé, il bondit de côté.

Le jeune mécano, déséquilibré en rencontrant le vide devant son bras tendu, trébucha et tomba en avant. Au même moment, le pont sur lequel se trouvait la Lincoln s'effondra avec fracas. Il oscilla deux fois, s'immobilisa. Bill Scheler était à moitié pris dessous. Une de ses jambes eut un sursaut spasmodique, se raidit.

Une mare rouge se mit à couler de sous la voiture.

Piaget passa devant Dasein en hurlant à Scheler de relever le pont.

On entendit un compresseur se mettre en branle. La Lincoln frémit, se souleva, révélant un corps dont la tête, méconnaissable, avait été écrasée par l'un des bras du vérin.

Dasein se détourna, courut hors du garage pour vomir. *Cela aurait pu être moi. C'était moi que l'on visait.* Il prit conscience d'une soudaine agitation, de la plainte d'une sirène dans le lointain.

Deux mécaniciens émergèrent du garage, soutenant un Sam Scheler pâle et titubant.

C'était son fils, se dit Dasein. Il sentit que ce fait avait la plus extrême importance, mais son esprit choqué ne pouvait lui fournir la moindre explication.

Il entendit l'un des mécaniciens qui soutenaient Scheler lui dire :

— C'était un accident, Sam. Vous ne pouviez rien y faire.

Ils pénétrèrent dans la station avec lui.

Le hululement d'une sirène s'approchait. Dasein s'éloigna vers le parc de stationnement, s'adossa à une barrière.

Il vit son camion démarrer, disparaître à l'intérieur de l'atelier.

L'ambulance se faufila dans le parc de stationnement, tourna, recula vers le garage.

Elle repartit, sirène éteinte.

Piaget sortit du garage.

Il semblait étrangement abattu; sa démarche était hésitante — il avançait à petits pas précautionneux. Il vit Dasein, s'approcha de lui, comme à contrecœur. Une traînée de sang tachait le côté droit de sa blouse blanche; l'ourlet était maculé de cambouis, la manche gauche pleine de graisse.

Du sang et de la graisse — un mélange bizarre qui frappa Dasein mais à partir duquel on pouvait reconstituer toute une scène. Il frissonna.

— Je... j'ai besoin d'une tasse de café, dit Piaget. Il ferma les yeux un instant, les rouvrit pour considérer Dasein d'un regard implorant. « Il y a un café au coin. Voudriez-vous... » Il s'interrompit pour prendre une profonde inspiration. « J'ai mis ce gosse au monde. » Il hocha la tête. « Juste quand on se croit un médecin accompli, insensible à toute attache personnelle... »

Dasein ressentit un brusque sursaut de compassion envers Piaget et s'écarta de la barrière pour prendre le bras du docteur.

— Où est ce café? J'en aurais bien besoin moi aussi.

L'établissement était une étroite bâtisse en briques coincée entre une quincaillerie et une petite boutique sombre de bottier. La porte claqua derrière eux. L'endroit sentait la vapeur et l'omniprésent Jaspé. L'un des pompistes de Scheler — chemise vert sombre et casquette blanche — était assis au comptoir sur la gauche, les yeux plongés dans sa tasse de café. Un homme en tablier de cuir, cheveux gros, mains calleuses, mangeait un sandwich à l'autre bout.

Dasein conduisit Piaget à une table éloignée du comptoir et s'assit en face de lui.

Le pompiste se tourna vers eux, les regarda. Dasein vit un visage qu'il savait être celui d'un autre Scheler — les mêmes yeux bleu vif, les mêmes traits massifs, la même peau sombre. L'homme s'adressa à Piaget :

— Salut, Toubib. J'ai entendu une sirène.

Piaget leva les yeux, croisa le regard de son interlocuteur. Il pâlit. Prit deux brèves inspirations, se détourna, regarda l'homme à nouveau.

— Harry, commença-t-il et sa voix était un coassement rauque. « Je... n'ai pas pu... » Il ne put continuer.

L'homme descendit de son tabouret. Son visage était pâle, figé comme un masque.

— J'étais assis là... et j'ai senti... Il se passa une main sur les lèvres. « C'était... Bill! » Il pivota, se rua hors du café. La porte claqua derrière lui.

— C'est le second fils de Scheler, dit Piaget.

— Il savait. Et Dasein se rappela son expérience au lac, cette sensation de lien entre eux.

La vie se développe dans un océan d'inconscient, se remémora-t-il. *Sous l'empire de la drogue, ces gens perçoivent cet océan.*

Piaget considéra Dasein un moment puis dit :

— Bien sûr qu'il savait. Ne vous a-t-on jamais arraché une dent? N'avez-vous pas senti le trou là où elle se trouvait?

Une mince femme rousse en tablier blanc s'approcha d'eux. L'air troublé, elle examina Piaget.

— Je vous apporte votre café. Elle allait repartir, se ravisa. « Je... je l'ai senti... et Jim, à côté, est venu par-derrière me le dire. Je ne savais pas comment l'apprendre à Harry. Il restait assis sans bouger... de plus en plus abattu... il savait, mais refusait d'y croire. Je... » Elle haussa les épaules. « Autre chose, à part le café? »

Piaget fit non de la tête. Dasein s'aperçut avec étonnement que l'homme était au bord des larmes.

La serveuse s'éclipsa, revint avec deux tasses de café, repartit vers la cuisine — tout ceci sans un mot. Elle aussi avait remarqué l'émotion de Piaget.

Dasein soupira, leva sa tasse, l'approcha de ses lèvres, hésita. Le café avait une odeur bizarre, amère, en plus de celle, habituelle, du Jaspé. Il approcha le nez de la tasse, huma. C'était bien amer. Un panache de vapeur serpentait à la surface du liquide sombre : Dasein crut y voir un cobra, tête dressée, prêt à le frapper de ses crochets mortels.

Il reposa la tasse en tremblant, leva les yeux et rencontra le regard interrogateur de Piaget.

— Il y a du poison dans ce café, dit-il d'une voix rauque.

Piaget regarda sa propre tasse.

Dasein la lui prit, la renifla. L'odeur amère n'y était pas. Il le goûta du bout des lèvres — il était chaud... embaumait le Jaspé... le café...

— Quelque chose ne va pas?

Dasein leva les yeux et vit la serveuse devant lui.

— Il y a du poison dans mon café.

— Absurde! Elle s'empara de la tasse que tenait Dasein, fit mine de la boire.

Piaget l'arrêta en lui posant la main sur le bras.

— Non, Vina... celui-ci. Et il lui tendit l'autre tasse.

Elle l'observa, la huma, la reposa et détala vers la cuisine. Elle était déjà de retour, portant une petite boîte de couleur jaune. Son visage était pâle comme un linge. Ses taches de rousseur ressortaient sur ses joues et son nez comme les marques de quelque maladie.

— De la poudre à cafards, murmura-t-elle. J'ai... la boîte était renversée sur l'étagère au-dessus du comptoir. Je... Elle fit un signe de tête.

Dasein regarda Piaget, mais le docteur refusa de croiser son regard.

— Encore un accident, dit Dasein d'une voix égale. « Hein, Docteur? »

Piaget s'humecta les lèvres.

Dasein sortit de table, bouscula la serveuse. Il prit la tasse de café empoisonné et la renversa délibérément sur le sol.

— Un accident peut toujours arriver, n'est-ce pas... Vina?

— Je vous en prie... Je... ne voulais pas...

— Bien sûr que vous ne vouliez pas.

— Vous ne comprenez pas.

— Je comprends trop bien. Qu'est-ce que ce sera la prochaine fois? Une balle perdue? Que diriez-vous de quelque objet massif tombant d'un toit... Par accident, bien entendu. Il fit demi-tour, sortit du café à grands pas, s'arrêta sur le trottoir pour examiner les alentours.

C'était une ville tellement *normale*. Les arbres longeant le parc de stationnement : normaux. Le jeune couple qui descendait le trottoir d'en face : si normal. Les bruits — un camion dans l'avenue sur sa droite, les voitures devant lui, un couple de geais qui se chamaillaient au sommet d'un arbre, deux femmes en discussion sur le pas d'une maison en bas de la rue — tout ceci était réellement normal.

La porte battante résonna derrière lui. Piaget vint le rejoindre.

— Je sais à quoi vous pensez.

— En êtes-vous sûr?

— Je sais comment tout ceci doit vous paraître.

— Pas possible?

— Croyez-moi, dit Piaget. Il ne s'agit que d'une incroyable série de coïncidences qui...

— Des coïncidences! Dasein s'était brusquement tourné vers lui. « Jusqu'où peut aller votre crédulité, Docteur? Combien de temps allez-vous encore raisonner avant de devoir admettre... »

— Gilbert, je me couperais le bras droit plutôt que de voir quelque chose vous arriver. Jenny en aurait le cœur brisé...

— Vous ne voyez vraiment pas, n'est-ce pas? La voix de Dasein était horrifiée. « Vous ne voyez pas. Vous refusez de voir. »

— Dr Dasein?

C'était une voix sur sa droite. Dasein se tourna et vit Harry — « le second fils de Scheler » — la casquette à la main. Il paraissait plus jeune que dans le café — pas plus de dix-neuf ans. Son attitude était emplie de tristesse et d'hésitation.

— Je voulais... Il s'interrompit. « Mon père m'a dit de vous dire... nous savons que ce n'était pas de votre faute si... » Il regarda Dasein dans les yeux, quémandant son aide.

Dasein sentit une brusque compassion pour le jeune garçon. Devant ce témoignage de pudeur. Malgré leur peine, les Scheler avaient trouvé le temps d'essayer de réconforter Dasein.

Ils ont cru que je me sentais coupable, se dit Dasein. Le fait qu'il n'eût pas éprouvé un tel sentiment l'emplissait maintenant d'une bizarre sensation de remords.

Si je n'avais pas... Il élimina cette pensée. *Si je n'avais pas quoi? Cet accident me visait.*

— Ça ira, Harry, intervint Piaget. Nous comprenons.

— Merci, Doc. Il regarda le médecin avec soulagement. « P'pa m'a dit de vous prévenir que... la voiture, le camion du Dr Dasein... Les nouveaux phares sont montés. C'est tout ce que nous avons pu faire. La direction... Il faudra que vous conduisiez lentement tant que vous n'aurez pas remplacé tout le train avant. »

— Déjà? s'étonna Dasein.

— Ce n'est pas long de changer des phares, Monsieur.

Dasein reporta son attention sur Piaget. Ce dernier lui rendit son regard avec une expression explicite : « *Ils veulent que vous ôtiez votre camion. Ça leur rapelle...* »

Dasein opina. Oui. Le camion leur rappelait cette tragédie. C'était logique. Sans un mot, il se dirigea vers le garage.

Piaget le rattrapa.

— Gilbert... Je dois insister pour que vous veniez à la maison. Jenny peut...

— Insister?

— Vous êtes une vraie tête de mule, Gilbert.

Dasein contint sa colère qui montait et dit :

— Je n'ai pas plus envie que vous de blesser Jenny. C'est la raison pour laquelle j'ai décidé d'agir seul. Je n'ai pas vraiment envie que vous sachiez à l'avance la moindre de mes actions. Je n'ai pas envie que l'un de vous m'attende au coin avec l'un de vos... accidents.

— Gilbert! Il *faut* vous débarrasser l'esprit de cette idée! Personne ici ne vous veut de mal.

Ils avaient atteint maintenant l'aire de stationnement qui s'étendait entre la station et l'atelier. Dasein regarda la porte béante du garage. Il avait brusquement l'impression d'y voir une gueule garnie de dents meurtrières, prête à se refermer sur lui. La porte béait, bâillait avant de l'avaler.

Dasein hésita, ralentit, s'arrêta.

— Qu'y a-t-il encore? demanda Piaget.

— Votre camion est juste à l'entrée, lui dit Scheler. Vous pouvez prendre le volant et...

— Et la facture? s'enquit Dasein, pour gagner du temps.

— Je m'en occupe, annonça Piaget. Allez prendre votre camion pendant que je règle ça. Ensuite nous irons à...

— Je veux que vous me sortiez le camion. Et ce disant, il s'écarta hors de portée de ce qui pourrait éventuellement jaillir de cette porte béante.

— Je comprends votre réticence à rentrer là-dedans, dit Piaget, mais franchement...

— Sortez-le moi, Harry.

Le jeune homme regarda Dassein, l'air pris au piège.

— Ben, c'est que j'ai...

— Sors-lui son foutu camion, ordonna Piaget. Tout ceci est ridicule!

— Monsieur? Harry tourna les yeux vers Piaget.

— Je t'ai dit de lui sortir son foutu camion! répéta le médecin. Je commence à en avoir par-dessus la tête!

En hésitant, le garçon se dirigea vers la porte de l'atelier. Il avançait d'un pas traînant.

— Ecoutez, Gilbert, lui dit Piaget. « Vous n'allez quand même pas croire que nous... »

— Je crois ce que je vois, coupa Dasein.

Piaget leva les bras et se détourna, exaspéré.

Dasein écouta les bruits en provenance de l'atelier.

D'ici, ils étaient étouffés — des voix, des cliquetis, le ronronnement de quelque machine.

Une portière claqua. Celle du camion, semblait-il. Dasein reconnut le crissement du démarreur. Le moteur démarra, accompagné de son toussotement caractéristique qui fut immédiatement noyé dans le fracas d'une explosion. Une boule de feu jaillit de la porte du garage.

Piaget sauta en arrière en poussant un juron.

Dasein passa devant lui en courant pour aller voir dans le garage.

Il aperçut des silhouettes qui se ruaient vers la porte à l'autre bout. Son camping-car était au milieu de l'allée centrale, encerclé par les flammes. Tandis qu'il avait les yeux sur son camion, une forme en feu jaillit du brasier, tituba, s'effondra.

Derrière Dasein une voix cria :

— Harry!

Sans l'avoir voulu consciemment, Dasein se retrouva à l'intérieur du bâtiment, luttant contre les flammes pour traîner le garçon en lieu sûr. Il sentit la chaleur, la douleur. Le brasier ronflait et craquait tout autour de lui. Une odeur d'essence et de brûlé lui envahit les narines. Il vit une rivière de feu couler vers lui sur le sol. Une poutre embrasée s'effondra à l'endroit même où s'était trouvé le jeune homme. L'air était empli de cris, il régnait une confusion gigantesque.

On jeta quelque chose de blanc sur la silhouette qu'il tirait, noyant le feu. Des mains l'écartèrent. Dasein réalisa qu'il était hors du garage. C'était Piaget qui avait jeté sa blouse sur Harry pour étouffer les flammes.

Quelqu'un semblait faire de même avec les bras de Dasein et le devant de sa veste, en se servant d'un manteau et d'une housse. Quand on les retira, Dasein regarda ses membres : la chair noire et rouge, les cloques qui gonflaient. Les manches de sa veste et de sa chemise s'arrêtaient à hauteur du coude en fragments carbonisés.

La douleur commença — brûlure lancinante le long

de ses bras, sur le dos de ses mains. Aveuglé par la souffrance, Dasein entrevit un break qui pilait à côté de lui, des hommes qui transportaient à l'arrière la silhouette emmitouflée de Harry. D'autres mains l'aidèrent à s'installer sur le siège du passager.

Des voix : « Doucement! » « Amène-les à la clinique, Ed, et grouille-toi. » « Eh, donnez-nous un coup de main. » « Par ici! par ici! »

Puis des sirènes, et le grondement de moteurs de camions.

Dasein entendit la voix de Piaget, à l'arrière du break : « Okay, Ed. On peut y aller. »

La voiture se mit en mouvement, fonça vers la rue, vira, prit de la vitesse. Dasein regarda le conducteur, reconnut l'un des pompistes, se tourna vers l'arrière.

Piaget était penché sur le jeune blessé.

— Comment est-il? demanda Dasein.

— Il portait des caleçons longs : ça l'a protégé. Il a dû se cacher le visage avec sa casquette mais son dos est en mauvais état. Tout comme les jambes, les bras et les mains.

Dasein contempla le blessé.

— Est-ce qu'il...

— Je crois qu'on l'a tiré à temps. Je lui ai fait une injection pour l'endormir. Il regarda les bras de Dasein. Vous voulez une piqûre?

Dasein fit un violent signe de dénégation :

— Non.

Qu'est-ce qui m'a poussé à le sauver? se demanda-t-il. Une réaction instinctive. Et qui l'avait précipité dans cette situation vulnérable : blessé, et enfermé dans une voiture en compagnie de deux Santarogans. Dasein testa sa *conscience de Jaspé* embryonnaire, ce sixième sens qui l'avait déjà averti du danger. Rien. La menace semblait s'être retirée. *Est-ce pour cela que j'ai porté assistance à Harry? Avec l'espoir d'apaiser Santaroga en sauvant l'un des siens alors même qu'ils essayaient de m'éliminer?*

— Encore un accident, remarqua Piaget mais sa voix avait une vague intonation dubitative.

Dasein croisa le regard interrogateur du médecin, hocha la tête.

Le break tourna dans une rue bordée d'arbres et Dasein reconnut le large porche du domicile de Piaget. Ils passèrent devant, empruntèrent une allée gravillonnée qui contournait la maison, franchirent une haute palissade et s'arrêtèrent sous le portique d'un édifice en brique d'un étage.

Malgré sa douleur Dasein remarqua que le bâtiment était caché de la rue par la palissade et par une rangée de résineux : il devait faire partie du complexe auquel appartenait le pavillon de Piaget. Un point qui lui semblait vaguement important.

Des employés en blouse blanche avaient jailli de l'édifice et sortaient le jeune blessé du break. Piaget ouvrit la portière de Dasein et dit : « Etes-vous capaple d'y aller tout seul, Gilbert?

— Je... crois que oui.

Dasein tendit les bras devant lui, se glissa hors du véhicule. Toute son attention se portait sur ses mouvements douloureux. La migraine commençait à gagner son front, une névralgie lui descendait sur le côté droit du visage. L'édifice en briques, les portes battantes vitrées, les mains qui le guidaient avec précaution... tout ceci semblait s'effacer dans le lointain.

Je suis en train de m'évanouir. Il sentait qu'il pourrait s'avérer très dangereux de sombrer dans l'inconscience. Il réalisa brusquement qu'on l'avait placé dans un fauteuil roulant et qu'il descendait un corridor aux murs peints en vert. Ce sursaut de lucidité ramena la douleur. Il retomba dans les brumes bénies de l'inconscience. C'était presque une sensation physique : il sentait son corps rebondir entre ces deux murs — la douleur et l'inconscience.

L'éclat des lumières!

Il était baigné de lumière. Il entendit un bruit de

ciseaux. Baissa les yeux, vit des mains qui s'affairaient. On lui coupait les manches de ses vêtements, le tissu se détachait de sa chair carbonisée.

C'est ma propre chair, songea-t-il et il détourna le regard.

Un contact froid sur son épaule gauche, une piqûre, une traction. Une main tenant une seringue hypodermique passa dans son champ de vision. Le plus remarquable à cet instant était que sa vision se limitait à un plan : la lumière, une brume scintillante au milieu de laquelle passaient des mains, des visages. On le déshabillait. On appliquait une substance sur ses bras, ses mains, son visage : fraîche, douce, apaisante.

Ils m'ont fait une piqûre pour m'endormir. Il essaya de se concentrer sur le danger, sur sa totale vulnérabilité. Mais sa conscience refusait de réagir. Incapable de traverser la brume scintillante.

Il y avait des voix. Il se concentra dessus. Quelqu'un disait : « Pour l'amour du ciel! Il avait une arme. » Puis une autre : « Posez ça! »

Pour quelque raison, cela l'amusa mais son corps refusa de rire.

Il repensa alors à son camping-car tel qu'il l'avait vu pour la dernière fois : une boule de flammes orange. Toutes ses notes étaient restées à l'intérieur, réalisa-t-il. Toutes les preuves qu'il avait pu accumuler sur Santaroga étaient parties en fumée. *Des preuves?* songea-t-il. *Des notes... des spéculations...* il avait encore tout à l'esprit. Il pouvait se le rappeler.

Mais la mémoire s'efface avec la mort! pensa-t-il soudain.

La terreur galvanisa le minuscule noyau d'individualité qui subsistait en lui. Il essaya de crier. Aucun son ne sortit. Essaya de bouger. Ses muscles refusèrent de lui obéir.

L'obscurité l'emporta comme une main géante.

Chapitre XI

Dasein s'éveilla avec le souvenir d'un rêve : une conversation avec des divinités sans visage.

« *Les tas de fumier s'élèvent et les forteresses s'effondrent.* » Voilà ce qu'avait dit l'une des voix en écho de son rêve. « *Les tas de fumier s'élèvent et les forteresses s'effondrent.* »

Dasein sentait qu'il était important de s'en rappeler tous les détails. Oui. « Je suis l'homme qui s'est éveillé. » C'est ce qu'il avait tenté de dire aux dieux sans visage. « Je suis l'homme qui s'est éveillé. »

Le rêve était comme une trame fluide dans ses souvenirs, un *processus* insécable. Empli de crainte et d'actions immédiates. Générateur d'une frustration chronique. Il avait tenté de réaliser une chose qui était en soi impossible. Qu'avait-il essayé de faire? Ça lui échappait.

Dasein se souvint de la main d'obscurité qui avait précédé son rêve. Il prit sa respiration, ses yeux s'ouvrirent brusquement. Le jour. Il était couché, dans une chambre aux murs verts. Par la fenêtre sur sa gauche il apercevait la branche rouge et torse d'un arbre, des feuilles vert olive, le ciel bleu. Il prit alors conscience de son corps : les bandages, la douleur le long de ses bras ; le pansement sur son front, sur sa joue droite. Il avait la gorge sèche, un goût amer sur la langue.

Mais le rêve s'accrochait toujours à lui. Comme une *chose* désincarnée. Désincarnée. La mort! C'était un indice. Il le savait. Dasein se rappela les termes de Piaget, parlant « d'expérience instinctive commune ». Quel rapport entre l'instinct et son rêve? L'instinct. L'instinct. Qu'est-ce que c'était? Un schéma inné imprimé dans le système nerveux. La mort. L'instinct.

« Regarde vers l'intérieur, vers l'intérieur. O Homme, regarde en toi-même! » avaient dit les dieux sans visage. Il s'en souvenait maintenant. Il eut envie de rire.

C'était ce vieux syndrome du « connais-toi toi-même »; la maladie des psychologues. Intérioriser. Toujours plus loin. L'instinct de mort gisait là, avec tous les autres instincts. Se connaître soi-même? Dasein sentait bien qu'il ne pourrait y parvenir sans mourir. La mort était le décor devant lequel la vie pouvait se reconnaître.

Il entendit un raclement de gorge sur sa droite.

Il se raidit, tourna la tête.

Winston Burdeaux était assis près de la porte. Dans son visage de Maure, les yeux bruns le scrutaient avec perplexité.

Pourquoi Burdeaux? s'interrogea Dasein.

— Je suis heureux de vous voir éveillé, Monsieur. La voix grondante de Burdeaux avait un accent de camaraderie réconfortante. Etait-ce là la raison de sa présence? L'avait-on réquisitionné pour apaiser et bercer la victime?

Mais je suis toujours en vie, se dit-il.

S'ils avaient voulu me nuire, quelle meilleure occasion que celle-ci? Alors qu'il était impuissant, inconscient...

— Quelle heure est-il? Parler lui tirait douloureusement la joue.

— Il est presque dix heures et la matinée est radieuse, répondit Burdeaux avec un sourire — éclair des dents blanches dans le faciès sombre. « Voulez-vous quelque chose? »

A cette question, l'estomac de Dasein se noua sous

l'aiguillon de la faim. Il hésita à lui demander un petit déjeuner. Que mettrait-on dans la nourriture qu'on lui servirait?

La faim, c'est plus qu'avoir l'estomac vide, songea-t-il. *Je peux bien me passer d'un repas.*

— Ce que je voudrais, c'est savoir pourquoi vous êtes là.

— Le Docteur a pensé que je pouvais être la personne la plus sûre, expliqua Burdeaux. Moi aussi naguère, j'étais de l'extérieur. Je peux me rappeler comment ça fait.

— Ils ont tenté de vous tuer, vous aussi?

— Monsieur!

— Bon... alors, avez-vous eu des accidents?

— Je ne partage pas l'opinion du docteur quant aux... accidents. Autrefois... peut-être. Mais je vois maintenant à quel point je me trompais. Les habitants de cette vallée ne veulent faire de mal à personne.

— Et pourtant vous êtes ici parce que le docteur a jugé que vous étiez *le plus sûr*. Et vous n'avez toujours pas répondu à ma question : avez-vous eu des accidents?

— Vous devez comprendre que lorsque vous ignorez les us de la vallée, vous risquez de vous trouver dans des... situations...

— Donc, vous avez bien eu des accidents. C'était la raison des colis secrets que vous faisiez parvenir de Louisiane?

— Des colis secrets?

— Pourquoi sinon les avoir fait expédier à Porterville?

— Oh, vous êtes au courant. Burdeaux hocha la tête, eut un petit rire. « Vous n'avez jamais eu envie des spécialités culinaires de votre enfance? J'avais l'impression que mes nouveaux amis ne comprendraient pas.

— Etait-ce bien cela? Ou bien vous êtes-vous réveillé un beau matin tremblant de terreur en songeant aux effets possibles de la nourriture Jaspée?

Burdeaux prit alors un air renfrogné :

— Monsieur, quand j'ai débarqué ici, je n'étais qu'un *négro* inculte. Maintenant, je suis un Noir éduqué... *et* un Santarogan. Je n'ai plus ces illusions qui...

— Vous avez donc essayé de lutter contre!

— Oui... j'ai lutté contre. Mais je n'ai pas tardé à comprendre ma stupidité.

— Une illusion.

— Parfaitement. Une illusion.

Oter à un homme ses illusions, songea Dasein, *c'est laisser un vide. Par quoi risquait-il d'être comblé?*

— Disons, poursuivait Burdeaux, qu'il fut un temps où j'ai partagé vos illusions.

— Il est normal de partager les illusions de sa propre société, murmura Dasein, autant pour lui-même. « Ce qui est anormal, c'est d'avoir ses illusions personnelles. »

— Remarque judicieuse, dit Burdeaux.

Il se posa de nouveau la question : *Par quoi le vide est-il comblé? Quelles sont les illusions propres aux Santarogans?*

Pour une part, il les savait incapables de voir la violence inconsciente qui provoquait des *accidents* visant les étrangers. La plupart d'entre eux, corrigea-t-il. Car il y avait une possibilité que Piaget commence à comprendre. Après tout, c'était lui qui avait envoyé Burdeaux. Et Jenny : « *Va-t-en loin de moi! Je t'aime!* »

Dasein se mit à voir les Santarogans sous un nouveau jour. Il y avait chez eux quelque chose de Romain... voire de Spartiate. Ils étaient renfermés, inamicaux, isolés, orgueilleux, se coupaient de tout échange d'idées susceptibles de... Il hésita sur ce point : il gardait le souvenir de la régie de TV dans la chambre de l'hôtel.

— La chambre que vous avez tenté de me cacher, dit-il. A l'auberge — celle avec les récepteurs de télévision...

— Ce n'est pas en fait à *vous* que nous voulions la cacher, répondit Burdeaux. En un sens, nous la cachons à nous-mêmes, et aux étrangers de passage. Il y a quelque chose d'extrêmement attirant dans le mal que déverse la télé. C'est la raison pour laquelle nos spectateurs se relaient. Mais nous ne pouvons l'ignorer. La télévision est la clé qui ouvre sur l'extérieur et ses dieux.

— Ses dieux? Son rêve lui revint soudain à l'esprit.

— L'extérieur a des dieux fort pratiques.

— Qu'est-ce qu'un dieu pratique?

— Un dieu pratique? C'est un dieu qui est d'accord avec ses fidèles. C'est une façon comme une autre d'éviter de se faire conquérir, voyez-vous.

Dasein se détourna de son interlocuteur pour se perdre dans la contemplation du plafond vert. *Conquérir les dieux?* Etait-ce la cause de son impression de frustration lors du rêve?

— Je ne comprends pas, murmura-t-il.

— Vous avez encore certaines des illusions de l'extérieur. Là-bas, ils n'essaient pas vraiment de comprendre l'univers. Oh, ils disent le contraire, mais en vérité ils en sont loin. Leurs actes le prouvent. Ils essaient de *conquérir* l'univers. Dont font partie les dieux... y compris ceux créés par l'homme.

— Faute de pouvoir les battre, ralliez-vous. Pour ne pas se faire conquérir, un dieu pratique approuve ses opposants, c'est bien ça?

— Vous êtes aussi lucide que le disait Jenny, remarqua Burdeaux.

— Donc, les gens de l'extérieur attaquent leurs dieux.

— Tout ce qui n'est pas soumission abjecte possède une part d'agression. Vous essayez de changer un dieu : N'est-ce donc pas l'accuser d'être en désaccord avec vous?

— Et vous tirez tout cela de la télé?

— De la... Burdeaux gloussa. Oh non, Docteur Gil... Ça ne vous dérange pas que je vous appelle ainsi?

Dasein se tourna pour croiser le regard interrogateur du Burdeaux. *Docteur Gil.* Protester eût été se montrer ridiculement collet monté. Mais Dasein sentait qu'approuver aurait signifié une reculade — la perte d'une bataille importante. Il ne voyait pourtant pas comment soulever une objection.

— Comme vous voudrez. Expliquez-moi simplement cette histoire de télévision.

— C'est... notre *fenêtre* sur le monde extérieur. Cet univers d'expédients permanents, on le retrouve dans la télé. Et nous le découvrons à travers elle...

— Des expédients permanents? Dasein tenta de se soulever sur les coudes mais la douleur de ses bras brûlés le contraignit à se rallonger. Il continuait de regarder Burdeaux.

— Ma foi, bien sûr Monsieur : le monde extérieur fonctionne à coups d'expédients provisoires, Docteur Gil. Vous devez le savoir. Et le provisoire finit toujours, d'une manière ou de l'autre, par devenir définitif. La taxe temporaire, la *petite* guerre nécessaire, les violences momentanées, qui cesseront dès lors que certaines conditions auront disparu... l'agence gouvernementale créée pour assurer un *interim* permanent...

— Alors, vous regardez les bulletins d'information pour en tirer tout ceci...

— Pas seulement les bulletins, Docteur Gil. Tous les programmes. Et nos observateurs en font des résumés écrits que... Voyez-vous, tout est télévision, là-bas : la vie, tout. Les gens de l'extérieur sont des spectateurs. Ils s'attendent à ce que tout leur arrive et ne désirent faire rien de plus que tourner un bouton. Ils veulent rester dans leur fauteuil et voir la vie venir à eux. Ils regardent le dernier film après minuit et ferment leur poste. Puis ils vont au lit et dorment — ce qui est une autre façon de se débrancher, tout comme la télé. Le problème est que leur film d'après minuit passe parfois bien plus tard qu'ils ne le pensent. Il est désespérant de ne pas être capable de s'en rendre compte, Docteur Gil. Et le désespoir mène à la violence. Un beau matin, presque tous ces pauvres gens finissent par s'apercevoir qu'ils ont raté le spectacle de la vie, malgré toute leur assiduité devant l'écran. Le spectacle n'a pas eu lieu parce qu'ils n'y ont pas joué. Ils ne sont jamais monté sur scène, n'ont jamais touché la réalité. Ce n'était qu'illusions... trompeuses. »

Dasein se pénétra du sens de ces paroles, de leurs sous-entendus. Il y avait dans les phrases de Burdeaux un terrifiant accent de vérité.

— Alors, ils se débranchent, murmura Dasein.

— C'est de la télé de bout en bout.

Dasein tourna la tête, regarda dehors.

— Franchement, vous devriez manger quelque chose, Docteur Gil, reprit Burdeaux.

— Non.

— Docteur Gil, vous êtes un homme avisé pour certaines choses, mais pour d'autres...

— Ne me parlez pas d'homme avisé. Mais plutôt d'homme averti.

— La nourriture d'ici est de tout premier ordre. J'irai la chercher et vous servirai moi-même. Vous n'avez pas à craindre de...

— J'ai suffisamment été échaudé...

— Il ne faut pas extrapoler, Docteur Gil.

— Win, je vous admire et je vous fais confiance. Vous m'avez sauvé la vie. Rien ne vous poussait à le faire mais vous l'avez fait. C'est pour cela que le Docteur Piaget vous a envoyé ici. Mais un *accident* pourrait arriver — même avec vous.

— Vous me blessez de parler ainsi, Docteur Gil. Je ne suis pas du genre à étreindre d'une main pour étrangler de l'autre.

Dasein soupira. Il avait offensé Burdeaux mais avait-il le choix... Il prit soudain conscience qu'il était assis sur un genre de bombe bien particulier. Santaroga avait cessé ses attaques contre lui, probablement à cause de son actuelle impuissance. Mais la communauté était fort capable de se remettre à élaborer des *accidents* dès lors qu'il voudrait sortir des voies permises.

Tout ce qu'il voulait à l'heure actuelle, c'était partir

loin d'ici. C'était une envie désespérée même s'il savait sans doute possible qu'elle devait se trouver sur la liste des interdictions.

La porte s'ouvrit derrière Burdeaux. Une infirmière entra à reculons, tirant un chariot. Elle se retourna. Jenny!

Ignorant ses brûlures, Dasein se souleva sur les coudes.

Jenny le considérait avec une expression bizarrement douloureuse. Ses lèvres pleines s'arrondissaient comme si elle faisait la moue. Elle avait noué ses longs cheveux bruns en un chignon strict. Elle portait un uniforme blanc, des bas et des souliers blancs aussi — pas de toque.

Dasein déglutit.

— Miss Jenny, dit Burdeaux. Qu'avez-vous sur ce chariot?

Elle parla, sans quitter des yeux Dasein.

— De quoi nourrir cet idiot. J'ai tout préparé moi-même.

— Je viens d'essayer de le persuader de manger, mais il ne veut rien entendre.

— Voudriez-vous nous laisser seuls un moment, Win? Je désire...

— Le docteur a dit que je ne devais pas...

— Win, s'il vous plaît? Elle se tourna vers lui, implorante.

Burdeaux avala sa salive.

— Bon... puisque c'est vous...

— Merci, Win.

— Vingt minutes, l'avertit-il. Je serai juste dehors dans le couloir si vous avez besoin de m'appeler.

— Merci, Win.

Elle reporta son attention vers Dasein.

Burdeaux quitta la chambre, referma la porte sans bruit.

Dasein ouvrit la bouche :

— Jen, je...

— Tais-toi, le coupa-t-elle. Ne commence pas à gâcher tes forces. Oncle Larry a dit...

— Je ne vais pas manger ici, termina-t-il.

Elle tapa du pied.

— Gil, tu fais...

— Je fais l'idiot. Mais l'important est que je sois vivant.

— Mais regarde-toi! Regarde...

— Comment va Harry Scheler?

Elle hésita, puis :

— Il s'en tirera. Avec quelques cicatrices — tout comme toi, d'ailleurs, mais tu...

— Ont-ils pu découvrir ce qui s'est produit?

— C'était un accident.

— C'est tout? Rien qu'un accident?

— Ils ont parlé vaguement de rupture de la conduite d'essence après la pompe, de mauvaise connection électrique sur l'un des phares et de...

— Un accident. Je vois. Il se laissa retomber sur son oreiller.

— Je t'ai fait des œufs pochés et des toasts avec du miel, dit Jenny. Il faut que tu manges quelque chose pour te...

— Non!

— Gil!

— J'ai dit : non.

— De quoi as-tu peur?

— D'un autre accident.

— Mais j'ai tout préparé moi-même!

Il tourna la tête, la regarda dans les yeux et dit d'une voix basse :

— Va-t-en loin de moi. Je t'aime.

— Gilbert!

— C'est toi qui l'as dit, lui rappela-t-il.

Elle pâlit. S'appuya contre un chariot; elle tremblait.

— Je sais, dit-elle dans un souffle. Parfois, je peux sentir le... Elle leva les yeux, les larmes ruisselaient sur son visage. « Mais c'est vrai que je t'aime. Et tu es blessé. Je veux m'occuper de toi. J'ai *besoin* de m'occuper de toi. Regarde. » Elle souleva le couvercle de l'un des plats, prit une cuillère, le goûta.

— Jenny, murmura Dasein. Cette expression blessée sur son visage, l'intensité de son amour pour elle — il aurait voulu la serrer dans ses bras pour...

Jenny écarquilla soudain les yeux. Elle porta les deux mains à sa gorge. Sa bouche s'ouvrit mais aucun son n'en sortit.

— Jenny!

Elle hocha la tête, les yeux exorbités.

Dasein rejeta ses couvertures, grimaça car ce mouvement avait réveillé la douleur le long de ses bras. Mais il l'ignora, posa les pieds sur le sol dallé et froid, se redressa. Une onde de vertige le prit.

Jenny reculait vers la porte, les mains toujours sur la gorge.

Dasein se rua vers elle, la chemise de nuit lui battait les genoux. Il avait du mal à se mouvoir, ses jambes étaient comme du coton.

Brusquement, Jenny glissa jusqu'au sol.

Dasein, se souvenant de Burdeaux, hurla : « A l'aide! Win! A l'aide! » Il trébucha, se rattrapa au chariot qui se mit à rouler...

Dasein se retrouva le derrière par terre lorsque la porte s'ouvrit à la volée. Burdeaux était là, l'air ahuri; puis il aperçut Jenny qui gisait les yeux fermés, les genoux relevés, haletante.

— Appelez le docteur, croassa Dasein. Il y avait quelque chose dans la nourriture. Elle en a goûté un...

Burdeaux avait déjà compris. Il fit demi-tour, se rua dans le couloir sans refermer la porte.

Dasein se mit à ramper vers Jenny.

La chambre ondulait et tanguait autour de lui. Ses bras l'élançaient. La respiration de Jenny était sifflante... il aurait voulu se précipiter vers elle mais il n'en avait pas la force. Il n'avait avancé que d'un mètre lorsque Piaget surgit, Burdeaux dans son sillage.

Le visage blanc comme un linge, le médecin s'agenouilla près de Jenny. Désignant Dasein, il dit :

— Remettez-le au lit.

— La nourriture sur le chariot, dit Dasein d'une voix rauque. Elle y a goûté.

Une infirmière, blonde sous sa toque empesée, poussa un chariot d'urgence dans la chambre, se pencha sur l'épaule de Piaget. Ils disparurent de la vue de Dasein tandis que Burdeaux le soulevait pour le déposer sur le lit.

— Vous restez ici, Docteur Gil, dit Burdeaux. Il se tourna vers la scène près de la porte.

— Réaction allergique, disait Piaget. Suffocation. Il va falloir l'intuber.

L'infirmière passa quelque chose à Piaget, affairé auprès de Jenny ; il tournait le dos à Dasein.

— Atropine, dit le médecin.

Il saisit encore quelque chose.

Dasein avait du mal à voir clairement la scène. La terreur lui nouait la gorge. *Pourquoi suis-je si faible?* se demanda-t-il. Puis : *Mon Dieu, elle ne peut pas mourir. Je vous en supplie, sauvez-la.*

D'autres visages s'encadrèrent dans la porte, étonnés, silencieux.

Piaget leva les yeux, dit :

— Allez me chercher un brancard.

Quelques visages disparurent. On entendit un roulement dans le corridor.

Piaget se redressa :

— C'est tout ce que je puis faire. Mettez-la sur le brancard — la tête plus bas que les pieds. Puis, s'adressant à Dasein : — Qu'a-t-elle mangé?

— Elle a pris... Dasein montra du doigt le chariot de nourriture. « Je ne sais pas, elle a soulevé le couvercle, là. Des œufs? »

Piaget fit un pas vers le chariot, saisit un plat, le renifla. En se déplaçant, il avait dégagé la vue de la porte. Dassein aperçut une infirmière et deux brancardiers qui soulevaient Jenny et la portaient dehors. Il entrevit son visage, pâle; un tube lui sortait de la bouche.

— C'était du poison? interrogea Burdeaux d'une voix sourde.

— Bien sûr que c'était du poison! dit Piaget d'un ton sec. « Il a les effets de l'aconit. » Il se précipita dehors, l'assiette à la main.

Dasein écouta le bruit des roues du brancard, les pas pressés qui s'éloignaient dans le couloir, puis Burdeaux referma la porte, étouffant les sons.

Le corps trempé de sueur, Dasein laissa Burdeaux le border, sans résistance.

— Pendant un moment, tout à l'heure, dit Burdeaux, j'ai bien cru que c'était vous... qui l'aviez...

Elle ne peut pas mourir, se répétait Dasein.

— Je suis désolé, poursuivit Burdeaux. Je sais que vous ne lui feriez pas de mal.

— Elle ne peut pas mourir, murmura Dasein.

Il leva les yeux et vit deux traînées de larmes qui brillaient sur les joues sombres de Burdeaux. Ce spectacle provoqua chez lui une étrange réaction de colère. Il la sentait bouillonner en lui sans pouvoir la contrôler. De la rage! Elle n'était pas dirigée contre Burdeaux mais contre l'essence désincarnée de Santaroga, cette *chose* collective qui avait tenté d'utiliser la femme qu'il aimait pour le supprimer. Il fusilla Burdeaux du regard.

— Le Docteur Larry ne laissera rien arriver à Jenny. Il va... Puis il vit l'expression de Dasein et recula instinctivement.

— Sortez d'ici! croassa Dasein.

— Mais le Docteur m'a dit de...

— Le Docteur *Gil* vous dit de foutre le camp!

Le visage de Burdeaux prit une expression têtue.

— Je ne vais pas vous laisser tout seul.

Dasein se laissa retomber. Que pouvait-il faire?

— Vous avez fait une très mauvaise réaction la nuit

dernière, expliqua Burdeaux. On a dû vous donner du sang. Il ne faut pas que vous restiez seul.

On m'a fait une transfusion? Pourquoi ne pas m'avoir tué à ce moment? Ils m'ont sauvé pour Jenny!

— Vous avez tous tant d'égards pour Jenny, dit Dasein. Mais vous l'auriez laissée me tuer. Et se détruire par la même occasion, mais qu'importe? Sacrifier Jenny, tel était votre verdict, bande...

— C'est insensé, Docteur Gil.

— Aussi vite qu'elle était venue, la colère de Dasein disparut. Pourquoi s'attaquer au pauvre Win? Pourquoi s'attaquer à eux? Ils ne voyaient pas la poutre qu'ils avaient dans l'œil. Il se sentit abattu. Bien sûr que ça devait lui paraître insensé. Ce qui était raison pour une société était déraison pour une autre.

Dasein maudissait la faiblesse qui l'avait envahi.

— *Une mauvaise réaction.*

Il se demanda ce qu'il ferait si Jenny venait à mourir. Ses sentiments étaient curieusement partagés — une partie de lui-même se lamentait à cette idée, une autre bouillait de rage face au destin qui l'avait acculé dans ce coin... une autre enfin, qui analysait sans cesse...

Quelle part dans sa réaction de choc pouvait-elle être attribué au Jaspé? Avait-il été sensibilisé au produit de la même façon que les Santarogans?

Ils me tueront dans l'heure si Jenny disparaît.

Burdeaux parla :

— Je vais rester assis près de la porte. N'hésitez pas à m'appeler si vous désirez quoi que ce soit.

Il s'assit face à Dasein, croisa les bras — un vrai gardien.

Dasein ferma les yeux et pensa : *Jenny, je t'en prie, ne meurs pas.* Il se souvint de Piaget lui expliquant comment Harry Scheler avait perçu la mort de son frère.

Une place vide.

Et moi, comment puis-je percevoir Jenny? Il était troublé de ne pouvoir scruter en lui-même, découvrir

Jenny, se rassurer de sa présence. Une assurance qui n'avait pas de prix. Elle devait être là. C'était une chose dont n'importe quel Santarogan était capable.

Mais je ne suis pas un Santarogan.

Dasein sentit qu'il était en équilibre sur le fil du rasoir : d'un côté, le vaste océan inconscient de l'univers qui l'avait vu naître; de l'autre — ici même, ce lac aux eaux vertes — serein, retenu, dont la moindre gouttelette percevait ses semblables.

Il entendit une porte s'ouvrir, la tempête se lever sur l'océan d'inconscience, la brise rider la surface du lac. La sensation d'équilibre précaire disparut. Dasein ouvrit les yeux.

Piaget était debout au milieu de la chambre. Il avait un stéthoscope autour du cou. Des cernes de fatigue marquaient ses yeux. Il considérait Dasein l'air soucieux.

— Jenny? murmura Dasein.

— Elle vivra. Mais il était moins une.

Dasein ferma les yeux, inspira profondément. « Combien d'*accidents* identiques allons-nous encore endurer? » Il rouvrit les yeux, croisa le regard de Piaget.

Burdeaux s'approcha du médecin et dit :

— Il n'a pas cessé de dire des choses insensées, Docteur Larry.

— Win, voudriez-vous nous laisser seuls un moment?

— Vous êtes sûr? Burdeaux regarda Dasein de travers.

— S'il vous plaît. Il tira une chaise, s'assit près du lit, face à Dasein.

— Je reste à la porte, annonça Burdeaux. Il sortit, referma.

— Vous avez vexé Win, ce qui n'est pas facile à faire, remarqua Piaget.

— Vexé... Dasein resta sans voix. Puis il dit : « C'est tout ce que vous avez retenu des événements? »

Piaget baissa les yeux, considéra sa main droite, la serra, la rouvrit. Il hocha la tête.

— Je n'avais pas l'intention de paraître frivole, Gilbert. Je... Il leva les yeux vers son interlocuteur. « Il doit exister une explication raisonnable, rationnelle. »

— Vous ne pensez pas que le terme *accident* puisse tout expliquer?

— La prédisposition aux accidents...

— Nous savons l'un et l'autre que cette notion de prédisposition aux accidents, dans le sens commun du terme, n'a aucune réalité.

Piaget joignit le bout des doigts, s'adossa contre son siège. Il pinça les lèvres puis dit :

— Eh bien, du point de vue psychiatrique...

— Balivernes! aboya Dasein. Vous êtes prêt à retomber dans le vieux cliché de la ' tendance névrotique à l'autopunition ', cette défaillance dans le contrôle du moi. Mais comment aurais-je pu avoir un contrôle sur les travaux de réfection du pont? Ou sur ce gamin avec son arc et sa flèche...

— Un gamin avec un arc et une flèche?

Envoyant au diable sa promesse, Dasein lui narra l'incident du camping puis ajouta : « Et que faites-vous du pont de levage et de l'incendie? Sans parler du poison dans la nourriture que Jenny... Jenny, elle! Le plat qu'elle avait...

— D'accord! Vous êtes fondé à...

— Fondé? Mais c'est tout un syndrome que j'ai sous les yeux. Santaroga essaie de m'assassiner. Vous avez déjà tué un pauvre garçon apparemment innocent. Vous avez failli tuer Jenny. A qui le tour?

— Au nom du ciel, pourquoi irions-nous...

— Pour éliminer une menace. N'est-ce donc pas évident? Je suis une menace.

— Oh, écoutez vraiment...

— Vraiment! Ou bien puis-je sans problème faire quitter à Jenny cette vallée de fous et battre le rappel contre vous?

— Jenny ne quittera jamais sa... Il marqua une pause. Battre le rappel? Que voulez-vous dire?

— Bon. Qui fait pleurer les anges? Vous clamez que vous aimez Jenny, que vous ne laisseriez rien lui arriver. Et pourtant quoi de plus terrible pour elle que d'en faire l'instrument de ma propre mort?

Piaget pâlit, suffoqua.

— Elle... Il doit y avoir... Que voulez-vous dire par battre le rappel?

— Un Inspecteur du Travail est-il jamais venu jeter un œil sur la situation des enfants dans votre *école?* Et le Ministère de la Santé? Vos rapports ne mentionnent aucune maladie mentale à Santaroga.

— Gilbert, vous ne savez pas ce que vous dites.

— Ah non? Et la propagande antigouvernementale dans votre journal?

— Nous ne sommes pas contre le gouvernement, Gilbert, nous sommes...

— Quoi? Bon sang, je n'ai jamais vu un tel...

— Laissez-moi finir, je vous en prie. Nous ne sommes pas contre le gouvernement. Nous sommes contre l'*extérieur*. C'est loin d'être la même chose.

— Vous pensez qu'ils sont tous... cinglés?

— Nous pensons qu'ils vont tous finir par se bouffer entre eux.

De la folie, de la folie, songea Dasein. Il leva les yeux au plafond. Son corps était trempé de sueur. Il s'était impliqué avec tant d'ardeur dans sa discussion avec Piaget...

— Pourquoi avoir envoyé Burdeaux pour me surveiller?

Piaget haussa les épaules.

— Je... pour éviter tout risque au cas où vous auriez raison dans votre...

— Et vous avez pris Burdeaux pour ça. Dasein considéra Piaget. Il semblait à l'agonie, serrait et desserrait nerveusement les mains.

— Les raisons me paraissent évidentes, finit-il par dire.

— Vous ne pouvez pas vous permettre de me laisser quitter la vallée, n'est-ce pas?

— Vous n'êtes pas physiquement en état de...

— Le serai-je jamais?

Piaget affronta son regard.

— Comment puis-je vous prouver que vraiment nous...

— Existe-t-il ici un endroit quelconque où je sois à l'abri des accidents?

— A l'abri... Piaget hocha la tête.

— Vous désirez me prouver l'honnêteté de vos intentions?

Piaget pinça les lèvres, puis répondit :

— Il existe bien une chambre d'isolement... En terrasse — avec cuisine, et tout le confort... si vous...

— Burdeaux pourrait-il m'y monter sans me tuer?

Piaget soupira.

— Je vous y conduirai moi-même dès que j'aurai...

— Burdeaux.

— Comme vous voudrez. On peut vous déplacer en fauteuil roulant.

— Je marcherai.

— Vous n'avez pas assez de force pour...

— Je trouverai la force. Burdeaux peut m'aider.

— Très bien. Quant à la nourriture, nous pouvons...

— Je mangerai des conserves prises au hasard sur le rayon d'un supermarché. Burdeaux pourra faire mes courses en attendant que je...

— Bon, écoutez...

— C'est ainsi que je veux que ça se passe, docteur. Il m'apportera un large éventail de produits et j'y piocherai au hasard.

— Vous prenez des précautions inutiles...

— Faisons un essai, nous verrons bien combien d'accidents se produiront.

Piaget le dévisagea un moment puis dit :

— Comme vous voudrez.

— Et Jenny? Quand pourrai-je la voir?

— Elle a subi un sérieux choc nerveux, sans parler du traumatisme digestif. A mon avis, elle doit se passer de visites pendant plusieurs jours, tant que...

— Je ne quitterai pas cette chambre d'isolement tant que je ne vous aurai pas convaincu, rétorqua Dasein. Quand pourra-t-elle monter me voir?

— Il faudra plusieurs jours. Il pointa du doigt. « Maintenant, écoutez Gilbert — vous n'allez pas faire sortir Jenny de la vallée. Elle ne consentira jamais à... »

— Laissons-la en décider elle-même.

— Très bien. Vous verrez. Il se dirigea vers la porte, l'ouvrit. « Win? »

Burdeaux passa devant Piaget et pénétra dans la chambre.

— Il persiste à dire n'importe quoi, Docteur Larry?

— Nous allons faire une expérience, Win. Pour des raisons médicales concernant le Dr Dasein, et pour le bien-être de Jenny, nous allons l'installer dans la chambre d'isolement. Piaget désigna du pouce le plafond. « Il veut que vous l'y emmeniez. »

— Je vais chercher un fauteuil roulant.

— Le Dr Dasein veut essayer de marcher.

— Il en est capable? Burdeaux considéra Dasein l'air perplexe. « Il était trop faible pour se tenir debout rien qu'un instant... »

— Le Dr Dasein semble compter sur vos forces. Pensez-vous y arriver?

— Je pourrais le porter, mais ça me semble...

— Traitez-le avec autant de précautions qu'un bébé sans défense.

— Puisque vous le dites, Docteur Larry.

Burdeaux s'approcha du lit, aida Dasein à s'asseoir sur le bord. L'effort lui déclencha le vertige. La pièce se mit à tourner. Il entrevit Piaget qui se dirigeait vers la porte, l'ouvrait, attendait, les yeux fixés sur Burdeaux.

— Je vais porter ailleurs mon influence néfaste, dit le médecin. « J'espère que vous ne verrez pas d'inconvénient, Gilbert, à ce que je vous examine d'ici quelque temps — d'une façon toute professionnelle? »

— Pour autant que j'aie le dernier mot sur ce que vous comptez me faire.

— Je dois simplement vous avertir qu'il faudrait changer vos pansements.

— Win peut-il s'en charger?

— Votre confiance en Win est très touchante. Je suis certain qu'il en est impressionné.

— Peut-il...

— J'en suis certain — s'il suit mes instructions.

— Dans ce cas, c'est parfait.

Soutenu par Burdeaux, Dasein se leva en titubant. Il se retrouva debout, haletant, appuyé contre le Noir. Piaget sortit en laissant la porte ouverte.

— Vous êtes sûr d'y arriver, monsieur?

Dasein tenta de faire un pas. Ses genoux étaient comme de la guimauve. Il se serait certainement écroulé sans le soutien de Burdeaux.

— Faut-il prendre l'ascenseur? demanda Dasein.

— Oui monsieur. Il est juste en face.

— Eh bien allons-y.

— Oui monsieur. Excusez-moi monsieur. Burdeaux se pencha, prit Dasein dans les bras, se tourna pour franchir le seuil.

Dasein entrevit le visage étonné d'une infirmière qui descendait le corridor. Il se sentait idiot, impuissant — entêté. L'infirmière fronça les sourcils, regarda Burdeaux, qui l'ignora. Du coude, il pressa le bouton d'appel. L'infirmière poursuivit sa marche, en claquant des talons.

Les portes de l'ascenseur s'ouvrirent en chuintant.

Burdeaux le porta à l'intérieur, pressa le bouton marqué « Terrasse ».

Dasein sentit sa gorge s'assécher lorsque les portes de la cabine se refermèrent. Il leva les yeux vers le plafond couleur crème, le plafonnier oblong en verre dépoli et pensa : *Ils n'ont pas hésité à sacrifier Jenny. Pourquoi prendraient-ils des gants avec Burdeaux? Et si l'ascenseur se décrochait?*

Il y eut un bourdonnement assourdi. Dasein sentit la cabine monter. Puis les portes s'ouvrirent et Burdeaux le traîna dehors. Il entrevit une antichambre aux murs crème, une porte en acajou portant une plaque « Isolement ». Ils se retrouvèrent à l'intérieur.

C'était une longue pièce meublée de trois lits dont les fenêtres donnaient sur un toit goudronné. Burdeaux déposa Dasein sur le lit le plus proche, recula. « La cuisine est par là », annonça-t-il en désignant une porte battante à l'autre bout de la pièce. « Et la salle de bains, de ce côté. » Sa porte était en face du lit de Dasein. Il y en avait deux autres à droite de celle-ci. « Les autres portes donnent sur une penderie et dans un labo. C'est ce que vous vouliez, Docteur? »

Dasein croisa le regard calculateur de Burdeaux, répondit :

— Il faudra bien que ça aille. Il esquissa un sourire lugubre, puis lui expliqua ses dispositions pour la nourriture.

— Des conserves, monsieur?

— Je me repose sur vous, je le sais. Mais vous avez été... comme moi... autrefois. Je crois que vous sympathisez avec moi... au niveau inconscient. Je compte aussi là-dessus... Il eut un imperceptible haussement d'épaules.

— Le Docteur Larry est-il d'accord?

— Oui.

— Je me contente de prendre des boîtes sur un rayon... au hasard.

— Absolument.

— Ma foi, ça paraît complètement idiot, monsieur... mais je ferai ainsi. Il quitta la pièce en marmonnant.

Dasein se glissa tant bien que mal sous les couvertures, resta quelques instants immobiles pour reprendre ses forces. Il pouvait apercevoir derrière le bord du toit le sommet d'une rangée d'arbres — de grands sapins — et le ciel bleu sans nuages. La chambre inspirait le calme. Dasein soupira. L'endroit était-il réellement sûr? C'était un Santarogan qui l'avait choisi. Mais un Santarogan assailli par le doute...

Pour la première fois depuis des jours, Dasein sentit qu'il pouvait se décontracter. Une profonde lassitude l'envahit.

D'où provient cette faiblesse anormale?

C'était bien autre chose qu'une réaction de choc, ou qu'une conséquence de ses blessures. On aurait dit une blessure de l'âme, une atteinte de tout son être. Qui touchait tous ses muscles, les forçait à l'inactivité.

Dasein ferma les yeux.

Dans l'obscurité pourpre de ses paupières closes, Dasein se sentit frémir; son moi, terrifié, se repliait en position fœtale. Il ne faut pas bouger, se dit-il. Bouger peut être synonyme d'un désastre pire que la mort.

Un tremblement incontrôlable s'empara de ses jambes et de ses hanches, il claquait des dents. Il se força au calme, rouvrit les yeux, regarda le plafond.

C'est une réaction au Jaspé, pensa-t-il.

Il en sentait l'odeur dans la chambre. L'arôme lui titillait les sens. Il renifla, se tourna vers la tablette métallique proche du lit, le tiroir entrouvert. Il l'ouvrit jusqu'à la butée, roula sur le côté pour pouvoir jeter un coup d'œil à l'intérieur :

Vide.

Mais il avait dû contenir *quelque chose* de Jaspé. Et récemment.

Quoi?

Dasein scruta la chambre du regard. Une chambre d'isolement, avait dit Piaget. Isolement de quoi? Pour quoi? Ou contre quoi?

Il déglutit, se laissa retomber sur l'oreiller.

Il fut repris par cette délicieuse et terrifiante lassitude. Il sentit les flots verts de l'inconscience prêts à se refermer sur lui. Avec un effort de volonté désespéré il se força à garder les yeux ouverts.

Quelque part, tapie dans l'ombre, une présence funeste gémit.

Un dieu sans visage ricanait.

La porte d'entrée s'ouvrit.

Dasein se contraignit à l'immobilité de peur que le moindre mouvement de tête ne le fasse couler sous les flots montants de l'inconscience dans lesquels il se noierait...

Piaget pénétra dans son champ visuel. Il se penchait pour l'examiner. Le médecin lui souleva la paupière gauche, examina l'œil.

— Je veux bien être pendu si vous n'êtes pas encore en train de lutter contre, remarqua-t-il.

— Contre quoi? murmura Dasein.

— J'étais pratiquement certain que vous ne tiendriez pas le coup avec une telle dépense d'énergie, vu votre état. Il va falloir vous alimenter sous peu, vous savez.

Dasein prit soudain conscience de la douleur — de ce vide en lui. Il s'y raccrocha. Elle l'empêchait de céder aux vagues vertes qui l'enveloppaient.

— Vous savez quoi... reprit Piaget et il sortit de son champ visuel. Il y eut un crissement, un gémissement. « Je vais rester assis ici et vous surveiller en attendant que Win remonte avec de quoi gaver l'entêté que vous êtes. Je ne poserai pas la main sur vous et je ne laisserai personne d'autre vous toucher. Vos pansements peuvent attendre. Le plus important est que vous vous reposiez — dormez si vous le pouvez. Cessez de lutter. »

Dormir! Seigneur, comme cette lassitude était attirante.

Lutter contre quoi?

Il essaya de reformuler sa question, n'en trouva pas la force; toute son énergie se concentrait à s'accrocher au minuscule noyau de lucidité qui scintillait au milieu du plafond couleur crème.

— Ce contre quoi vous luttez, expliqua Piaget sur le ton de la conversation, c'est ce marais auquel vous voulez vous arracher. Mais la boue vous englue. C'est ce qui me conduit à penser que votre théorie possède peut-être un noyau de vérité — qu'un reste de violence s'accroche encore à nous, nous tire en fait vers l'obscurité.

La voix de Piaget était un ronronnement hypnotique. Ses phrases se frayaient un chemin sinueux à la lisière de sa conscience.

« ... une expérience de domestication... » « ... arraché à l'ex-tase, cette condition déterminée... » « ... il convient de restructurer le sens de l'identité... » « ... rien de neuf : l'humanité a toujours eu des problèmes de cet ordre... » « ... une manière d'expérience religieuse — la création d'un nouvel ordre de théo-botanistes... » « ... ne pas se dérober devant la vie ou la conscience de la vie... » « ... vers une société qui évolue progressivement, se développe en fonction des besoins collectifs... »

L'un des dieux sans visage murmurait dans le crâne de Dasein en un souffle tonitruant : « *Voici le commandement que je te donne : Un homme pauvre ne peut se permettre d'avoir des principes et un homme riche peut s'en passer.*

Dasein reposait maintenant sur un hamac de silence.

La crainte du mouvement l'envahissait.

Il percevait en lui une présence cosmique. Mais il gisait loin au-dessus. Quelque chose lui fit signe. Une présence familière. L'univers habituel. Il fut repoussé. L'endroit grouillait de formes déguisées qui tentaient de cacher un amoncellement de faux-semblants, de machinations, de masques brisés. Pourtant le signal subsistait. C'était un endroit dans lequel sa place était faite, auquel il pourrait s'adapter. Il sentit qu'il tentait de l'atteindre avec l'exubérance que donne la récompense méritée... fit marche arrière. L'amoncellement. Tout autour de lui, comme un drap jeté sur l'existence, un ennui sirupeux — apaisant, cajolant, sucré...

Et toujours, ce signal.

L'attrait en était inépuisable, l'appât d'un feu d'artifice somptueux, une palette éclaboussée de couleurs vives.

Ce n'était qu'un piège.

Il s'en rendit compte — une accumulation de clichés qui l'appelaient, une suite de réflexes en conserve.

Un univers haïssable.

Quel univers? se demanda-t-il. *Santaroga... ou bien l'extérieur?*

Quelque chose lui saisit l'épaule.

Il hurla.

Dasein se réveilla : il gémissait, grognait. Il lui fallut un moment pour se ressaisir. Où étaient passés les dieux sans visage?

Piaget était penché sur lui, une main sur son épaule.

— Vous avez fait un cauchemar. Il retira sa main. « Win est là avec les provisions — si l'on peut dire. »

La souffrance lui noua l'estomac.

Burdeaux était à sa droite, contre le lit voisin. Dessus, un carton empli de boîtes de conserve.

— Apportez-moi un ouvre-boîte et une cuillère, dit Dasein.

— Dites-moi juste ce que vous voulez et je l'ouvrirai, répondit Burdeaux.

— Je le ferai moi-même. Il se haussa sur les coudes. Le mouvement provoqua des élancements dans ses bras mais il se sentait mieux — comme s'il avait puisé des forces dans son désespoir.

— Suivez ses caprices, dit Piaget comme Burdeaux hésitait.

Ce dernier haussa les épaules et sortit par la porte face au lit.

Dasein rejeta ses couvertures, posa les pieds par terre. Il repoussa Piaget, s'assit. Ses pieds étaient en contact avec le dallage froid. Il prit une profonde inspiration, et tituba jusqu'au lit adjacent. Il avait les genoux plus solides mais il sentait la faiblesse de ses ressources.

Burdeaux reparut, lui tendit un ouvre-boîte mécanique.

Dasein s'assit près du carton, en sortit une grosse boîte verte, sans même regarder l'étiquette. Il fit tourner l'ouvre-boîte autour du couvercle, saisit la cuillère que lui offrait Burdeaux, souleva la rondelle métallique.

Des haricots.

Une odeur de Jaspé s'échappait de la boîte. Dasein consulta l'étiquette : « Conditionné par la Coopérative de Jaspé. » Il y avait un numéro de licence, une date — un an plus tôt — et un avertissement : « Vente en dehors de l'Etat interdite. Exposé : DEC. 64. »

Dasein contempla la boîte, étonné : du *Jaspé?* Ce n'était pas possible. Le produit ne supportait pas le transport. Il ne pouvait être conservé en dehors de...

— Un ennui? s'enquit Piaget.

Dasein étudia la boîte : Brillant du métal, couleurs vives de l'étiquette.

On pouvait y lire : « Haricots et Bœuf en sauce », en lettres jaunes.

Dasein ignora l'arôme attirant, examina le carton. Il essayait de se rappeler s'il avait ou non entendu le chuintement caractéristique d'un emballage sous vide lorsqu'il l'avait ouverte. Impossible.

— Il y a un problème? insista Piaget.

— Il ne peut pas y avoir de problème, dit Burdeaux. Tout provient du stock privé.

Dasein leva les yeux. Toutes les boîtes contenues dans le carton portaient la marque de la Coopé. *Stock privé?*

— Tenez, dit Piaget. Il prit la boîte et la cuillère des mains de Dasein, goûta les haricots, sourit. Il lui restitua le tout. Dasein s'en empara machinalement.

— Il n'y a rien d'anormal là-dedans, dit Piaget.

— Vaudrait mieux pas, constata Burdeaux. Ça vient de la réserve de Pete Maja; droit sorti de son stock privé.

— C'est du Jaspé, coassa Dasein.

— Naturellement que c'en est. Mis en conserve sur place pour la consommation locale. Et stocké ici pour préserver ses principes actifs, expliqua Piaget. Mais ça ne tient pas longtemps une fois ouvert, toutefois. Vous feriez mieux de commencer à manger. Doit rester cinq, dix minutes peut-être. Il eut un petit rire. « Une chance que vous soyez ici. Si vous aviez ouvert cette boîte à l'*extérieur*, elle n'aurait pas tenu plus de quelques secondes. »

— Pourquoi?

— Environnement hostile. Allez, mangez donc. Vous m'avez vu en prendre. Ça ne m'a rien fait.

Dasein tâta la sauce du bout de la langue. Une douce sensation se répantit dans son palais, descendit dans sa gorge. C'était délicieux. Il enfourna une pleine cuillère, l'engloutit.

Le Jaspé éclata dans son estomac.

Il se tourna, les yeux écarquillés, vers Burdeaux, croisa son regard extasié — ces yeux brun sombre dans lesquels scintillaient des paillettes d'or, tels des gris-gris africains. Il reporta son attention sur la boîte. Regarda dedans.

Vide.

Dasein éprouva une étrange sensation de souvenir — comme si l'on rembobinait un magnétophone — piaillement de la mémoire : sa main qui vidait le contenu de la boîte dans un mouvement de piston. Un bruit diffus de déglutition.

Il comprit l'origine de cette sensation d'éclatement : c'était une explosion de lucidité. Il n'avait plus faim.

Mon corps agit. Une sensation d'émerveillement l'envahit. *Mon corps agit*.

Piaget ôta la boîte et la cuillère de ses doigts sans résistance. Burdeaux l'aida à se recoucher, remonta les couvertures, le borda.

Mon corps agit, pensait Dasein.

Il y avait eu ce signal de mise en action — la perception que l'effet du Jaspé s'atténuait... et sa conscience s'était obscurcie.

— Là, dit Piaget.

— Et les bandages? demanda Burdeaux.

Piaget examina le pansement qui couvrait la joue de Dasein, se pencha pour le renifler, se redressa.

— Ce soir, peut-être.

— Vous m'avez pris au piège, c'est ça? dit Dasein, levant les yeux vers Piaget.

— Et le voilà reparti, protesta Burdeaux.

— Win! Je sais que vous avez pas mal de choses à faire. Si vous vous en occupiez tout de suite pour nous laisser, Gilbert et moi? Vous pourrez revenir vers six heures si vous voulez.

— Je pourrais appeler Willa et lui dire de...

— Inutile de déranger votre fille. Allez donc...

— Mais, si...

— Il n'y a aucun danger.

— Si vous le dites. Burdeaux se dirigea vers l'antichambre, s'arrêta un instant pour considérer Dasein, puis sortit.

— Que vouliez-vous me dire que ne puisse entendre Win?

— Et le revoilà reparti, railla Piaget, pastichant Burdeaux.

— Il doit y avoir quelque chose que...

— Je n'ai aucun secret pour Burdeaux!

— Vous l'avez pourtant envoyé pour me surveiller... parce qu'il était spécial. Il inspira profondément. Il se sentait l'esprit clair, éveillé. « Win était... *sûr*, pour moi. »

— Win mène sa propre existence et vous venez interférer. Il...

— Pourquoi était-il *sûr?*

— C'est votre impression. Pas la mienne. Win vous a sauvé d'une chute fatale. Vous avez nettement fait preuve d'empathie vis-à-vis de...

— Il est venu *de l'extérieur*. Il était comme moi... avant.

— Bien des nôtres viennent de l'extérieur.

— Vous aussi?

— Non, mais...

— Comment fonctionne réellement le piège?
— Il n'y a *pas* de piège!
— Quels sont les effets du Jaspé?
— A vous de vous poser la question.
— Techniquement... docteur?
— Techniquement?
— Comment agit-il?
— Oh. Entre autres choses, il accélère la catalyse des transmetteurs chimiques dans le système nerveux : la 5-hydroxy-triptamine et la sérotonine.
— Des modifications dans les cellules de Golgi?
— Absolument aucune. Il agit en brisant les systèmes de blocage, développe la faculté de représentation de l'esprit, accentue les processus de formulation consciente. Vous avez la *sensation* d'avoir comme une meilleure mémoire, une mémoire *perfectionnée*. Ce n'est pas vrai, bien sûr, ce n'est qu'une impression. Ou plutôt une conséquence annexe de la vitesse avec laquelle...
— La faculté de représentation, répéta Dasein. Que se passe-t-il lorsqu'un individu est incapable d'affronter tous ses souvenirs? Il existe parfois des souvenirs extrêmement désagréables, honteux... voire dangereusement traumatisants...
— Nous avons nos échecs.
— Des échecs dangereux?
— Parfois.

Dasein ferma la bouche — une réaction instinctive. Il respira par le nez. Profondément. L'odeur du Jaspé assaillit ses sens. Il tourna les yeux vers le carton plein de conserves posé sur le lit.

Le Jaspé. La carburant de la conscience. Une substance dangereuse. Une drogue de mauvais augure. Les fantasmes de l'imagination lui traversaient l'esprit. Il se tourna, surprit chez Piaget un regard ahuri.

— Vous ne pouvez pas y échapper, ici dans la vallée, n'est-ce pas?
— Qui le voudrait?

— Vous espérez me voir rester; et peut-être vous aider à soigner vos échecs.

— Il y a certainement du travail à faire.

La colère s'empara de Dasein :

— Comment puis-je réfléchir? Je ne peux échapper à cette odeur de...

— Du calme, fit Piaget. Calmez-vous maintenant. Vous finirez par ne plus même la remarquer.

Chaque société possède sa chimie essentielle : son arôme propre, une caractéristique primordiale mais qui est à peine perceptible par ses propres membres.

Santaroga avait tenté de le tuer, Dasein le savait. Maintenant, il se demandait si ce pouvait être à cause de son odeur différente. Il contempla le carton près du lit. Impossible! Cela ne pouvait être aussi superficiel.

Piaget contourna le carton, en arracha une petite bande de papier qu'il toucha du bout de la langue.

— Cette boîte était entreposée en bas, constata-t-il. C'est du papier, une matière organique. Toute substance d'origine organique s'imprègne de Jaspé au bout d'un certain temps d'exposition. Il jeta le bout de papier dans le carton.

— Serai-je comme cette boîte? interrogea Dasein. Il sentait le spectre qui le talonnait, cette essence qu'il ne pouvait éviter. La présence tapie dans son esprit s'agitait. « Est-ce que... »

— Sortez-vous ces idées de l'esprit.

— Serai-je l'un des échecs?

— Je vous ai dit de cesser.

— Pourquoi devrais-je?

Dasein s'assit dans le lit, poussé par la peur et par la colère; son esprit était envahi par des suppositions, toutes pires les unes que les autres. Il se sentait encore plus exposé et vulnérable qu'un enfant promis au martinet.

Un brusque retour de ses souvenirs le fit se rallonger. *Pourquoi ai-je choisi cet instant pour me rappeler ça?* Un incident douloureux qui remontait à son enfance lui était revenu à l'esprit. Il sentait encore la brûlure des lanières dans son dos.

— Vous n'êtes pas le type prédisposé à l'échec, disait Piaget.

Dasein contemplait la boîte odorante d'un regard accusateur.

Le Jaspé!

— Vous êtes de ceux qui peuvent monter très haut! Pourquoi vraiment croyez-vous que vous êtes ici? A cause de cette stupide étude de marché? Ou pour Jenny? Ah mais non. Rien d'aussi simple, d'aussi isolé. Santaroga appelle certains individus. Et ils viennent.

Dasein le regarda de biais.

— Je suis venu pour vous donner l'occasion de m'assassiner.

— Ce n'est pas notre intention!

— A un moment vous me soupçonnez d'avoir raison, l'instant d'après vous le niez.

Piaget soupira.

— J'ai une suggestion, dit Dasein.

— Ce que vous voulez.

— Vous n'allez pas l'apprécier.

Piaget le fusilla du regard : — Qu'avez-vous derrière la tête?

— Vous aurez peur de le faire.

— Je ne suis pas...

— C'est plus ou moins un test clinique, expliqua Dasein. Ce que je suppose, c'est que vous essaierez de l'éviter. Vous chercherez des excuses, n'importe quoi pour en sortir ou tenter de l'interrompre. Vous ferez tout pour me comprendre de travers. Vous tenterez de...

— Pour l'amour du ciel! Qu'avez-vous derrière la tête?

— Vous pouvez réussir.

— Réussir quoi?

— Réussir à ne pas faire ce que je vous suggère.

— N'essayez pas de m'acculer, Gilbert!

— Et voilà, ça commence. Il leva la main comme

Piaget allait parler. « Je veux que vous me laissiez vous hypnotiser. »

— Quoi?

— Vous m'avez bien entendu.

— Pourquoi?

— Vous êtes natif d'ici. Entièrement conditionné par ce... carburant de la conscience. Je veux découvrir ce qu'il y a là-dessous, quel genre de phobie se...

— De toutes les folies que...

— Je ne suis un quelconque illusionniste amateur. Je suis un psychologue clinicien, très versé en hypothérapie.

— Mais qu'espérez-vous possible de...

— Les terreurs d'un homme, expliqua Dasein. Ses craintes sont comme une balise. Dirigez-vous vers ce signal et vous découvrirez ses motivations sous-jacentes. Sous chaque peur se cache une violence non négligeable...

— Baliverne! Je n'ai pas de...

— Vous êtes un homme de l'art. Vous le savez fort bien.

Piaget le fixa. Il calculait en silence. Il finit par dire :

— Ma foi, tout homme a peur de la mort, naturellement. Et...

— Plus que ça.

— Gilbert, je ne suis pas ignare en ce domaine, comme vous devez le supposer. Remuer les zones que vous évoquez...

— Que remuerais-je?

— Nous savons l'un et l'autre qu'on ne peut le prédire avec précision.

— Vous agissez en tant que communauté... comme un groupe, une société que vous refusez de me voir explorer. Quelle est vraiment l'idole qu'elle vénère? D'un côté vous me dites : ' fouinez où vous voulez ', de l'autre, vous me claquez les portes au nez. Pour chaque agissement...

— Vous croyez franchement que certains d'entre

nous ont tenté de... vous tuer... au nom de la communauté?

— Pas vous?

— Les sociétés refusent de croire qu'elles sont mortelles, dit Piaget. Il doit en découler qu'une société, en tant que telle, n'a aucune croyance : si elle ne peut mourir, elle ne craint aucun jugement dernier.

— Et si elle ne craint aucun jugement, elle peut se permettre des actes, en tant que société, qu'aucun individu ne pourrait se permettre d'assumer.

— Peut-être, marmonna Piaget. Peut-être... Bon, d'accord. Mais pourquoi m'examiner, moi? Je n'ai jamais tenté de vous nuire.

Dasein détourna les yeux, pris de court par la question. Par la fenêtre, il distinguait derrière le rideau des arbres la pente des collines qui ceinturaient Santaroga. Il se sentait lui aussi encerclé par ses collines, pris dans un filet de significations.

— Et que faites-vous de ceux qui ont essayé de me tuer? rétorqua-t-il sèchement. « Feraient-ils des sujets convenables? »

— Le garçon, peut-être. De toute façon, il va falloir que je l'examine.

— Petey, le fils Jorick... un échec, hein?

— Je ne pense pas.

— Un autre *individu ouvert*... comme moi?

— Vous vous rappelez ça?

— Vous aviez dit ensuite que les sociétés mouraient, et que vous vous étiez coupés du monde... avec le Jaspé.

— Nous avions eu aussi une discussion à ce moment, si je me souviens bien. Vous êtes-vous ouvert maintenant? Est-ce que vous voyez? Etes-vous *devenu?*

Dasein se rappela soudain la voix de Jenny au téléphone : « Sois prudent. » Et sa terreur lorsqu'elle avait ajouté : « Ils veulent que tu t'en ailles. »

Piaget évoquait à nouveau pour lui le chat gris du jardin qui faisait taire les oiseaux et Dasein sentit alors qu'il était seul, isolé. Il se souvint du lac, de cette perception d'une perception — cette conscience de son propre corps, de cette communauté d'esprit, de ce partage.

Toutes ses conversations antérieures avec Piaget lui revenaient maintenant, il les pesait, les évaluait. Il sentait que toutes ses expériences vécues à Santaroga s'étaient accumulées, jour après jour, pour culminer à cet instant.

— Je vous rapporte encore du Jaspé, dit Piaget, peut-être qu'alors...

— Vous me soupçonnez d'avoir un flottement derrière les yeux?

Piaget sourit :

— Sarah tient aux phrases du passé, du temps où nous n'avions pas encore systématisé nos relations avec le Jaspé... et avec l'extérieur. Mais ne vous moquez pas d'elle à cause de ses expressions. Elle a le regard candide.

— ... que je n'ai pas.

— Il vous reste des traces de préjugés et d'a-priori du non-homme.

— Et j'en ai trop entendu, trop appris sur vous pour qu'on me laisse jamais repartir.

— Vous ne voudrez même pas tenter de devenir?

— Devenir quoi? Les tournures idiotes, quasi schizophréniques de Piaget lui portaient sur les nerfs. *Voir! Parler!*

— Seul vous, pouvez le savoir.

— Savoir quoi?

Piaget se contenta de le fixer.

— Je vais vous dire ce que je sais, dit Dasein. Je sais que vous êtes terrifié par ma suggestion. Vous refusez de découvrir comment l'insecticide de Vina a pu atterrir dans mon café. Vous refusez de savoir comment Clara Scheler a empoisonné son ragoût. Vous ne voulez pas savoir ce qui a incité quelqu'un à me pousser hors du ponton. Vous ne voulez pas savoir pourquoi un gamin de quinze ans a tenté de me transpercer d'une flèche. Vous ne voulez pas savoir comment Jenny a empoisonné les œufs. Vous ne voulez pas savoir comment une voiture était destinée à m'écraser, ou comment on a piégé mon camion. Vous ne voulez pas savoir...

— D'accord!

Piaget se frotta le menton, se détourna.

— Je vous avais bien dit que vous y arriveriez.

— ‘ *Iti vuccati* ’, murmura Piaget. ‘ Il est dit que tout système et toute interprétation deviennent faux à la lumière d'un système plus vaste. ’ Je me demande si c'est là la raison de votre présence... pour nous rappeler qu'on ne peut établir de jugement positif dénué de toute contradiction.

Il se tourna, dévisagea Dasein.

— De quoi parlez-vous? Le ton et la lumière de Piaget étaient soudain devenus étrangement calmes.

— La lumière intérieure ne peut surgir que du moi. Ce moi qu'on ne peut isoler demeure dans la mémoire comme une perception de symboles. Nous acquérons la conscience par une projection du moi sur le contenu perceptif de nos sens. Mais il peut arriver que le moi s'égare — le moi d'un individu ou celui d'une communauté. Je me demande si...

— Arrêtez de me distraire avec votre charabia. Vous essayez de changer de sujet, d'éviter de...

— E... viter : E... vider. Ah oui. Le vide est particulièrement en rapport avec ceci : On ne peut confiner Einstein aux mathématiques. Toute existence phénoménologique est transitoire, relative. Aucun objet en particulier n'a de réalité. Il se transforme à tout moment en autre chose.

Dasein se redressa dans son lit. Le vieux toubib était-il devenu cinglé?

— L'action seule ne produit pas de résultat, poursuivait-il. On s'accroche à des absolus. Chercher un objet déterminé, pourtant, c'est se fier à des fantasmes. Tremper les doigts dans l'eau pour filtrer le savon qui y est dilué. La dualité est une désillusion.

Dasein hocha la tête avec résignation. Cet homme divaguait complètement.

— Je vous vois perplexe, dit Piaget. « Vous ne comprenez pas vraiment votre propre énergie intellectuelle. Vous avancez sur une voie étroite. Je vous offre de nouvelles orbites de... »

— Vous pouvez arrêter. Dasein se rappela le lac, la voix enrouée de la femme qui disait : « *Il n'y a qu'une chose à faire* », et Jenny : « *C'est ce que nous faisons.* »

— Il faut vous adapter à la pensée conditionnelle. De cette manière, vous serez capable d'appréhender la relativité de l'auto-existence, d'exprimer la vérité relative de vos différentes perceptions. Vous en avez la capacité. Je le vois bien. La perspicacité dont vous faites preuve dans les circonstances violentes qui...

— Quoique vous soyez en train de me faire, allez-vous cesser, oui ou non? Vous insistez, insistez, insistez...

— Qui insiste? N'êtes-vous pas celui qui exerce la plus grande...

— Bon dieu! Arrêtez!

Piaget le regarda sans un mot.

« Einstein, marmonna Dasein. Relativité... absolus... énergie intellectuelle... phénoménologie... » Il s'interrompit tandis que son esprit se mettait à calculer avec la même vitesse que lorsqu'il avait décidé de sauter la faille du pont de bois.

C'est une question de vitesse de balayage, songea-t-il. *Comme une chasse au sous-marin — une chasse mentale. Tout dépend du nombre d'unités de recherche qu'on peut mettre en œuvre, et de leur rapidité.*

Aussi vite qu'elle était venue, cette sensation disparut. Mais Dasein n'avait jamais éprouvé un tel choc. Aucun danger immédiat n'avait déclenché cette faculté... pas cette fois-ci.

La voie étroite... Il considéra Piaget avec étonnement. Il y avait là quelque chose de plus que ce qu'il avait simplement entendu. Les Santarogans pensaient-ils de cette façon? Dasein hocha la tête. Cela semblait impossible... improbable en tout cas.

— Puis-je m'expliquer? demanda Piaget.

Dasein opina.

— Vous aurez remarqué la franchise avec laquelle nous exprimons nos vérités relatives à des fins commerciales. La pensée conditionnelle réfute toute autre approche. Le respect est donc implicite avec ce mode de pensée. Comparez-la avec l'approche du marché de ceux qui vous ont envoyé pour nous espionner. Ils ont...

— A quelle vitesse pouvez-vous penser?

— A quelle vitesse? Aussi vite qu'il est nécessaire.

Aussi vite qu'il est nécessaire, se répéta Dasein.

— Puis-je poursuivre?

Dasein opina à nouveau.

— On a pu noter que les pointes de saturation de tout-à-l'égout tendaient à correspondre aux interruptions de programme télévisé — une observation élémentaire que vous pouvez admettre sans grande réflexion. Mais il n'y a qu'un pas de cette constatation élémentaire à l'installation, sur les collecteurs d'eaux usées, de débitmètres donnant une estimation fort précise du nombre de récepteurs en service à un moment donné. Je ne doute pas que la chose est déjà faite; c'est tellement évident. Maintenant, réfléchissez un instant à l'attitude que peuvent avoir envers leurs concitoyens ceux qui pratiquent de tels agissements; et mettez en regard les gens qui se trouveraient incapables d'agir ainsi.

Dasein s'éclaircit la gorge. C'était là le principal chef d'accusation de Santaroga contre *l'extérieur*. De quelle manière se servait-on de l'individu! Avec dignité? Ou bien piégeait-on ses besoins les plus fondamentaux pour les exploiter à des fins purement personnelles? L'*extérieur* se révélait progressivement dans son irritante vacuité, comme un univers de flatteries et de manigances.

Je me mets vraiment à voir les choses comme un Santarogan. C'était une pensée qui sonnait comme une victoire : Il avait après tout rempli partiellement sa mission.

« Il n'est pas surprenant, poursuivait Piaget, de retrouver la loi de la stratégie des moindres carrés appliquée aux domaines de la publicité ou de la politique — qui sont également une forme de guerre, voyez-vous — sans grand problème de passage d'un domaine à l'autre. Dans chacun se retrouvent les concepts de concentration et d'exposition. Le calcul différentiel ainsi que la théorie de la prédiction s'appliquent avec le même bonheur quel que soit le champ de bataille. »

Des armées, songea Dasein. Il se concentra sur le mouvement des lèvres de Piaget tout en se demandant comment le sujet avait pu dériver sur un champ si différent. Piaget l'avait-il fait délibérément? Ils avaient parlé de la face cachée de Santaroga, de ses peurs...

— Vous m'avez donné matière à spéculation. Je m'en vais vous laisser seul quelque temps pour voir si je puis en tirer quelque chose de constructif. Vous avez une sonnerie à la tête du lit. Il n'y a pas d'infirmière à cet étage mais on peut venir rapidement en cas d'urgence. Elles viendront jeter un œil sur vous de temps en temps. Voulez-vous de la lecture? Puis-je vous faire monter quelque chose?

Tirer quelque chose de constructif? Qu'est-ce que cela veut dire? se demanda Dasein.

— Que diriez-vous de quelques exemplaires de notre journal? demanda Piaget.

— Du papier et de quoi écrire, répondit Dasein. Puis, après une hésitation : « Et les journaux également, oui. »

— Très bien. Tâchez de vous reposer. Vous me semblez vous remettre, mais ne vous surmenez pas.

Piaget se tourna et sortit à grands pas.

Bientôt pénétrait une infirmière rousse portant un

paquet de journaux, un bloc quadrillé et un stylo bille vert. Elle déposa le tout sur la table de nuit et dit :

— Voulez-vous que je retape votre lit?

— Non, merci.

Sa ressemblance frappante avec Al Marden avait attiré l'attention de Dasein.

— Vous êtes une Marden.

— Et alors, c'est pas nouveau... sur ce, elle le quitta.

Eh bien! Touché! se dit Dasein.

La pile de journaux lui rappela sa quête par les rues de Santaroga pour trouver le bureau du journal. Maintenant qu'il avait pu les obtenir aussi facilement, ils avaient perdu en partie leur attrait. Il se glissa hors du lit, s'aperçut qu'il avait les genoux moins faibles.

Les boîtes de conserve attirèrent son regard.

Il fourragea dans le carton, y dénicha une boîte de compote, la vida avec avidité, avant qu'elle ne perde son arôme de Jaspé. Tout en mangeant il espérait retrouver cette acuité d'esprit, cette vitesse de réflexion dont il avait fait preuve près du pont et, plus brièvement, en compagnie de Piaget.

La compote ne fit qu'aiguiser sa faim, lui procurer une vague excitation — rien de plus.

Les effets se dissipaient-ils? Fallait-il à chaque fois des doses de plus en plus fortes? Ou simplement s'accoutumait-il?

Etait-il accroché?

Il revit Jenny, implorante, cajoleuse. *Un carburant de la conscience? Au nom du ciel, qu'avaient bien pu découvrir les Santarogans?*

Dasein regarda par la fenêtre la ligne des collines visibles au travers du rideau d'arbres. Quelque part en dessous de son champ de vision, un feu envoyait son panache de fumée le long de la crête. Dasein contempla la fumée; elle le plongeait dans une étrange tendance mystique, un sentiment profondément primitif devant ce feu invisible. La fumée traçait dans le ciel un message spirituel, issu de sa propre mémoire génétique. Cette sensation n'avait rien de terrifiant : c'était plutôt comme s'il avait retrouvé quelque part mystérieuse de son être, perdue depuis l'enfance.

Contenir la surface de l'enfance. Les mots lui revenaient en mémoire.

Il réalisa alors qu'un Santarogan ne se coupait jamais de son passé ancestral; mais le gardait en lui, retenu par une fragile membrane de lucidité.

Jusqu'où puis-je m'assimiler à un Santarogan avant de pouvoir faire marche arrière? se demanda-t-il. *J'ai un devoir envers Selador et ceux qui m'ont engagé. Quand dois-je m'arrêter?*

Cette pensée l'emplit d'une profonde répulsion à l'idée de retourner à l'*extérieur*. Mais il devait le faire. La nausée lui envahissait la gorge, une migraine sourde lui martelait les tempes. Il repensa à l'irritante vacuité de l'*extérieur* — ces existences découpées en tranches, ces mois fragmentés en trompe-l'œil... un univers où presque rien n'était susceptible d'élever l'âme, de lui faire prendre son essor.

La vie à l'*extérieur* n'avait aucun substrat, aucune trame sous-jacente pour en raccorder les éléments. Ce n'était qu'une route vide et luisante bornée par les éclairs de diversions hypnotiques. Et sous le brillant de la chaussée, une simple charpente nue... et désolée.

Je ne peux pas revenir. Il retourna vers son lit, se jeta en travers. *Mon devoir — il faut que je retourne. Que m'arrive-t-il? Ai-je trop tardé?*

Piaget avait-il menti sur les effets du Jaspé?

Dasein se retourna sur le dos, se cacha les yeux derrière un bras. Quelle était l'essence chimique du Jaspé? Selador ne pouvait lui être d'aucune aide : le produit ne voyageait pas.

Je le savais. Je l'ai su depuis le début.

Il écarta son bras. Aucun doute sur ses actes : il avait fui ses responsabilités. Dasein regarda la porte devant lui — la cuisine, le labo...

Un soupir lui souleva la poitrine.

Le fromage serait le meilleur support. Il en était sûr. C'était lui qui conservait le plus longtemps l'essence de Jaspé. Le labo... et un morceau de fromage.

Il pressa la sonnette à la tête du lit.

Une voix le fit sursauter; elle provenait juste de derrière sa tête. « Voulez-vous tout de suite une infirmière? »

Dasein se retourna et découvrit la grille d'un haut-parleur dans le mur. « Je... je voudrais un peu de fromage au Jaspé. »

— Oh... tout de suite, monsieur. Il y avait dans cette voix féminine une intonation ravie qu'aucun dispositif de reproduction électronique ne pouvait cacher.

L'infirmière rousse ne tarda pas à faire son apparition, portant un plateau qu'elle déposa par-dessus les journaux sur la table de nuit de Dasein.

— Voilà, docteur. Je vous ai également apporté des biscuits.

— Merci.

Avant de partir, elle se retourna sur le seuil : « Jenny sera ravie de l'apprendre. »

— Jenny est réveillée?

— Oh oui. c'était surtout en fait une réaction d'allergie à l'aconit. Nous l'avons purgée du poison et elle se remet très rapidement. Elle a envie de se lever : c'est toujours bon signe.

— Comment le poison s'est-il introduit dans la nourriture?

— C'est l'une des élèves-infirmières qui l'a confondu avec un flacon de MSG.

— Mais comment se trouvait-il dans la cuisine?

— Nous n'avons pu encore le déterminer. Aucun doute qu'il s'agisse encore d'un accident stupide.

— Aucun doute, marmonna Dasein.

— Eh bien, mangez votre fromage et reposez-vous un peu. Vous sonnez si vous avez besoin de quelque chose.

Elle referma vivement la porte derrière elle.

Dasein contempla le bloc doré de fromage. Son

parfum de Jaspé lui assaillait les narines. Il en brisa un morceau entre ses doigts, le tâta du bout de la langue. Ses sens s'éveillèrent soudain. Sans qu'il puisse se contrôler, il mit le fromage dans la bouche, l'avala : Sensation de douceur apaisante. Un brusque accès de lucidité l'envahit.

Quoi qu'il advienne, il faut que le monde sache, au sujet de cette substance.

Il balança les pieds hors du lit, se leva. Une douleur puissante lui vrilla le front. Il ferma les yeux, sentit le vertige, s'accota contre le lit.

Le vertige se dissipa.

Dasein découvrit sur le plateau un couteau à fromage. Il coupa une tranche du pavé doré, retint sa main qui le portait déjà à sa bouche.

C'est le corps qui agit. Il sentit la force de ce besoin physique, se promit de reprendre du fromage... plus tard. D'abord : le labo.

Il correspondait presqu'exactement à son attente : Petit, mais suffisant. Il comprenait une bonne centrifugeuse, un microtome, un microscope binoculaire à éclairement réglable, des becs Bunsen, des rangées de tubes à essai stérilisés... tous les instruments et le mystère de la chimie.

Dasein découvrit une bouteille d'eau distillée, un flacon d'alcool et plaça des fragments de fromage en solution. Il commença une culture, mit sous lamelle une tranche-test et l'examina au microscope.

Une substance filandreuse était discernable à l'intérieur du fromage. En augmentant le grossissement, les fils lui apparurent comme des spirales allongées analogues à des cellules bloquées en cours de mitose.

Dasein s'adossa contre sa chaise, perplexe. Le tissu filandreux évoquait du blanc de champignon. Cela recoupait ses suppositions initiales : il avait affaire à une culture de mycellium.

Mais quel était le principe actif?

Il ferma les yeux pour réfléchir, s'aperçut qu'il tremblait de fatigue.

Tout doux, tu n'es pas encore remis.

Certains tests demandaient du temps pour se développer, se dit-il. Ils pouvaient attendre. Il retourna vers son lit, s'allongea sur les couvertures. Sa main gauche se tendit vers le bloc de fromage, en arracha un fragment.

Dasein prit conscience de son propre mouvement au moment où il avalait le fromage. Il baissa les yeux vers les miettes collées sur ses doigts. Il les frotta, constata leur consistance huileuse. Une délicieuse sensation de bien-être envahit son corps.

Le corps agit. De lui-même, il agit. Pouvait-il sortir aller tuer un homme? Fort probable.

Il sentit le sommeil s'insinuer dans sa conscience. Le corps avait besoin de sommeil. Le corps aurait son sommeil.

L'esprit cependant, élaborait un rêve — le rêve d'arbres qui croissaient pour atteindre sous ses yeux une taille gigantesque. Ils surgissaient vers le ciel avec vitalité. Leurs branches s'épanouissaient, se couvraient de feuilles, se chargeaient de fruits. La scène était baignée par un soleil de la couleur dorée du fromage.

Chapitre XII

Dasein s'éveilla dans l'embrasement orangé du crépuscule. Allongé, la tête tournée vers les fenêtres, il contempla le ciel en feu, comme pris sous le charme de l'un de ces antiques cultes solaires. Le vaisseau de la vie descendait vers son repos quotidien. Bientôt la terre serait livrée à l'obscurité de plomb.

Un cliquetis se fit entendre derrière Dasein. La chambre s'illumina. Il se détourna, le charme était rompu.

Jenny était sur le seuil de la porte. Elle portait une longue robe verte qui lui frôlait les chevilles. Elle était chaussée de pantoufles de la même couleur.

— Il est bientôt temps de te réveiller, lui dit-elle.

Dasein la dévisagea comme une étrangère. Il voyait bien que c'était la même Jenny que celle qu'il aimait — ses cheveux longs et bruns serrés par un ruban rouge, les lèvres pleines légèrement entrouvertes, les fossettes sur les joues — pourtant une brume fugace passait sur ses yeux bleus. Elle respirait le calme d'une déesse.

Elle avança dans la chambre et son corps se mouvait avec une antique majesté.

Un frisson de terreur parcourut Dasein.

La terreur d'un paysan de l'Attique devant une prêtresse de Delphes. Elle était magnifique... et menaçante.

— Tu ne me demandes pas comment je vais?

— Je constate que tu vas parfaitement bien.

Elle fit un nouveau pas vers lui et dit :

— Clara vient de ramener la voiture de Jersey Hofstedder; elle te la laisse. Elle est en bas, dans le garage.

Dasein songea à cette automobile merveilleusement conçue. — encore une babiole pour l'attirer.

— Et que m'as-tu apporté — cette fois-ci? demanda-t-il.

— Gil!

— Pas de nourriture dans les mains... Une épingle à chapeau empoisonnée, peut-être?

Ses yeux s'emplirent de larmes.

— Va-t'en loin de moi, continua-t-il. Je t'aime.

Elle opina.

— Bien sûr que je t'aime. Et... j'ai senti combien je pouvais être dangereuse... pour toi. Il y a eu... Elle hocha la tête. « Je savais que je devais rester loin de toi. Mais c'est terminé. Plus maintenant. »

— Alors tout ceci est du passé. On tire un trait dessus. Ça ne serait pas plus rapide avec une arme?

Elle tapa du pied.

— Gil, tu es impossible!

— *Moi*, je suis impossible?

— As-tu changé? Ne sens-tu pas un...

— Je t'aime toujours. Va-t'en loin de moi. Je t'aime.

Elle se mordit les lèvres.

— Ne serait-il pas plus gentil de faire ça pendant que je dors? Que je ne sache jamais qui...

— Tais-toi!

D'un geste brusque elle arracha la robe verte, découvrant une chemise de nuit de dentelle blanche. Elle laissa tomber la robe, passa la chemise par-dessus la tête, la lança par terre et se dressa devant lui, nue, furieuse.

— Tu vois? Une femme, rien qu'une femme! Rien qu'une femme qui t'aime. Les larmes roulaient sur ses joues. « Pas de poison dans mes mains... Oh, Gil... » Elle prononça son nom comme une supplique.

Dasein se contraignit à détourner les yeux. Il savait qu'il ne pourrait pas la regarder — si belle, si douce, si désirable — et conserver sa froideur de jugement. Elle était magnifique et mortelle, l'ultime appât offert par Santaroga.

Il entendit un froissement de vêtement près de la porte.

Il virevolta.

Elle avait revêtu sa robe verte. Ses joues étaient écarlates, ses lèvres tremblaient. Elle baissait les yeux. Lentement, elle les leva, rencontra son regard.

— Je n'ai aucune honte devant toi, Gil. Je t'aime. Je veux qu'il n'y ait aucun secret entre nous. — ni secret du corps... ni secret d'aucune sorte.

Dasein essaya de déglutir. Il avait une boule dans la gorge. La déesse était donc vulnérable. Une découverte qui lui donnait mal dans la poitrine.

— Je ressens la même chose que toi. Jen... tu ferais mieux de partir maintenant... Si tu ne... je serais bien capable de te sauter dessus et de te violer.

Elle tenta de sourire, échoua, pivota et sortit en courant.

La porte claqua. Il y eut un instant de silence. Puis se rouvrit. Piaget se tenait dans l'embrasure, le regard tourné vers l'antichambre. Dasein perçut nettement le bruit des portes de l'ascenseur qui se refermaient. Piaget entra, ferma la porte.

— Qu'est-ce qui vous est arrivé, vous deux?

— Je crois qu'on vient de se disputer et de se réconcilier. Je ne suis pas sûr.

Piaget se racla la gorge. Dasein crut lire sur ses traits ronds un sentiment de confiance. Ce n'était toutefois qu'une impression incertaine et d'ailleurs son visage avait déjà pris une attitude étonnée, tandis qu'il dévisageait son patient avec attention.

— Vous m'avez l'air nettement mieux! Vous avez repris des couleurs. Vous vous sentez plus en forme?

— Je dois l'admettre.

Piaget jeta un œil sur les reliefs de fromage posés sur la table de nuit. Il s'approcha, les renifla.

— Un peu vieux. Je vous en fait monter une portion fraîche.

— Faites.

— Vous me laissez examiner vos pansements?

— Je croyais que nous devions laisser Burdeaux s'en charger?

— Win est quelque peu débordé : sa fille se marie demain, vous savez. Il viendra un peu plus tard.

— J'ignorais.

— La maison du jeune couple a été terminée juste à temps. On a pris un peu de retard parce qu'on a décidé d'en faire quatre en même temps au même endroit. Très bien situé. Jenny et vous devriez aller en visiter une...

— C'est charmant. Vous vous réunissez tous pour bâtir un toit pour les jeunes mariés.

— Nous prenons soin des nôtres. Bon, si on regardait ces pansements?

— Allons-y.

— Ravi de vous voir plus raisonnable. Je reviens. Il se dirigea vers la porte du labo, revint un instant après avec un chariot qu'il amena près du lit de Dasein. Il entreprit de défaire les pansements de sa tête.

— Je vois que vous êtes allé bricoler dans le labo.

Dasein gémit lorsque la brûlure de sa joue fut mise à l'air.

— Est-ce bien ce que j'ai fait : bricoler?

— Quoi d'autre? Il se pencha, examina sa joue. « Ça évolue favorablement. Laissera même pas une cicatrice, je crois bien. »

— Je cherche le principe actif du Jaspé.

— Déjà eu plusieurs tentatives en ce sens. Le problème est qu'on a des questions plus importantes à régler.

— Vous avez déjà essayé?

— Quand j'étais plus jeune.

Dasein attendit que le bandage de sa tête fût entièrement défait pour demander :

— Est-ce que vous avez des notes, un résumé de...

— Pas de notes. Pas eu le temps.

Piaget s'affairait maintenant sur son bras droit.

— Mais qu'avez-vous découvert?

— J'ai obtenu un bouillon riche en acides aminés. Comme une levure. Vous aurez une cicatrice sur ce bras, rien de bien grave, vous vous remettez vite. Vous pouvez remercier le Jaspé pour ça.

— Quoi? Dasein leva sur lui un regard perplexe.

— La nature donne, la nature reprend. Le Jaspé modifie le métabolisme, vous rend plus susceptible aux réactions allergiques mais d'un autre côté votre corps guérira cinq à dix fois plus vite qu'il ne l'aurait fait à l'*extérieur*.

Dasein contempla son bras dénudé. Une peau neuve et rose recouvrait déjà la zone brûlée. Il remarqua la boursouflure de la cicatrice qu'avait notée Piaget.

— Quelles modifications du métabolisme?

— Eh bien, en gros, un meilleur équilibre hormonal. Plus proche de celui que l'on trouve chez l'embryon.

— Ça ne colle pas avec les réactions d'allergie, protesta Dasein.

— Je n'ai jamais dit que c'était simple. Tendez le bras maintenant. Sans bouger.

Dasein attendit qu'il eût fini le pansement puis reprit : « Et la structure... »

— A mi-chemin d'un virus et d'une bactérie. Avec des caractéristiques partiellement fongoïdes, mais...

— J'ai remarqué une structure cellulaire dans un échantillon au microscope.

— Oui, mais sans noyau. Il en existe certains éléments, sans doute, mais l'ensemble peut évoluer en une structure de cristal vrusoïde.

— Les cristaux ont-ils les effets du Jaspé?

— Non, ils ne peuvent pas. Toutefois, introduits dans un environnement adéquat et après un développement convenable, ils produiront l'effet escompté.

— Quel environnement?

— Vous savez lequel, Gilbert.

— Les caves de la Coopérative?

— Oui. Piaget termina de dénuder son bras gauche. « Je ne pense pas qu'il y ait autant de tissu cicatriciel de ce côté. »

— Qu'y a-t-il d'unique dans cet environnement?

— Nous ne sommes pas sûrs.

— Personne n'a donc jamais...

— Nous avons déjà un bon nombre de problèmes *immédiats* rien que pour assurer notre survie, Gilbert.

Dasein baissa les yeux, regarda Piaget terminer le pansement de son bras gauche. *Assurer notre survie?*

— Pas d'objection à ce que j'aille y jeter un œil? demanda-t-il.

— Si vous trouvez le temps — certainement pas. Sur ce, Piaget remit les instruments sur le chariot, qu'il écarta. « Voilà. Je pense que nous pourrons ôter les pansements dès demain. Vous faites des progrès merveilleux.

— Est-ce possible?

Piaget lui sourit.

— L'assurance du garage s'occupera du paiement de votre nouvelle voiture. Je suppose que Jenny vous en a parlé.

— Elle me l'a dit.

— Nous vous redonnons également des vêtements. Quelque chose d'autre?

— Et si vous me redonniez ma liberté de choix?

— Vous avez la liberté de choix, Gilbert, et même un choix encore plus étendu. Maintenant, j'ai des...

— Gardez vos conseils.

— Conseils? J'allais vous dire que j'ai pour vous quelques informations intéressantes : Votre suggestion que j'examine les gens que vous accusez d'avoir tenté de vous tuer a porté certains...

— Ma suggestion que *vous* examiniez?

— Je me suis permis de prendre les devants...

— Alors, vous avez hypnotisé certains d'entre eux! Aviez-vous préparé un diagramme de Davis sur leur suscepti...

— Je ne les ai *pas* hypnotisés. Allez-vous vous taire et m'écouter?

Dasein soupira, leva les yeux au plafond.

— J'ai interviewé plusieurs de ces personnes. Le garçon, Petey Jorick, d'abord, parce que je m'y intéresse plus particulièrement — comme il vient de sortir de... l'école. Et un fait du plus haut intérêt en émerge.

— Oh?

— Chacun de ces individus a une raison inconsciente puissante de craindre et de haïr l'*extérieur*.

Dasein eut un froncement de sourcil perplexe.

— Ils ne vous ont pas attaqué en tant que Gilbert Dasein. Vous étiez un *étranger*. Il existe un conflit extrêmement...

— Vous voulez dire que vous considérez cela comme une raison suffisante pour...

— Les raisons sont inconscientes, comme vous le soupçonniez. Toutefois, la structure de leurs motivations...

— Donc, Jenny m'aime et me hait en même temps.. en tant qu'*étranger?*

— Mettons les choses au clair, Gilbert, Jenny n'a pas tenté de vous faire de mal. C'était une infirmière stagiaire qui...

— Jenny elle-même m'a dit avoir préparé...

— C'est exact, mais dans un sens très large : elle est effectivement descendue aux cuisines pour commander votre repas, dont elle a surveillé la préparation. Maintenant, elle ne pouvait pas avoir l'œil sur tout...

— Et cette... cette haine des gens de l'*extérieur*, vous

pensez que c'est à cause de cela que certains de vos concitoyens ont essayé de m'éliminer?

— Cela me paraît évident.

Dasein considéra Piaget. Il y croyait — c'était indubitable.

— Donc, tant que je suis à Santaroga, je n'ai plus qu'à éviter les gens qui haïssent ceux de l'extérieur?

— Vous n'avez plus rien à craindre maintenant. Vous n'êtes plus un étranger. Vous êtes l'un des nôtres. Et lorsque Jenny et vous serez mariés...

— De toutes les bêtises que j'ai entendues, celle-ci remporte la palme! Ce... ce gamin, Petey, voulait simplement me transpercer d'une flèche parce que...

— Il a une crainte pathologique de quitter la vallée pour aller au collège à l'extérieur. Il la surmontera, bien entendu, mais les émotions de l'enfance ont plus de...

— La poudre insecticide dans le café, ce n'était que...

— Ceci est un cas fort malheureux : elle est tombée amoureuse d'un étranger à la faculté — tout comme Jenny, ajouterais-je. La différence est que son ami l'a séduite et l'a plaquée. Elle a une fille qui...

— Mon Dieu! Et vous croyez vraiment à ces sornettes! Il se carra contre la tête du lit, fusillant Piaget du regard.

— Gilbert je trouve plus facile de croire à cette terreur qu'à votre théorie folle selon laquelle Santaroga aurait planifié contre vous une attaque concertée. Après tout, vous devez bien vous rendre compte...

— Bien sûr. Je voudrais alors que vous m'expliquiez l'accident du pont. Je voudrais bien voir comment...

— C'est le plus simple de tous. Le jeune homme en question était énamouré de Jenny avant votre entrée en scène.

— Alors il a simplement attendu le moment où...

— Je vous assure, Gilbert, que c'était entièrement sur un niveau inconscient.

Dasein se contenta de le regarder sans un mot. La structure du raisonnement que Piaget avait bâti affectait pour Dasein la forme d'un arbre. Analogue à l'arbre de son rêve. Le tronc puissant qui jaillissait à la lumière du jour : c'était la conscience. Les racines, en-dessous, se développaient dans l'obscurité. Quant aux branches elles se balançaient en portant feuilles et fruits plaisamment distrayants. C'était une structure cohérente malgré sa fausseté.

Impossible de l'abattre : la chose était trop dense, trop réelle. Il y en avait trop d'identiques dans la forêt qu'était Santaroga. « *Voici un arbre, n'est-ce pas? n'est-il pas semblable aux autres?* »

— Je crois que lorsque vous aurez eu le temps d'y réfléchir vous finirez par admettre la vérité de ce que...

— Oh, je n'en doute pas.

— Je vais... euh,... je vais vous faire monter encore un peu de fromage. De la réserve spéciale.

— Faites donc.

— Je comprends tout-à-fait. Vous vous croyez très cynique, très malin en ce moment. Mais vous changerez.

Il sortit à grandes enjambées.

Dasein continua de contempler la porte close bien après le départ de Piaget. L'homme ne pouvait pas voir, ne pourrait jamais voir. Aucun Santarogan ne le pouvait. Pas même Jenny malgré la lucidité que lui donnait l'amour. L'explication de Piaget était trop facile à gober. Ce serait la version officielle.

Il faut absolument que je sorte de cette vallée de dingues.

Il se glissait hors du lit losque la porte s'ouvrit, livrant passage à une infirmière stagiaire jeune et joufflue. Elle portait un plateau.

— Oh, vous êtes debout. Parfait.

Elle reprit l'ancien plateau, mit le nouveau à la place. Elle posa l'autre sur une chaise.

— Je vais juste retaper votre lit pendant que vous êtes levé.

Dasein resta dans son coin tandis qu'elle tournait

autour du lit. Elle partit enfin, remportant le plateau vide.

Il regarda ce qu'elle avait apporté — une tranche dorée de fromage, des biscuits, un verre et une canette de bière au jaspé.

Dans un accès de rage, Dasein projeta le fromage contre le mur. Il était en contemplation devant le gâchis lorsqu'il s'aperçut qu'il était en train de se lécher les doigts.

Dasein regarda sa main comme si elle appartenait à quelqu'un d'autre. Il fit un effort conscient pour s'empêcher d'aller ramasser le fromage sur le sol, et se tourna vers la bière. Il y avait un décapsuleur près de la bouteille. Il versa le breuvage, but à longs traits. Ce ne fut qu'une fois le verre vide qu'il prit conscience du riche bouquet de jaspé des quelques gouttes qui restaient.

Luttant contre un accès de tremblement, Dasein reposa le verre sur la table de nuit, et rampa jusqu'à son lit comme pour y chercher refuge.

. Son corps refusait d'être trompé : ce n'était pas les gens qui prenaient du Jaspé. C'était le Jaspé qui s'emparait d'eux. Il perçut l'effet d'expansion de sa conscience, sentit le tonnerre que soulevait l'hôte qui bouleversait son psychisme. Le temps cessa de s'écouler normalement, se comprima, explosa.

Quelque part dans une salle de l'hôpital, des pas pressés martelaient le sol. Les contacts d'un interrupteur s'ouvrirent avec un claquement pour créer l'obscurité. Une porte claqua.

Dasein ouvrit les yeux, découvrit la fenêtre, les étoiles. A leur clarté, il discerna sur la table de nuit un nouveau morceau de fromage. On avait nettoyé le mur et le plancher. La voix de Jenny lui revint en mémoire : douce, mélodieuse, ondulante comme les eaux sombres sur des rochers, vaguement plaintive.

Avait-elle été là, dans l'obscurité?

Il ne perçut aucune réponse.

Dasein tendit la main vers le bouton d'appel à la tête du lit, le pressa.

Une voix sortit du haut-parleur : « Voulez-vous une infirmière?

— Quelle heure est-il?

— Trois heures vingt-quatre. Désirez-vous une pilule de somnifère?

— Non... merci. »

Il s'assit, posa les pieds sur le sol, regarda le fromage.

— Vous vouliez juste savoir l'heure? reprit la voix.

— Quel est le poids d'une roue complète de fromage de Jaspé?

— Le poids? Une pause, puis : « C'est variable. Les plus petites font environ trente livres. Pourquoi?

— Montez-moi une roue entière.

— Une roue... entière? Vous n'en avez pas en ce moment?

— J'en ai besoin pour des tests de laboratoire, répondit-il et il pensa : *Voilà! Maintenant voyons si Piaget a été honnête avec moi.*

— Vous le voulez demain au réveil?

— Je suis réveillé. Et apportez-moi une robe de chambre et des pantoufles si vous pouvez.

— Ne feriez-vous pas mieux d'attendre, docteur. Si...

— Demandez l'autorisation à Piaget s'il le faut. Je veux cette roue tout-de-suite.

— Très bien. La voix semblait désapprobatrice.

Dasein attendit, assis au bord du lit. Il laissa son regard se perdre dans la nuit. D'un geste absent, il émietta un bout de fromage posé sur la table de nuit, le mâcha et l'avala.

La lumière s'alluma dans l'entrée. Une infirmière aux cheveux gris, de grande taille, entra dans la chambre, l'éclaira. Elle portait une grande roue de fromage doré encore enveloppé de paraffine brillante.

— Et voici trente-six livres de fromage Jaspé premier choix, annonça-t-elle. « Où est-ce que je le mets? » Sa voix était chargée de reproche.

— Trouvez une place sur l'une des paillasses du labo. Où sont la robe de chambre et les pantoufles?

— Si vous patientez, je vais vous les chercher.

Elle ouvrit la porte du labo d'un coup d'épaule, revint dans la chambre quelques instants plus tard, se dirigea vers une porte étroite à l'autre bout, l'ouvrit, découvrant une penderie. Elle en sortit une robe de chambre verte et une paire de pantoufles noires qu'elle posa au pied de son lit.

— Ce sera tout — Monsieur?

— Ce sera tout, pour le moment.

— Hmmmph. Elle traversa la chambre à grands pas, et referma la porte d'entrée avec un ultime grognement sans appel.

Dasein prit un nouveau morceau de fromage, enfila robe et pantoufles et pénétra dans le labo. L'infirmière avait laissé la lumière. La roue de fromage était posée sur une paillasse en tôle à sa droite.

L'alcool ne doit pas le tuer. Autrement, on ne pourrait pas l'incorporer à la bière. Qu'est-ce qui le détruit? Le soleil?

Il se rappela la pâle lumière rouge des caves de la Coopérative.

Eh bien, il y avait des moyens de le découvrir. Il remonta les manches de sa robe de chambre et se mit à l'ouvrage.

Au bout d'une heure il avait réduit les trois-quarts de la roue en une solution laiteuse dans une bonbonne. Il en passa une partie à la centrifugeuse.

Les premiers tubes à essai révélèrent leur contenu stratifié, vaguement analogue à une chromatographie. Presqu'en haut collait une mince pellicule gris-argenté.

Dasein vida le liquide, perça avec la flamme le fond du tube et chassa les particules solides en soufflant par l'orifice. Il fit tomber un fragment de la pellicule grise sur une lamelle et la plaça sous le microscope.

C'était bien une structure mycélienne, déformée mais reconnaissable. Il sentit la plaque. Elle embaumait le

Jaspé. Il porta la main au volant de réglage de luminosité et fit varier l'éclairage tout en continuant d'observer le spécimen. Brusquement, celui-ci se mit à osciller et cristalliser sous ses yeux.

Il consulta le dispositif de réglage : il était du type à balayage de spectre et, au moment du phénomène, laissait passer la lumière dans la bande de 4000 à 5800 Angströms. Eliminant le rouge, nota Dasein.

Un autre coup d'œil dans le microscope lui révéla une masse cristalline blanche.

La lumière du jour, donc.

Comment faire? se demanda-t-il. Une bombe pour ouvrir la cave? Une torche portable?

A cette pensée, il eut l'impression de voir l'obscurité de l'extérieur s'écarter pour révéler une forme monstrueuse surgissant d'un lac noir.

Il frissonna, se tourna vers la dame-jeanne de solution lactescente. Avec des gestes mécaniques il passa le reste de celle-ci dans la centrifugeuse, sépara la pellicule gris-argent, recueillit l'ensemble dans une bouteille de verre brun sombre. La solution produisit près d'un demi-litre d'essence de Jaspé.

Dasein huma le goulot : l'odeur de Jaspé était puissante, indiscutable. Il versa la bouteille dans une boîte de Pétri, pipetta une petite quantité de la substance, y porta la langue.

Une sensation électrisante explosa comme un feu d'artifices sur ses papilles gustatives et se transmit le long de sa colonne vertébrale. Il sentit qu'il était capable de voir avec le bout de la langue ou l'extrémité des doigts. Le noyau de sa conscience se réduisait à une amande dure comme le fer entourée par un vide désolé. Il banda toute son énergie, se força à regarder le plat empli d'essence de Jaspé.

Vide!

Qu'est-ce qui l'avait brisé? Comment pouvait-il s'être vidé?

Il regarda la paume de sa main droite. Comme elle

était proche de son visage! Sur la chair rose on distinguait des paillettes gris-argenté.

Des pulsations de conscience se mirent à résonner de sa gorge, de son estomac, le long de ses bras et de ses jambes. Il sentit que toute sa peau s'éclairait. Il sentit vaguement qu'un corps glissait vers le sol, mais le sol se mettait à briller là où ce corps le touchait.

J'ai absorbé la totalité de l'essence.

Quel effet aurait-il, ce principe actif extrait de plus de quinze kilos de fromage Jaspé? Quel effet aurait-il? Quel effet avait-il? Dasein s'aperçut que cette dernière question était encore plus intéressante :

Quel effet avait-il?

Tout en se la posant, il sentit monter en lui l'angoisse : Ce n'était pas de la peur, mais une pure angoisse, ce sentiment de perdre prise avec la réalité.

Cette amande dure de son individualité? Où avait-elle disparu?

Sur quel fondement de réalité s'appuyait ce sentiment d'individualité? Délibérément, Dasein essaya d'étendre son champ de conscience, éprouva directement cette sensation de projeter sa propre réalité sur l'univers. Mais en même temps c'était une projection *de* l'univers. Il en suivit les rayons, sentit qu'ils le traversaient comme s'il était une ombre.

Il se retrouvait titubant, perdu :

Je n'étais qu'une ombre.

Une pensée qui le fascina. Il se rappela les jeux d'ombres de son enfance, se demanda le genre de formes qu'il pourrait projeter en déformant le noyau de son moi. Son interrogation modela des formes. Il perçut l'écran de sa conscience sur lequel se dessinait une silhouette sans consistance. Il la fit se modifier.

Un héros musculeux, se tapant sur la poitrine, apparut.

Dasein modifia ses traits.

L'ombre se mua en une silhouette de savant myope et voûté, vêtu d'une longue robe.

Nouveau changement : un apollon nu qui courait sur un paysage de silhouettes féminines.

Et encore : un travailleur ployant sous une charge informe.

Avec un sentiment suffoquant de *deitgrasp*, Dasein comprit qu'il projetait les seules limites que son être fini pouvait connaître. C'était un acte de découverte de soi qui livrait naissance à un sentiment d'espoir. Un espoir bizarre : fluctuant, désorienté, mais précis dans son existence — non pas un espoir délimité mais un espoir pur, sans limites, sans direction ni attaches.

L'espoir en soi.

C'était un instant d'une profonde intensité qui lui permit en un éclair fugace de saisir la structure de sa propre existence, d'appréhender ses potentialités d'être vivant.

Une *présence* tordue, lacérée, déformée traversa le champ de sa conscience. Il y reconnut le noyau de son individualité : il avait perdu toute forme propre. Et il le rejeta, en ricanant.

Qui l'a rejeté? se demanda-t-il.

Qui ricane?

Il perçut un martèlement : Des pieds sur le sol.

Des voix.

Il reconnut les intonations de l'infirmière aux cheveux gris, mais les sons qu'elle émettait avaient le tintement de la panique.

Piaget.

— Mettons-le sur le lit, disait-il. Les mots étaient clairs et distincts.

Ce qui l'était moins, c'était la forme de cet univers qui n'était plus qu'une succession d'arcs-en-ciel flous, et la pression des mains qui étouffaient la sensation de luminosité de son épiderme.

— Il est difficile de prendre conscience de sa conscience, murmura Dasein.

— Il a dit quelque chose? C'était l'infirmière.

— Je n'ai pas pu saisir. Piaget.

— Vous avez senti cette odeur de Jaspé? L'infirmière.

— Je crois qu'il a dû séparer l'essence et la prendre.

— Oh, mon dieu! et que pouvons-nous faire?

— Attendre et prier. Apportez-moi une camisole et le chariot d'urgence.

Une camisole? Quelle étrange requête.

Il entendit des pas précipités. Comme ils résonnaient fort! Une porte claqua. Encore des voix. Quelle agitation!

Sa peau lui donnait l'impression de s'obscurcir. Tout devenait brouillé.

Avec une brutale sensation de choc, Dasein sentit qu'il s'effondrait sur lui-même, se recroquevillait comme un petit enfant qui gigote et gémit et tend les bras, doigts crochés.

— Donnez-moi un coup de main! C'était Piaget.

— Quelle pagaille! Une autre voix d'homme.

Mais Dasein n'était plus qu'une bouche, rien qu'une bouche. Qui soufflait, et soufflait — quel vent! Le monde entier allait sûrement être balayé par cette tornade.

Il était une planche, qui oscillait, une balançoire. Basculant de haut en bas — et de bas en haut.

Mieux vaut courir que tenir une place intenable, songea-t-il.

Et il courait, courait sans cesse — hors d'haleine, suffoquant.

Un banc surgit de la brume. Il se jeta dessus, devint lui-même ce banc — encore une planche, qui cette fois coulait de plus en plus profond dans une mer d'émeraude bouillonnante.

La vie dans un océan d'inconscience.

De plus en plus sombre.

La mort. Voici le décor devant lequel je pourrai me reconnaître.

L'obscurité se dissipa. Il fonçait vers la surface, jaillit dans une clarté aveuglante.

Parcourue de formes sombres.

— Il a ouvert les yeux. C'était l'infirmière.

Une ombre réduisit la lumière. « Gilbert ? » C'était Piaget. « Gilbert, est-ce que vous m'entendez ? Quelle quantité de Jaspé avez-vous absorbé ? »

Dasein essaya de parler. Ses lèvres refusèrent de lui obéir.

La clarté revint.

— Nous n'avons plus qu'à deviner. Piaget. « Combien pèse ce fromage ? »

— Trente-six livres. L'infirmière.

— Le choc physique est considérable. Piaget. « Préparez un masque à oxygène. »

— Docteur, et s'il... L'infirmière était apparemment incapable de formuler plus avant ses inquiétudes.

— Je suis... prêt. Piaget.

Prêt à quoi ? se demanda Dasein.

En se concentrant, il découvrit qu'il pouvait faire diminuer cette lueur aveuglante. Elle se réduisit momentanément à un tunnel de clarté au bout duquel se trouvait Piaget. Dasein gisait impuissant, contemplant la scène, incapable de bouger tandis que Piaget s'avançait en portant une bonbonne entourée de vapeur.

De l'acide, pensa Dasein, interprétant enfin les mots de l'infirmière. *Si je meurs ils me dissoudront et me jetteront à l'égoût : pas de corps, pas de preuve.*

Le tunnel s'effondra.

La sensation lumineuse s'épancha, se contracta.

Peut-être que je ne puis être plus longtemps, pensa Dasein.

L'obscurité s'accentua.

Peut-être que je ne puis faire, pensa-t-il.

Encore plus sombre.

Peut-être que je ne puis avoir, pensa-t-il.

Le néant.

Chapitre XIII

« C'était tuer ou sauver », dit le dieu jaune.

« Je m'en lave les mains », dit le dieu blanc.

« Ce que je t'ai offert, tu n'en as pas voulu », accusa le dieu rouge.

« Vous me faites rire », dit le dieu noir.

« Aucun arbre n'est toi », dit le dieu vert.

« Nous allons partir maintenant et seul l'un d'entre nous reviendra », dirent en chœur les dieux.

Bruit d'un raclement de gorge.

— Pourquoi n'avez-vous pas de visage? demanda Dasein. « Vous avez une couleur mais pas de visage. »

— Quoi? Une voix rocailleuse, vibrante.

— Quel drôle de chien grognon, remarqua Dasein. Il ouvrit les yeux, découvrit les traits de Burdeaux, lut une expression perplexe sur le visage sombre.

— Je n'ai rien d'un dieu, dit Burdeaux. Qu'est-ce que vous racontez, Docteur Gil? Vous avez encore fait un cauchemar?

Dasein cligna des yeux, tenta de bouger les bras. Rien ne se passa. Il souleva la tête, regarda son corps. Il était étroitement ligoté dans une camisole de force. La chambre sentait le désinfectant, le Jaspé ainsi qu'une autre odeur, amère, écœurante. Il regarda autour de lui. Il était toujours dans la cellule d'isolement. Sa tête retomba sur l'oreiller.

— Pourquoi m'avoir ainsi ligoté? murmura-t-il.

— Qu'avez-vous dit, Monsieur?

Dasein répéta sa question.

— Ma foi, Docteur Gil, on n'avait pas envie que vous vous blessiez.

— Quand... quand va-t-on me libérer?

— Le Docteur Larry a dit de vous libérer dès que vous seriez réveillé.

— Je... suis réveillé.

— Je sais bien, monsieur. C'est que... Il haussa les épaules et se mit à délier les attaches des manches.

— Depuis combien de temps? murmura Dasein.

— Depuis combien de temps vous êtes comme ça?

Il fit oui de la tête.

— Trois jours pleins maintenant, et même un peu plus. Il est presque midi.

Ses liens étaient défaits. Burdeaux l'aida à s'asseoir, délaça le dos, fit glisser la camisole.

Dasein avait le dos raide et douloureux. Ses muscles répondaient comme s'ils appartenaient à un étranger. Un corps entièrement neuf, songea-t-il.

Burdeaux reparut avec une chemise de nuit d'hôpital blanche, glissa Dasein dedans, la noua derrière lui.

— Vous voulez qu'une infirmière vienne vous masser le dos? Vous avez une ou deux marques rouges qui n'ont pas bel aspect.

— Non... non, merci.

Dasein bougea l'un des bras de cet étranger. Une main familière se présenta devant son visage. C'était sa propre main. Comment cela pouvait-il être la sienne alors que les muscles du bras étaient ceux d'un étranger?

— Le Docteur Larry a dit que personne jusqu'à présent n'avait jamais pris une telle quantité de Jaspé en une seule fois, dit Burdeaux. Le Jaspé est une bonne chose, monsieur, mais tout le monde sait bien qu'on peut en prendre trop.

— Est-ce que... Jenny...

— Elle va bien, Docteur Gil. Elle a été malade d'angoisse à cause de vous. Comme nous tous.

Dasein déplaça l'une des jambes de l'étranger, puis l'autre. Elles pendaient par-dessus le rebord du lit. Il baissa les yeux vers ses propres genoux. Vraiment bizarre.

— Eh là, écoutez... Feriez mieux de rester au lit.

— J'ai ... Je...

— Vous voulez aller aux toilettes? Je vous apporte plutôt un bassin.

— Non...Je... Dasein hocha la tête. Brusquement, il réalisa ce qui n'allait pas. Le corps avait faim.

— Faim, dit-il.

— Eh bien, pourquoi ne pas le dire? Je vous ai justement apporté de quoi manger. Tenez.

Burdeaux saisit un bol, le tint devant Dasein. Le riche arême du Jaspé l'enveloppa. Il tendit les mains vers le bol mais Burdeaux l'arrêta : « vaudrait mieux que je vous alimente moi-même, Docteur Gil. Vous n'avez pas l'air trop vaillant. »

Dasein resta sagement assis et se laissa donner la becquée. Il sentait son corps recouvrer ses forces. Mauvaise affaire que ce corps, jugea-t-il. Mal taillé sur sa psyché.

Il se prit à s'interroger sur ce qu'ingurgitait ce corps — en dehors du Jaspé qui envahissait tout de sa présence. Des flocons d'avoine, l'informa sa langue. Avec du miel et de la crème Jaspé.

— Vous avez un visiteur qui attend, lui dit Burdeaux une fois qu'il eut terminé.

— Jenny?

— Non... un certain Docteur Selador.

Selador! Le nom explosa dans son cerveau. Selador lui avait fait confiance, avait compté sur lui.

Selador lui avait envoyé une arme par la poste.

— Vous vous sentez en état de le recevoir? s'inquiéta Burdeaux.

— Vous... ça ne vous dérange pas si je le vois?

— Me déranger? Pourquoi cela me dérangerait-il?

Burdeaux n'est pas le vous *auquel tu penses,* se dit Dasein.

Puis surgit en lui une envie d'envoyer au diable Selador. C'était une chose tellement facile : Santaroga l'isolerait de tous les Seladors de l'univers. Il suffirait de le demander à Burdeaux.

— Je vais... euh, le voir. Il regarda autour de lui. « Pourriez-vous m'aider à enfiler une robe de chambre et... y a-t-il une chaise où je puisse... »

— Pourquoi ne pas vous mettre dans un fauteuil roulant, monsieur? Le Docteur Larry en a fait monter un pour vous. Il ne veut pas que vous fassiez d'effort. Il ne faut pas vous fatiguer, compris?

— Oui... oui, j'ai compris. Un fauteuil roulant.

Il se retrouva, son corps mal coupé installé dans un fauteuil d'infirme. Burdeaux était sorti chercher Selador, laissant une chaise vide à l'autre bout de la pièce, près de la porte d'entrée.

Dasein était assis face à une porte-fenêtre qui donnait sur une terrasse.

Il sentit qu'on l'avait laissé seul, dans une position dangereusement vulnérable, l'âme mise à nu, recroquevillee de terreur. Une lourde charge pesait sur lui, pensa-t-il. Il se sentait gêné à l'idée de rencontrer Selador, éprouvait une peur d'un genre particulier. Selador savait voir au travers des faux-semblants et des simulacres. On ne pouvait porter de masque devant lui : c'était le psychanalyste des psychanalystes.

Selador va m'humilier, se dit Dasein. *Pourquoi ai-je accepté de le voir? Il va m'aiguillonner et je vais réagir. Et ma réaction lui révélera tout ce qu'il désire savoir sur moi... et sur mon échec.*

Dasein sentit alors que sa santé mentale n'était plus qu'une coquille piquée de rouille, une pitoyable babiole en fer blanc. Selador l'écraserait avec le brutal dynamisme de sa vitalité sans faille.

La porte de l'antichambre s'ouvrit.

Avec une lenteur délibérée, Dasein tourna la tête vers la porte.

Selador était immobile sur le seuil, grand, avec ses traits d'oiseau de proie, sa peau brune d'Indien indompté, revêtu d'un costume de tweed gris-argent, du même gris-argent qui marquait ses tempes. Dasein éprouva soudain la vague sensation d'avoir connu ce visage dans une autre vie, d'avoir vu ce regard aigu comme un scalpel le scruter de sous un turban. Un turban décoré d'un rubis.

Dasein secoua la tête. Folie.

— Gilbert, dit Selador en traversant la pièce. « Au nom du ciel, que vous êtes-vous donc encore fait ? » L'accent précis d'Oxford lui martelait chaque mot à l'oreille. « Ils m'ont dit que vous avez été grièvement brûlé. »

Et c'est parti, se dit Dasein.

— Je... les bras et les mains, s'entendit-il répondre. « Et un peu au visage. »

— Je ne suis arrivé que ce matin. Nous étions fort inquiets sur votre compte, vous savez. Pas un mot de vous depuis des jours.

Il s'arrêta devant Dasein, lui bouchant une partie de la vue sur la terrasse.

— Je dois avouer que vous avez un aspect effrayant, Gilbert. Quoique vous ne sembliez pas avoir de cicatrice sur le visage.

Dasein porta la main à sa joue. C'était la sienne brusquement, plus celle d'un étranger. La peau lui parut douce, neuve.

— Ça sent sacrément le fauve, là-dedans, remarqua Selador. Ça vous dérange si j'ouvre ces portes?

— Non... non, allez-y.

Dasein se découvrit en train de combattre l'idée que Selador n'était pas Selador. Son élocution, son attitude avaient quelque chose de creux qui détonait avec le Selador de ses souvenirs. Avait-il changé d'une manière ou de l'autre?

— Magnifique journée ensoleillée, dit Selador. Et si je vous poussais sur cette terrasse prendre un peu l'air? Ça vous fera du bien.

La panique prit Dasein à la gorge. Cette terrasse — c'était un endroit menaçant. Il essaya de parler, de protester. Ils ne pouvaient pas aller dehors. Aucun mot ne vint.

Selador prit son silence pour un acquiescement et fit rouler le fauteuil de Dasein par la porte-fenêtre. Un léger soubresaut en franchissant la rainure et ils étaient sur la terrasse du solarium.

Le soleil lui chauffa la tête. Une brise presque dénuée de Jaspé lui baigna la peau, lui éclaircit les idées. Il dit : « Ne faites... »

— Ne trouvez-vous pas cet air revigorant? le coupa Selador. Il s'arrêta près d'un court parapet, au bord du toit. « Là. D'ici, vous pourrez admirer le paysage; et moi j'ai le rebord pour m'asseoir. »

Selador s'assit et posa une main sur le dossier du fauteuil de Dasein. « Je suppose que la chambre doit être munie de micros, dit Selador. Mais je ne pense quand même pas qu'ils aient installé d'écoute à l'extérieur ».

Dasein agrippa les roues de son fauteuil, terrorisé de le voir basculer en avant, le propulsant par-dessus le toit. Il baissa les yeux vers le parc de stationnement pavé, les voitures garées, les pelouses, les parterres, les arbres. Le sens des paroles de Selador lui parvint lentement.

— Une écoute... Il se retourna, croisa dans le regard inquisiteur et sombre une lueur d'amusement.

— A l'évidence, vous n'êtes pas encore entièrement remis. Compréhensible, vous avez traversé une épreuve terrible. C'est indiscutable. Mais je vous ferai sortir d'ici dès que vous serez en état de voyager. Détendez-vous. Vous serez en sécurité dans un hôpital *normal* à Berkeley avant la fin de la semaine.

Dasein était envahi par des émotions contraires qui se

disputaient dans son esprit : *Sécurité!* Quel terme rassurant. *Partir?* Il ne pouvait pas partir! Mais il fallait qu'il parte. *A l'extérieur? Dans cet abominable endroit?*

— On vous a drogué, Gilbert? Vous avez l'air... tellement...

— J'ai... je me sens bien.

— Franchement, votre comportement est des plus bizarre. Vous ne m'avez même pas demandé à quoi avaient abouti les pistes que vous nous aviez indiquées.

— Qu'est-ce que...

— La source de leur approvisionnement en carburant s'est avérée une fausse piste : Rien que de très normal... une fois pris en compte leurs motivations économiques. Un marché au comptant avec un producteur indépendant. Le Ministère de l'Agriculture a délivré sans difficulté son visa à leur fromage et aux autres produits de leur Coopérative. Les Domaines ont toutefois remarqué que personne, hormis les Santarogans, ne peut acquérir de propriété dans la vallée. Il se pourrait qu'ils aient violé une législation antidiscriminatoire avec ce...

— Non, coupa Dasein. Ils... ce n'est pas aussi évident.

— Ah ah! vous parlez à la manière d'un homme qui a découvert un squelette dans un placard. Alors Gilbert, qu'en est-il?

Dasein sentit qu'il était tombé dans les griffes d'un vampire du devoir : il lui sucerait le sang. Selador s'en repaîtrait. Il fit un violent signe de dénégation.

— Etes-vous souffrant, Gilbert? Est-ce que je vous fatigue?

— Non. Tant que j'y vais avec lenteur... Docteur, vous devez comprendre, j'ai...

— Avez-vous des notes, Gilbert? Peut-être que je pourrais lire votre rapport et...

— Non... le feu.

— Oh, oui. Le médecin, ce Piaget, m'a touché un

mot de l'incendie de votre camion. Tout a été réduit en cendres, je suppose?

— Oui.

— Eh bien, dans ce cas, Gilbert, il nous faudra l'apprendre de votre bouche. Voyez-vous une faille par laquelle attaquer ces gens?

Dasein pensa aux serres — au travail des enfants. Au petit nombre de Santarogans que le Jaspé avait détruit. Il pensa aux conséquences narcotiques de l'usage des produits Jaspé. Tout était là : de quoi détruire Santaroga.

— Il doit exister quelque chose, disait Selador. Vous avez tenu bien plus longtemps que les autres. Apparemment, vous avez eu tout loisir d'explorer la région. Je suis certain que vous avez fait des découvertes.

Tenu bien plus longtemps que les autres... Dasein se répéta cette phrase; c'était une révélation brutale : Comme s'il y avait participé, il vit les discussions qui avaient conduit à le choisir pour ce projet. « *Dasein a des relations dans la vallée — une fille. Ce pourrait être le biais dont nous avons besoin. En tout cas cela nous donne de bonnes raisons d'espérer qu'il tiendra plus longtemps que les autres.*

Voilà comment cela s'était sans doute passé. Il le savait. Et la brutalité de cette constatation lui était répugnante.

— Y en a-t-il eu plus de deux? demanda-t-il.

— Deux? Deux quoi, Gilbert?

— Deux autres enquêteurs... avant moi?

— Je ne vois pas où vous voulez...

— Oui ou non?

— Ma foi... vous êtes fort perspicace, Gilbert. Oui, il y en a eu plus de deux. Huit ou neuf, me semble-t-il.

— Pourquoi...

— Pourquoi ne pas vous l'avoir dit? Nous voulions vous rendre prudent, mais il était inutile de vous terrifier.

— Mais vous pensiez qu'ils avaient été tués ici... par des Santarogans?

— Tout ceci était excessivement mystérieux, Gilbert, Nous n'avions aucune certitude. Il scruta Dasein de son regard inquisiteur. « C'est ça, n'est-ce pas? Des meurtres. Sommes-nous en péril en ce moment même? Avez-vous toujours l'arme que je... »

— Si c'était aussi simple que cela...

— Au nom du ciel, Gilbert, qu'y a-t-il? Vous devez avoir découvert quelque chose. J'avais à votre sujet bâti de si hautes espérances.

De hautes espérances. Encore une phrase qui lui ouvrait une porte sur des conversations secrètes. Comment Selador pouvait-il se montrer aussi transparent? Le manque de profondeur de l'homme choquait Dasein. Où était passé le psychanalyste tout-puissant? Comment avait-il pu changer de manière aussi radicale?

— Vous... vous m'avez simplement manipulé, et tout en parlant lui revint l'accusation d'Al Marden. Le policier l'avait bien vu... oui.

— Allons, Gilbert, ce n'est pas une attitude à prendre. Tenez, juste avant que je vienne ici, Meyer Davidson enquêtait à votre sujet. Vous vous souvenez de lui, Davidson, le représentant du holding qui est derrière la chaîne de magasins? Il vous appréciait beaucoup, Gilbert, et m'a dit qu'il songeait à vous trouver une place dans son équipe.

Dasein considéra Selador avec étonnement. Il ne pouvait pas être sérieux.

— Ce serait pour vous une sacrée montée en grade, Gilbert.

Dasein se retint de rire. Il éprouvait la bizarre sensation d'être coupé de son passé, d'être capable d'étudier une pseudopersonne, une créature hypothétique qui n'était autre que lui-même. L'autre Dasein aurait bondi sur cette offre. Le nouveau Dasein voyait au travers l'estime réelle dans laquelle le tenaient

Selador et ses sbires : « *Gilbert Dasein, ce type utile mais pas très brillant.* »

— Avez-vous fait un tour dans Santaroga? Il se demanda si Selador avait vu le garage de voitures d'occasion de Clara Scheler ou les réclames dans les vitrines des magasins.

— Ce matin, en attendant l'heure des visites, j'ai fait une petite balade en voiture, répondit Selador.

— Que pensez-vous de l'endroit?

— Ma candide opinion? Un village bizarre. Lorsque j'ai demandé mon chemin à l'un des autochtones — leur langage si brusque et... si étrange. Pas du tout comme... bon, ce n'est pas de l'anglais, évidemment, il y a plein d'américanismes, mais...

— Un langage qui ressemble à leur fromage : Riche et pénétrant.

— Pénétrant! Voilà le mot.

— Une communauté d'individualités, diriez-vous?

— Peut-être... quoique, avec une certaine uniformité. Dites-moi, Gilbert, tout ceci a-t-il un rapport avec les raisons de votre mission ici?

— Tout ceci?

— Ces questions. Je dois dire que vous parlez comme... ma foi, c'est qu'on croirait entendre l'un d'entre eux. Un rire forcé s'échappa de ses lèvres sombres. « Etes-vous devenu un indigène? »

Venue de cet homme aux traits sombres d'oriental, formulée avec cet accent d'Oxford, la question semblait à Dasein suprêmement amusante. Selador, lui! Poser une telle question.

Il se mit à glousser.

Selador se méprit sur sa réaction. « Eh bien, j'ose espérer que non.

— L'humanité devrait être le premier sujet de préoccupation des êtres humains.

Nouveau malentendu.

— Ah, et vous avez étudié les Santarogans avec l'œil

du brillant psychologue que vous êtes. Parfait. Eh bien dans ce cas, racontez-le-moi à votre façon.

— Je vois les choses autrement : Pour avoir la liberté, il faut savoir comment l'utiliser. Il existe une réelle possibilité chez certaines personnes de vouloir la liberté au point d'en devenir des esclaves.

— Voilà qui est très philosophique, je n'en doute pas. Mais en quoi cela peut-il aider à rendre justice à nos mandants?

— Justice?

— Certainement, la justice. On les a attirés dans cette vallée, on les a trompés. Ils y ont dépensé de vastes sommes d'argent sans en retirer de contrepartie d'aucune sorte. Ce ne sont pas des gens à prendre pareil traitement à la légère.

— Attirés? Personne ne voulait rien leur vendre, cela j'en suis sûr. Comment ont-ils été attirés? Et à ce sujet, comment se sont-ils arrangés pour avoir un bail sur...

— Ce n'est pas le problème, Gilbert.

— Justement, si. Comment ont-ils obtenu un bail sur un terrain à Santaroga?

Selador soupira.

— Fort bien. Puisque vous insistez. Ils ont contraint les Domaines à mettre aux enchères un terrain inutilisé et fait une offre...

— Contre laquelle ils étaient sûrs que personne ne pouvait monter, l'interrompit Dasein. Il ricana. « Avaient-ils prospecté le marché? »

— Ils avaient une bonne estimation de la population locale.

— Mais de quel genre de population?

— Que voulez-vous dire, Gilbert?

— Santaroga ressemble fort à une *polis* grecque. C'est une communauté d'individus, pas une collectivité. Les Santarogans ne sont pas les esclaves dociles d'une fourmilière. Il s'agit d'une *polis*, une cité de taille suffisamment réduite pour répondre aux besoins humains. Leur souci premier reste l'être humain. Maintenant, quant à la justice de...

— Gilbert, vous parlez de manière très bizarre...

— Ecoutez-moi, docteur, je vous en prie.

— Très bien. Mais j'espère que vous éclaircirez un peu tout ce... ce...

— La justice, continua Dasein..., les mandants que vous mentionnez, et le gouvernement qu'ils contrôlent sont moins intéressés par la justice que par l'ordre public. Leurs idées sont rétrécies par une fréquentation trop longue et trop étroite avec un système figé bâti sur des préjugés établis. Voulez-vous savoir comment les voient les Santarogans, eux et leurs machinations?

— Laissez-moi vous rappeler, Gilbert, que c'est l'une des raisons de votre mission ici.

Dasein sourit. Il n'y avait pas un soupçon de culpabilité dans le ton accusateur de Selador.

— Une puissance aveugle : voilà l'impression que donne l'*extérieur* aux Santarogans. Le royaume de la puissance aveugle. Entièrement soumis au pouvoir et à l'argent.

— L'extérieur, nota Selador. Un terme intéressant que vous soulignez de manière fort significative.

—La puissance aveugle signifie un mouvement sans direction. Qui peut s'emballer et se détruire lui-même avec tout ce qui l'entoure. Là-bas, cette civilisation est celle des champs de bataille. Avec sa terminologie spécifique : zones de marché, zones d'influence, cour, élection, sénat, enchères, grève — mais chaque terme recouvre un champ de bataille. Nul ne peut le nier car chacun y emploie tout l'arsenal de la guerre, des déclarations jusqu'aux armes.

— Je crois en tout cas que vous êtes en train de défendre ces forbans.

— Bien sûr que je les défends! Mes yeux se sont ouverts ici, si vous voulez savoir. J'ai tenu bien plus longtemps, n'est-ce pas? Vous bâtissiez pour moi de grandes espérances? Comment diable pouvez-vous être aussi transparent?

— Ecoutez, maintenant, Gilbert! Selador se leva, le fusillant du regard.

— Vous savez ce qui me sort par les yeux, ce qui me sort vraiment par les yeux? La justice! La seule chose qui vous intéresse vraiment c'est de jeter un fichu voile de justice et de légalité sur vos combines! Vous me donnez...

— Docteur Gil? »

C'était Burdeaux qui l'appelait depuis le seuil. Dasein fit reculer sa roue gauche, poussa la droite. Le fauteuil tourna. Simultanément, Dasein découvrit Burdeaux devant les portes-fenêtres et sentit que sa chaise heurtait quelque chose. Il tourna la tête vers Selador à temps pour voir une paire de pieds disparaître par-dessus le rebord du toit. Il y eut un long hurlement de terreur qui s'acheva par un bruit d'impact écœurant et mou.

Burdeaux était déjà à ses côtés et se penchait au parapet pour regarder le parc de stationnement en dessous.

— Oh mon dieu, dit-il. Oh, mon dieu, quel terrible accident. »

Dasein leva les mains, les regarda — *ses* mains. *Je n'ai pas assez de force pour avoir fait cela. J'ai été malade. Je n'ai pas assez de force.*

Chapitre XIV

— L'une des causes majeures de cet accident, expliquait Piaget, « a été l'inconscience de la victime même, qui se tenait si près du rebord du toit ».

L'enquête s'était déroulée dans la chambre d'hôpital de Dasein. — « Puisque c'est sur les lieux même de l'accident et que cela convient au Docteur Dasein, qui n'est pas encore entièrement remis de ses blessures et de son choc. »

Un enquêteur avait été spécialement dépêché par le bureau du Procureur d'Etat. Il était arrivé juste avant la convocation, prévue à dix heures du matin. Cet enquêteur, un certain William Garrity, était à l'évidence une connaissance de Piaget : ils s'étaient salués en s'appelant « Bill » et « Larry », au pied même du lit de Dasein. Garrity était un petit homme à l'air fragile, cheveux blonds, visage étroit figé dans un masque de méfiance.

L'instruction était menée par le Coroner de Santaroga, un noir inconnu de Dasein jusqu'à ce matin — Leroy Cos : Chevelure grise et crépue, visage massif et carré empreint d'une distante dignité. Il était vêtu d'un costume noir et s'était tenu à l'écart de l'agitation initiale jusqu'aux dix heures tapantes, moment où il s'était assis derrière la table installée à son intention, l'avait tapotée avec son crayon et annoncé : « Nous allons donc procéder à la séance d'instruction. »

Spectateurs et témoins s'étaient installés sur les

chaises pliantes apportées pour l'occasion. Garrity partageait une table avec le substitut du Procureur, qui devait s'avérer apparenté aux Nis : Swarthout Nis, un homme qui avait les épaisses paupières, la bouche large et les cheveux blonds de la famille mais pas sa typique fossette au menton.

Depuis deux jours que s'était produite la tragédie, Dasein avait vu ses émotions submergées par une colère croissante contre Selador — *cet imbécile, ce fichu imbécile qui s'était tué de cette manière.*

Assis dans la chaise des témoins, Piaget résuma les faits pour Dasein.

— En premier lieu, disait-il et son visage rond respirait une franche indignation, « il n'avait pas à conduire le Docteur Dasein dehors. Je m'étais suffisamment expliqué sur la condition physique de mon patient ».

Garrity, l'enquêteur officiel, demanda à poser une question :

— Vous avez vu l'accident, Docteur Piaget?

— Oui. M. Burdeaux, ayant vu le Docteur Selador pousser mon patient sur la terrasse et sachant que je considérais ceci comme susceptible de le fatiguer, m'avait immédiatement appelé. Je suis arrivé à l'instant même où le Docteur Selador trébuchait et tombait.

— Vous l'avez vu trébucher? interrogea Swarthout Nis.

— Absolument. Il a essayé de se rattraper à la poignée de la chaise roulante du Docteur Dasein. Je considère que c'est une chance qu'il n'ait pu le faire : ils auraient l'un et l'autre basculé par-dessus la margelle.

Selador, trébucher? songea Dasein. Un sentiment de soulagement l'envahit. *Il a trébuché! Je ne l'ai pas heurté. Je savais bien que je n'en avais pas la force. Une planche mal fixée à la balustrade, peut-être?* Un bref instant, Dasein se rappela le contact de ses mains sur les roues du fauteuil, leur prise ferme, assurée, le choc mou. *Une planche peut donner cette impression,* se dit-il.

Burdeaux avait maintenant remplacé Piaget sur la chaise des témoins et corroborait sa déposition.

Alors ce doit être vrai.

Dasein sentit les forces lui revenir. Il commençait à voir son expérience à Santaroga comme une succession de plongeons au sein de rapides furieux. Chaque plongeon l'avait laissé plus faible jusqu'au dernier qui, par un processus de fusion mystique, l'avait mis au contact d'une source de force infinie. Cette force qu'il ressentait maintenant.

Son existence avant Santaroga prenait l'apparence d'un mythe fragile qui flottait vaguement dans sa mémoire : un arbre dans un paysage chinois, entr'aperçu dans une brume pastel. Il sentait confusément qu'il était entré dans un nouvel épisode de sa vie qui avait modifié son passé. Mais le présent, ici et maintenant, l'entourait tel le tronc d'un massif sequoia, fermement campé sur ses racines, soutenant de robustes branches de lucidité et de raison.

Garrity, avec ses questions somnolentes, n'était qu'un futile incompétent :

— Et vous avez immédiatement accouru auprès du Docteur Dasein?

— Oui monsieur. Il était souffrant et très faible. J'avais peur qu'il ne tente de se lever de sa chaise et ne tombe.

— Et le Docteur Piaget?

— Il a couru en bas, monsieur, voir ce qu'il pouvait faire pour la victime.

Seuls dans cette pièce les Santarogans étaient conscients, s'aperçut Dasein. Il se rendit compte que plus il devenait conscient, et plus son inconscient devait s'élargir — une question d'équilibre naturel. Ce devait être l'origine de la force que se donnaient mutuellement les Santarogans, bien sûr : une base commune sur laquelle chaque élément devait trouver sa place.

— Docteur Dasein, dit le juge d'Instruction.

Dasein vint prêter serment. Tous les yeux se tournèrent vers lui. Seuls ceux de Garrity le troublaient : voilés, distants, dissimulateurs; *les yeux d'un étranger.*

— Avez-vous vu tomber le Docteur Selador?

— Je... M. Burdeaux m'a appelé. Je me suis tourné vers lui et j'ai entendu un cri. Quand j'ai regardé derrière moi... les pieds du Docteur Selador disparaissaient par-dessus le rebord.

— Ses pieds?

— C'est tout ce que j'ai pu voir.

Dasein ferma les yeux au souvenir de cet instant de terreur paralysante. Il s'aperçut que sa mémoire se projetait comme un zoom, visualisait en gros plan ces deux pieds. Un accident — un terrible accident. Il rouvrit les yeux, effaça cette vision avant que ne se reproduisent le hurlement, l'impact final.

— Connaissiez-vous depuis longtemps le Dr Selador?

— Il était... oui. Quelles intentions se cachaient derrière les yeux obscurs de Garrity?

Celui-ci sortit une feuille de papier d'une serviette posée sur la table, l'examina et dit :

— J'ai sous les yeux une page du journal tenu par le Dr Selador. Sa femme me l'a fait parvenir. Un passage attire mon attention. Je vais le lire à...

— Est-ce en rapport avec l'affaire? interrogea Cos.

— Peut-être que non, monsieur. Et peut-être que si. Je voudrais l'avis du Dr Dasein. Nous sommes, après tout, simplement à la recherche de la vérité dans cette terrible tragédie.

— Puis-je voir le passage? C'était Swarthout Nis, le Substitut du Procureur, qui avait posé la question d'une voix suave.

— Mais certainement.

Nis prit la feuille, la lut.

Qu'est-ce que c'est? se demanda Dasein. *Qu'a bien pu écrire Selador que sa femme juge utile d'envoyer à l'enquêteur officiel? Est-ce la raison de la présence de Garrity?*

Nis restitua le papier.

— Si l'on garde à l'esprit que le Dr Selador était psychanalyste, ce passage pourrait avoir plusieurs interprétations. Je ne vois aucune raison toutefois d'empêcher le Dr Dasein de l'éclairer pour nous — s'il le peut.

— Puis-je le voir? C'était le Juge d'Instruction.

Garrity se leva, porta la feuille à Cos, attendit pendant qu'il le lisait.

— Très bien, finit-il par dire en lui restituant le document. « C'est, je présume, le passage que vous avez souligné de rouge qui vous préoccupe. Vous pouvez interroger le témoin sur ce passage si vous le désirez. »

Tenant le papier d'une main raide, Garrity se retourna et fit face à Dasein. Il le lut, y jetant épisodiquement un coup d'œil : « Dasein — un instrument dangereux pour le projet. Il faudrait les avertir. »

Il rabaissa la feuille.

— Quel projet, Dr Dasein?

Un silence épais comme le brouillard tomba sur la pièce.

— Je... quand a-t-il écrit ceci?

— D'après sa femme, cela remonte environ à un mois. Je répète : quel projet?

Dasein chercha dans ses souvenirs. *Un projet... dangereux?*

— Le... seul projet... Il hocha la tête. Ça ne voulait rien dire.

— Pourquoi êtes-vous venu à Santaroga, Dr Dasein?

— Pourquoi? Ma fiancée y habite.

— Votre fiancée...

— Ma nièce, Jenny Sorge, intervint Piaget.

Garrity lui jeta un œil : Piaget était assis maintenant au premier rang. Il reporta son regard sur Dasein :

— N'êtes-vous pas venu ici pour faire une étude de marché?

— Oh, c'est ça... oui. Mais je ne vois pas quel danger il pouvait y avoir à... Dasein hésita, prenant tranquillement son temps. « ... à moins qu'il ait eu peur que j'aie l'esprit trop absorbé par d'autres préoccupations ».

Un bref frémissement de rire parcourut la salle. Le Juge tapota de son crayon et dit :

— Je vous rappelle que l'affaire est sérieuse. Un homme est mort.

Silence.

Garrity rejeta un coup d'œil à la feuille qu'il tenait. Le papier semblait avoir gagné du poids, tirait sa main.

— Qu'y a-t-il d'autre sur cette page de son journal, demanda Dasein. Qui pourrait expliquer...

— Qui sont ceux qu'il fallait avertir? l'interrogea Garrity.

Dasein eut un hochement de tête.

— Je l'ignore — à moins qu'il ne s'agisse des gens qui avaient loué nos services pour cette étude de marché.

— Vous avez préparé une telle étude?

— Je la terminerai sitôt que mon état me permettra de quitter l'hôpital.

— Vos blessures, poursuivit Garrity avec une note de colère dans la voix. « On a parlé de brûlures. Je ne comprends pas du tout...

— Un instant, je vous prie, coupa le Juge. « Les blessures du Dr Dasein n'ont rien à voir avec l'affaire sinon pour expliquer sa présence en un lieu précis à un moment donné. Nous avons des témoignages sur son état d'extrême faiblesse et sur le fait que le Dr Selador avait conduit le fauteuil roulant du Dr Dasein au solarium.

— Faible à quel point? demanda Garrity. Et dangereux à quel point?

Le Juge soupira, regarda Piaget, puis Dasein, puis à nouveau Garrity.

— Les faits qui entourent les blessures du Dr Dasein sont connus de tous à Santaroga, M. Garrity. Il y a eu plus d'une douzaine de témoins. Il s'est grièvement brûlé en sauvant la vie d'un homme. Le Docteur Dasein est en quelque sorte un héros à Santaroga.

— Oh. Garrity retourna s'asseoir et remit la page du

journal de Selador dans sa serviette. Il était visiblement furieux, et vexé.

— Je me permets d'être extrêmement informel dans une enquête telle que celle-ci, dit Cos. Le Dr Dasein a posé une question sur le reste du contenu de cette page. Je confesse que ces données n'ont pour moi guère de sens, mais peut-être que... Le Juge laissa sa question en suspens, et porta son attention sur Garrity.

— Mes services ne peuvent ajouter que peu de choses, dit ce dernier. Il y a une référence à ce qui apparaît être un chiffre de population ; c'est ce qui est inscrit. Il y a une ligne... Il souleva la feuille. « ' Compagnie pétrolière vérifiée. Négatif. » Puis celle-ci, mystérieuse : Pas de maladie mentale. Hormis le paragraphe concernant le Docteur Dasein...

— Et le reste du journal? demanda le Juge. Vos services l'ont-ils examiné?

— Malheureusement, Mme Selador dit qu'elle a obéi aux dernières volontés exprimées par son mari et brûlé son journal. Il contenait, selon ses dires, des renseignements confidentiels sur des cas médicaux. Elle n'a mis de côté que cette feuille qu'elle nous a envoyée... Garrity haussa les épaules.

— J'ai bien peur que le seul homme qui puisse nous l'expliquer ne soit plus de ce monde, dit le juge. S'il s'agissait bien, toutefois, d'un recueil de données médicales concernant l'activité de psychiatre du Dr Selador, il me semble que dans ce cas le paragraphe en question pourrait s'expliquer de manière fort anodine : le terme *dangereux* peut avoir nombre d'interprétations dans un contexte psychiatrique. Il se peut même que l'interprétation du Dr Dasein fût la bonne.

Garrity opina.

— Avez-vous d'autres questions? s'enquit le Juge.

— Oui, une encore. Garrity regarda Dasein. Un regard voilé, incertain.

— Etiez-vous en termes amicaux avec le Dr Selador?

Dasein déglutit.

Il était... mon professeur... mon ami. Demandez à n'importe qui à Berkeley.

Une expression de frustration se dessina nettement sur le visage de Garrity.

Il sait, se dit Dasein. Et immédiatement, il se demanda ce qu'il *pouvait bien* savoir. Il n'y avait rien à savoir. Un accident. Peut-être savait-il les soupçons de Selador à propos de Santaroga. Mais c'était idiot... à moins que Garrity ne fût un autre de ces enquêteurs chargé de fouiner dans des choses qui ne le concernaient pas.

Dasein sentit sa vision se brouiller et, lorsqu'il considéra Garrity, vit le visage de l'homme se transformer en une tête de mort. L'illusion se dissipa lorsque Garrity hocha la tête et fourra la page du journal dans le porte-documents. Un sourire lugubre apparut sur ses traits. Il jeta un regard au Juge, haussa les épaules.

— Quelque chose vous amuse, M. Garrity? demanda ce dernier.

Le sourire s'évanouit.

— Non Monsieur. Ma foi... Je me laisse parfois entraîner par mes propres idées... J'ai sans aucun doute conduit une malheureuse femme, Mme Selador à m'égarer sur une fausse piste.

L'enquêteur se rassit, et dit :

— Je n'ai plus d'autre question, monsieur.

Dasein eut un soudain éclair de lucidité : Garrity avait été effrayé par ses propres pensées! Il avait soupçonné une vaste conspiration, ici même à Santaroga. Mais c'était trop fantastique. D'où, le sourire.

Le Juge d'Instruction était en train de clore l'enquête maintenant : un bref récapitulatif, tous les faits étaient notés... une allusion aux détails crus du médecin légiste — « blessures profondes à la tête, mort instantanée » — l'avertissement qu'une enquête de pure forme serait menée à une date à déterminer. M. Garrity désirerait-il revenir y assister? M. Garrity pensait que non.

Dasein se rendit compte alors que tout ceci n'avait été qu'un spectacle monté à l'intention de Garrity, destiné à calmer ses doutes. De minuscules fragments de la conversation préalable entre Piaget et lui ressurgirent à l'esprit de Dasein, s'insérant dans le schéma général. Ils avaient été ensemble à l'école — *à l'extérieur!* Bien entendu : de vieux copains, Larry et Bill. On ne soupçonnait pas de conspiration de vieux copains. Logique.

C'était donc terminé — mort accidentelle.

Un accident.

Garrity serrait la main du Juge Cos, puis celle de Piaget. Piaget pourrait-il venir à leur réunion de classe? Si son cabinet ne le retenait pas trop... mais Garrity devait savoir ce qu'était la vie de médecin de campagne... Garrity comprenait.

— Ce fut une chose terrible, dit Garrity.

Piaget soupira :

— Oui, une terrible tragédie.

Garrity était maintenant arrêté à la porte de l'antichambre, dans la queue qui s'agglutinait pour prendre l'ascenseur, au milieu d'un bourdonnement de conversation. Il se tourna et Dasein crut lire dans le regard de l'homme une perplexité pleine de colère.

A ce moment, Piaget se pencha vers Dasein et lui déroba la vue de la porte :

— On vous a mis à rude épreuve et j'aimerais bien que vous vous reposiez maintenant. Jenny va monter vous voir une minute, mais je ne veux pas qu'elle reste trop longtemps.

Il s'écarta.

La porte était restée ouverte.

L'antichambre était maintenant déserte.

— Compris? demanda Piaget.

— Oui... Jenny va monter.

Qu'avait-il lu dans le regard de Garrity? Dasein se posa la question. C'était le regard d'un sauvage d'Afrique noire devant une cité resplendissante de l'homme blanc. Le regard d'un homme étrange... furieux... frustré... Si Meyer Davidson et les siens jetaient sur lui leur dévolu, Garrity ferait un enquêteur fort dangereux. Il suffirait alors de passer le pont, toutefois... s'il le fallait. Bien des choses pouvaient arriver à un homme, là-bas, dans le vaste monde. Dasein pouvait sentir Santaroga et s'apprêter à se tendre vers lui.

C'est pour cela que j'ai été choisi... songea-t-il. *Tout comme Burdeaux... et les autres... quels qu'ils soient. La seule bonne défense, c'est l'attaque.*

Une pensée préoccupante qui lui donna des frissons dans les jambes et dans l'estomac.

Pourquoi suis-je en train de trembler?

Il essaya de retrouver l'idée qui l'avait ainsi perturbé, n'y parvint pas. Ce n'était qu'un trouble passager, sans importance, une ride fugace sur un lac qui sinon se calmait peu à peu. Dasein se laissa baigner et noyer par ses eaux calmes et vertes. Il se rendit compte alors qu'il était seul dans la chambre avec Jenny.

Le calme personnifié : avec ses yeux bleus au coin desquels se plissait une ride amusée, ses lèvres pleines et souriantes.

Elle portait une robe orange, un ruban orange noué dans ses cheveux bruns.

Jenny déposa un paquet sur la table de nuit, se pencha, l'embrassa — lèvres chaudes, sensation de paix profonde, de partage. Elle se sépara de lui, s'assit à ses côtés, lui prit la main.

Dasein ne l'avait jamais trouvée aussi belle.

— Oncle Larry dit que tu dois te reposer cet après-midi mais que tu pourras quitter l'hôpital dès samedi.

Dasein tendit la main, fit courir ses doigts dans cette chevelure douce comme la soie, si sensuelle.

— Pourquoi ne pas nous marier dimanche?

— Oh, chéri!...

A nouveau elle l'embrassa, s'écarta, prit un air sérieux : — Je ferais mieux d'arrêter là pour aujourd'hui. Nous ne voulons pas te fatiguer. Tressaillement de la fossette sur sa joue. « Tu dois être en pleine forme pour dimanche. »

Dasein attira sa tête contre lui, lui ébouriffa les cheveux.

— Nous pourrons avoir une des maisons du nouveau lotissement, murmura-t-elle. Nous serons près de Cal et Willa. Chéri, chéri, je suis si heureuse...

— Moi aussi.

Elle se mit à lui décrire la maison, le jardin, la vue...

— Tu en as déjà choisi une?

— Je suis allée faire un tour là-bas, pour rêver, pour espérer...

Cette maison, c'était tout pour elle : c'était important pour une femme d'avoir un foyer convenable pour commencer sa vie avec l'homme qu'elle aimait. Il y avait même un vaste garage avec assez de place pour installer une boutique... et un labo.

Dasein s'imagina la voiture de Jersey Hofstedder installée dans le garage qu'elle avait décrit. C'était une pensée évocatrice de continuité, de contentement béat, de sagesse paysanne devant les bonnes choses et le temps des vendanges.

Le paquet posé sur la table de nuit attira son attention.

— Qu'y a-t-il dans ce paquet?

— Quel paquet?

Elle leva la tête et se tourna pour suivre la direction de son regard. « Oh, ça! C'est la bande, à la Coopé... ils t'ont préparé un colis de bienvenue. »

— Du Jaspé?

— Bien entendu. Elle se rassit, rectifia l'ordonnance de sa chevelure.

Dasein se vit l'espace d'un instant en train de travailler à la chaîne d'empaquetage.

— Où vais-je travailler?

— Oncle Larry te voudrait à la clinique. Mais avant,

on va se prendre tous les deux un mois de lune de miel. Chéri... ça va être tellement long, jusqu'à dimanche.

A la clinique, songea Dasein. *Plus comme patient, Dieu merci!* Puis il se demanda quel pouvait bien être le dieu qu'il remerciait. Une pensée curieuse, sans queue ni tête, suspendue comme un bout de ficelle dans les eaux vertes de son esprit.

Jenny se mit à défaire le colis; il contenait une part de fromage doré, deux bouteilles de bière, des galettes de sarrasin, un pot blanc qui glouglouta lorsqu'elle le prit.

Il se demanda depuis quand on les avait exposés.

Dasein eut brusquement l'impression d'être un papillon enfermé dans une cage de verre, une petite chose qui voletait éperdument contre ses barrières, abandonnée et confuse.

— Chéri, je te fatigue. Jenny lui mit une main sur le front. Cela l'apaisa, le calma. Le papillon de ses émotions se posa sur une grosse branche verte; la branche était attachée à un arbre robuste dont il percevait le tronc comme une part de lui-même — une source de force inépuisable.

— Quand te reverrai-je?

— Je reviendrai demain dans la matinée.

Elle lui envoya un baiser, hésita, se pencha vers lui : souffle au doux parfum de Jaspé, effleurement des lèvres.

Dasein la contempla jusqu'à ce que la porte d'entrée se referme sur elle.

Une brève sensation d'angoisse l'effleura, impression vague d'avoir perdu contact avec la réalité, illusion que la chambre n'existait plus, maintenant que Jenny l'avait quittée. Dasein émietta le fromage, l'enfourna dans sa bouche et sentit la présence apaisante du Jaspé, sentit sa conscience s'épanouir, devenir ferme et docile.

Qu'est-ce que la réalité, après tout? Elle est aussi finie qu'un morceau de fromage, et comme tout ce qui est limité, tout aussi corrompue par l'erreur.

Alors, il fixa fermement ses pensées sur la maison que

Jenny lui avait décrite, s'imagina en train de franchir le seuil en la portant dans ses bras — sa femme... Il y aurait des cadeaux, du Jaspé offert par « la bande », des meubles aussi... Santaroga prenait soin des siens.

Ce sera une existence magnifique, se dit-il.

Magnifique... magnifique... magnifique...

Achevé d'imprimer en août 1999
sur les presses de l'Imprimerie Bussière
à Saint-Amand (Cher)

POCKET - 12, avenue d'Italie - 75627 Paris Cedex 13
Tél. : 01-44-16-05-00

— N° d'imp. 1892. —
Dépôt légal : avril 1988.

Imprimé en France

Les Galaxies de la Science-fiction

HERBERT
La maison des mères

Les Planètes de la Science-Fantasy

McCAFFREY
Le dragon blanc

Les Univers de la Fantasy

MOORCOCK
La quête de Tanelorn

Les Abîmes de la Dark Fantasy

LOVECRAFT
La trace de Cthulhu